क़िस्सा जाम का

नासिरा शर्मा

जन्म : सन् 1948, इलाहाबाद (उ.प्र.) में।

गतिविधियाँ : पर्शियन में, आधुनिक भाषा और साहित्य विषय लेकर जे.एन.यू., नयी दिल्ली से एम.ए.।

गतिविधियाँ : वर्षों से रचनात्मक लेखन और स्वतन्त्र पत्रकारिता। राष्ट्रीय-अन्तर्राष्ट्रीय स्तर पर धार्मिक और सामाजिक जड़वाद, ख़ासकर मुस्लिम समाज के यथास्थितिवादी रुझान के विरुद्ध रचनात्मक संघर्ष के लिए सुपरिचित। आधुनिक पर्शियन साहित्य तथा समकालीन ईरानी समाज, संस्कृति और राजनीति विषयक मामलों पर विशेष कार्य। हिन्दी, उर्दू, अंग्रेजी, पर्शियन, पश्तो आदि विभिन्न भाषाओं के साहित्य का गहरा अध्ययन।

प्रकाशित कृतियाँ :

कहानी-संग्रह : 'गूँगा आसमान', 'इंसानी नस्ल', 'संगसार', 'सबीना के चालीस चोर', 'इब्ने-मरियम', 'बुतख़ाना और 'दूसरा ताजमहल'। 'शमी काग़ज़' (वर्तमान ईरानी जन-जीवन पर आधारित कहानी-संग्रह), 'सात नदियाँ एक समन्दर' (क्रान्तिकालीन ईरानी समाज और राजनीति पर आधृत उपन्यास), 'क़िस्सा जाम का' (खुरासानी लोक-कथाओं पर आधारित कहानियाँ), 'संसार अपने-अपने' 'पर्शियन ईरानियन रेवोल्यूशन' (पर्शियन से अनूदित कविताएँ), 'काली छोटी मछली', 'बर्निंग पायर' (अनुवाद)। 'उपन्यास ठीकरे की मँगनी और ज़िन्दा-मुहावरे'। 'अफ़ग़ानिस्तान : बुज़कशी का मैदान' अफ़ग़ानी समाज पर सम्पूर्ण अध्ययन।

इनके अतिरिक्त ईरानी समाज और राजनीति से सम्बद्ध अनेक महत्त्वपूर्ण लेख और साक्षात्कार। ईरान-इराक के युद्धबन्दियों से लिये गये साक्षात्कारों के माध्यम से फ्रेंच और जर्मन भाषाओं में बनी टी.वी. फिल्मों में हिस्सेदारी। भारतीय शिक्षा मन्त्रालय द्वारा ग्रामीण और कस्बाई कामकाजी महिलाओं से सम्बद्ध एक टी.वी. सीरीज़ में तीन फिल्मों—'आया बसन्त सखी', 'काली मोहनी' तथा 'सेमल का दरख़्त' का आलेखन। जर्मनी, ब्रिटेन, ईरान, इराक और फ्रांस की यात्राएँ।

आवरण : लोकभारती स्टूडियो

नासिरा शर्मा

क़िस्सा जाम का

लोकभारती पेपरबैक्स

'ताहमसाब' नामक सफ़व्वी काल के सम्राट् के दरबार में हिन्दुस्तान के शहंशाह हुमायूँ की उपस्थिति आवरण पृष्ठ में दिखायी गयी है। चहलस्तून नामक महल के बड़े हाल की दीवार पर यह चित्र अंकित है।

प्रथम पुस्तकालय संस्करण
1977 में प्रकाशित

लोकभारती पेपरबैक्स में
पहला संस्करण : 2012

लोकभारती पेपरबैक्स : उत्कृष्ट साहित्य के लोकप्रिय संस्करण

लोकभारती प्रकाशन
पहली मंजिल, दरबारी बिल्डिंग, महात्मा गाँधी मार्ग
इलाहाबाद-211 001

वेबसाइट : www.lokbhartiprakashan.com
इमेल : info@lokbhartiprakashan.com

शाखाएँ : 1-बी, नेताजी सुभाष मार्ग, दरियागंज नई दिल्ली-110 002
अशोक राजपथ, साइंस कॉलेज के सामने पटना-800 006 (बिहार)

आवरण चित्र : लोकभारती स्टूडियो

इण्डियन प्रेस प्रा.लिमिटेड
इलाहाबाद-211002
द्वारा मुद्रित

मूल्य : 85.00

KISSA JAAM KA
by Nasira Sharma

ISBN : 978-81-8031-624-1

अंजू और अनिल को

जो कल

इन्हीं लोक-कथाओं के

किसी किरदार में ढलेंगे

प्रस्तावना

अनगिनत पीढ़ियों से बहती हुई सरिता की तरह, लोक-कथाएँ, उस जन-समाज की, जो कि एक क्षेत्र-विशेष में फला और फूला है, आधारभूत विचारधाराओं, सभ्यता तथा संस्कृति की प्रतीक हैं। खुरासान की प्रस्तुत लोक-कथाएँ उस क्षेत्र का, जो ईरान की सभ्यता और संस्कृति में बेजोड़ रहा है, एक दर्पण हैं। इसमें पाठक उस प्राचीन भव्य जन-समाज की एक झलक देख सकते हैं। खुरासान एक चौराहे की तरह है जहाँ ईरान की सभ्यता तथा संस्कृति संगठित हुई और जहाँ से अन्य क्षेत्रों में फैली। 'तूस', 'निशापुर' और 'मशहद' के केन्द्र सांस्कृतिक वैभव के प्रतीक रहे और जहाँ पर 'उमर खय्याम' और 'फिरदौसी'-जैसे चिराग़ अब भी जीवित हैं। खुरासान की ये लोक-कथाएँ, 'निशापुर' और 'दमगान' से निकले हुए फीरोजों की तरह, भव्य तथा सारगर्भित हैं।

ईरान और भारत की सांस्कृतिक घनिष्ठता और साहित्यिक आदान-प्रदान का क्रम अब भी जीवित है और उसका एक नमूना ये खुरासान की लोक-कथाएँ हैं जिनका फ़ारसी से हिन्दी में अनुवाद प्रस्तुत पुस्तक में किया गया है। यह केवल अनुवाद मात्र ही नहीं है, मेरे विचार से ये नासिरा की मौलिक रचनाएँ ही हैं, क्योंकि ये लोक-कथाएँ खुरासान की बोली में हैं जिसको समझना एक आम फ़ारसी जानने वाले के लिए कठिन है और नासिरा ने, जो स्वयं नवोदित सफल कहानीकार है, सरल हिन्दी भाषा में लिखकर इन कहानियों में एक नयी जान डाल दी है।

मैं स्वयं फ़ारसी भाषा और साहित्य का विद्यार्थी हूँ और जानता हूँ कि इस प्रकार का कोई काम अभी नहीं हुआ हैं और इस दिशा में यह प्रथम प्रकाशन है। नासिरा की, जो स्वयं मौलिक रचनाकार हैं, सूक्ष्म दृष्टि खुरासान की सभ्यता के उस स्रोत पर पड़ी, जो न सिर्फ़ किताबों में, बल्कि लोगों के सीनों में परम्परागत पैतृक धन की तरह मौजूद है।

आशा है कि पाठक इन कथाओं को पढ़कर खुरासान के बारे में जो कि ईरान की सभ्यता का स्तम्भ रहा है, जानकर ईरान तथा भारत की मैत्री तथा पारस्परिक सांस्कृतिक आधारों का अनुमान कर पायेंगे।

—सैय्यद अमीर आबिदी

प्रोफेसर तथा अध्यक्ष
फ़ारसी भाषा तथा साहित्य विभाग,
दिल्ली विश्वविद्यालय,
दिल्ली

अनुक्रम

प्रस्तावना	7
दो शब्द	11
क़िस्सा जाम का	15
कहानी एक बेल की	16
आशिक़ देव	17
बद से बदतर	19
चतुर दरवेश	21
राह व नीमराह	24
डरपोक देव	26
सम्मानित	29
बुद्धिमान्	31
परी राजकुमारी	34
लोमड़ी	37
सोने के अण्डोंवाली मुर्ग़ी	40
बाँसुरी की मीठी धुन	44
तीन नारंगियों की कहानी	47
चालीस चाबियाँ	50
क़िस्सा सात कटे सिरवालों का	52
क़िस्सा नीमतने का	55
पश्चिम की राजकुमारी, दक्षिण का राजकुमार	58
सब्ज़ेक़बा व शक्करहवा	62
व्यापारी की लड़की और परियों का राजकुमार	67
मूनचलकरे	72
देवों का क़िला	76

करामाती घोड़ा 80
शेरज़ाद 84
क़िस्सा ज़ीनदोज़ का 89
नारंगी की लड़की 95
ख़ूने बर्फ और ख़ूनगीर 99
सात सरोंवाला देव 107
समुद्र चलगीस 116
ख़ुसरू व देवज़ाद 121
सात बहनें 131
परीज़ाद 139

•

दो शब्द

ईरान से लौटकर मुझे लगा कि यात्रा संस्मरण लिखने से अच्छा यह रहेगा कि मैं ऐसा कुछ लिखूँ जो ईरान की आत्मा से जुड़ा हुआ हो, जिसमें ज़िन्दगी भी हो, रोचकता भी हो, और ईरान के रीति-रिवाज़ों से लिपटी हुई उसकी सांस्कृतिक काया भी हो। जिस तरह 'ईरान' शब्द मेरे लिये नया नहीं था, उसी प्रकार फ़ारसी साहित्य भी। हाफिज के नग़मे, मौलाना रूमी का सूफी दर्शन, सादी और निज़ामी की शायरी की ताज़गी ने मुझे सदा यही बताया कि प्रकृति ने अपना यह उपहार बड़ी दरियादिली के साथ ईरानवासियों को प्रदान किया है। इसी कारण आज भी हर दूसरा ईरानी और कुछ हो या न हो, कवि ज़रूर होता है। ईरान का पुराना चित्र, जो लोगों के मस्तिष्क में अंकित है, वह है उमर ख़य्याम की रुबाइयों में झलकती मदिरा और कल की चिन्ता से मुक्त मानव। यदि किसी ने फ़ारसी साहित्य का अध्ययन उमर ख़य्याम के अतिरिक्त भी किया है तो उसके दिमाग़ में तो ईरान का एक अजीबोग़रीब ही चित्र उभरता है, कि ईरान केवल जज़्बात व एहसासात का नाम है।

बहरहाल, मैं इसी उम्मीद से वहाँ गयी थी कि ईरान का अपना एक विशेष मिज़ाज, जो शायराना है, और वह संस्कृति जिसमें भारत के विद्वान् अपनी छाया देखते हैं, देखने को मिलेंगे। पर ऐसा कुछ भी न दीखा। हवाई-अड्डे से मेहमानखाने तक के रास्ते को देखकर ही मेरे विचारों पर ओस पड़ गयी। जो विचार कई बरसों से मेरे दिलो-दिमाग़ में ईरान के लिए पल रहे थे, एकदम से दम तोड़ गये और लगा कि ईरान की धरती पर यूरोप के किसी देश ने अपना डेरा-खेमा डाल रखा हो। सारा उत्साह जाता रहा। खट्टे मन से सोचने लगी कि "मैं कोई यूरोप देखने थोड़े ही आयी थी।" लेकिन मैं इतनी जल्दी हार माननेवाली नहीं थी, बल्कि प्राचीन ईरान को ढूँढ़ने की जिज्ञासा मुझमें दिन-प्रति-दिन प्रबल होती गयी और मैं अपने विचारों में बसे ईरान के पदचिह्नों को खोजने के लिए ईरान के गली-कूचों में फिरने लगी।

तीन मास के इस अल्पकाल में ईरान के कई शहर देखे जो सांस्कृतिक, ऐतिहासिक व धार्मिक दृष्टिकोण से महत्त्वपूर्ण थे। इसके साथ ही मैं ईरानवासियों से मिलती-जुलती भी रही, जिनमें केवल एक तबक़े के लोग नहीं थे, बल्कि विद्वान् भी थे, लेखक व कवि भी थे, और उन्हीं में दफ्तर में काम करनेवाले क्लर्कों और घरों

में पुताई करनेवाले मज़दूरों के कुटुम्ब भी शामिल थे। मुझे सुविधा यह थी कि मैं फ़ारसी बोल लेती हूँ। इस कारण देखने के साथ ही मैंने उनके आचार-विचार, व्यवहार, रहन-सहन को नज़दीक से समझा और महसूस किया, और यहाँ पर पहुँचकर मुझे लगा कि ईरान भारतवर्ष से अलग नहीं है बल्कि हमारे विचारों और हमारी मर्यादाओं का स्रोत एक ही है। अन्तर केवल ऊपरी आवरण का है। ईरान ने समय और आवश्यकताओं के साथ अपने को विदेशी प्रसाधनों से सजा ज़रूर लिया है, पर आज भी उसकी आत्मा अन्दर से वैसी ही ईरानी है जो बरसों पहले थी।

यह सब बताने का मेरा तात्पर्य केवल इतना है कि आखिर जब ईरान का साहित्य, जो इतना मालामाल है, उसके दामन से मैंने ये क़िस्से ही क्यों चुने, और कुछ न करके मैंने इसी काम को प्राथमिकता क्यों दी? भारत लौटने के बाद ख़ुद का, और लोगों का इसरार था कि कुछ ईरान के बारे में लिखूँ। नया अनुभव लिखने से पहले सोचना पड़ा कि क्या लिखूँ—उस ऊपरी 'खोल' को जो ईरान के बारे में हमारे सामने है, उसे और मज़बूत करूं या फिर जिस ईरान को देखने की आशा में गयी थी उसकी प्राप्ति को आपके सामने पेश करूँ? क्योंकि जो कुछ इन क़िस्सों में है वह केवल गुज़रे कल की बात नहीं है बल्कि वे किरदार आज भी उसी प्रकार ईरान में मौजूद हैं, अन्तर केवल समय का है।

इस कारण कुछ और लिखकर बताने से अच्छा यही समझा कि बरसों से लोगों के सीनों में जमा इस खज़ाने का कुछ अंश आपके सामने प्रस्तुत करूँ।

यह पूरी किताब तीन तरह के क़िस्सों में बँटी हुई है। एक भाग में दर्शन का चिन्तन है, दूसरे भाग में राजाओं के माध्यम से सांसारिक व्यावहारिकता का ज्ञान है, और तीसरे क़िस्से वे हैं जो मूलतः परियों व हब्शियों से सम्बन्धित हैं, जिनके द्वारा यह बताया गया है कि धरती का सबसे शक्तिशाली और महिमामय प्राणी 'मनुष्य' है जो दुष्कर-से-दुष्कर, कठिन-से-कठिन परिस्थितियों में भी अपनी विजय-पताका लहराता है। केवल एक क़िस्सा जानवरों पर आधारित है जिसमें रोचकता के साथ ही व्यंग्य का भी पुट है।

ये सारे क़िस्से ख़ुरासानी बोली में थे। फ़ारसी जानने के बावजूद उनके इशारों व मुहावरों को समझना कठिन काम था, क्योंकि ये चीज़ें शब्दकोश में भी नहीं मिलतीं। उन्हें केवल कोई ईरानी ही बता सकता है। इस कारण इन क़िस्सों को हिन्दी का लिबास पहनाने में दोहरी मेहनत पड़ी।

ये क़िस्से जैसे सुने गये थे, उसी प्रकार बिना किसी इज़ाफ़े के श्री मोहसिन मीहन ने इन्हें कलमबन्द किया था। जब मैंने ये क़िस्से पढ़े तो लगा, मैं इन क़िस्सों को लताफत देने के लिए अपना कुछ योगदान देकर इन्हें अधिक रोचक बना सकती हूँ, फिर यह ख़्याल गुज़रा कि ऐसा करने से उनमें अपनेपन का एहसास ज़रूर ज़्यादा आ जायगा पर उसका अपना 'स्वयं' का अन्दाज़ मर जायगा। इस कारण मैंने कोशिश

यही की है कि बिना किसी इज़ाफ़े के ये क़िस्से ज्यों-के-त्यों आप तक पहुँचाऊँ, साथ ही इस बात को ध्यान में रखूँ कि उनका अर्थ वही हो जो क़िस्सागो कहना चाहता है। चन्द क़िस्से ऐसे हैं जो एकदम से शुरू हो जाते हैं और अचानक ही समाप्त भी हो जाते हैं। ये पढ़नेवाले को एक विशेष स्थिति में छोड़ते हैं कि वे सोचने के लिए मज़बूर हो जाते हैं कि आखिर यह हुआ क्या? और यही इन क़िस्सों का लुत्फ़ है कि ये न रवायती ढंग से शुरू होते हैं, न ख़त्म।

इन क़िस्सों के चयन में श्री मोहसिन मोहन दोस्त का मुझे बड़ा सहयोग मिला। ये ईरान के जाने-माने कवि हैं जिनका शोधकार्य लोक-साहित्य पर है। उन्होंने स्वयं खुरासान के गाँवों में घूमकर किसानों, रसोइयों, मज़दूरों, फकीरों व स्त्रियों से सुनकर पाँच सौ क़िस्से जमा किये जो मिनिस्टरी आफ आर्ट एण्ड कल्चर के एन्थ्रापालोजी डिपार्टमेण्ट से किताब के रूप में छप चुके हैं। उन्हीं क़िस्सों में से चन्द क़िस्से आपके सामने हैं।

श्री अली फकीही की मैं आभारी हूँ जिन्होंने इस पुस्तक में हर प्रकार का सहयोग व सहायता दी है।

डॉ0 अमीर हसन आबदी का मैं शुक्रिया अदा करती हूँ जिन्होंने इस पुस्तक के बारे में प्रस्तावना रूप में दो शब्द लिखे। अन्त में डॉ0 नामवर सिंह की कृतज्ञ हूँ जिन्होंने इस किताब के सिलसिले में अपना मूल्यवान् समय और सुझाव दिये।

—नासिरा शर्मा

क़िस्सा जाम का

सुलेमान के समीप बैठी हुई बिलक़ीस ने कहा, "सुलेमान, अगर तुम मुझ तक पहुँचना चाहते हो तो मुझे एक जाम बनवा दो जो मिट्‌टी का हो, मगर इन्सान की मिट्‌टी का बना हुआ न हो।"

सुलेमान ने अपनी प्रेयसी की ओर देखा, उसकी विचित्र इच्छा सुनी, और उसके समीप से उठकर दरबार में चले गये।

मन्त्रियों के बीच बैठे सुलेमान बिलक़ीस के इरादे को हर प्रकार से रूप देना चाह रहे थे। वज़ीर सुलेमान के भाव को समझते थे और उसके लिए कुछ भी कर सकते थे।

पूरा मन्त्रिमण्डल ही ऐसी मिट्‌टी की खोज में चल पड़ा जो इन्सान की मिट्‌टी न हो। चलते-चलते वे कूहेक़ाफ़ के उस पार जा उतरे और एक स्थान उचित जानकर ज़मीन खोदने लगे—खोदते गये, खोदते गये, यहाँ तक कि धरती के सीने की सात परतों को खोद डाला। आठवीं परत की मिट्‌टी एकदम इन्सान के ख़ून की तरह लाल थी। सब समझ गये कि यह वही मिट्‌टी है जो सुलेमान चाहते हैं।

सुलेमान मिट्‌टी देखकर प्रसन्न हो गये और फ़ौरन आज्ञा दी कि इस मिट्‌टी से ऐसा बेमिसाल जाम बनाओ जैसा आगे कभी न बन पाये।

कुम्हारों की फौज़-की-फौज़ बैठ गयी। ख़ून-पसीने से बने उस जाम की छटा ही निराली थी। किनारे से अन्दर पेंदे तक ऐसा काला जैसे पालने से क़ब्र तक की, मनुष्य की ज़िन्दगी और बाहर सात रंगों के फूलों व पत्तियों से सुसज्जित। सुलेमान ने उस प्याले में न सिर्फ़ सुन्दरता देखी, बल्कि अपनी इच्छा की पूर्ति भी देखी।

उस जाम को उठाये वे बिलक़ीस के पास पहुँचे और कहा, "बिलक़ीस, देखो यह जाम!"

"आह! बिलकुल वैसा ही है जैसा मैं चाहती थी," बिलक़ीस ने जाम को चारों तरफ से घुमाकर देखते हुए कहा।

सुलेमान ने जाम को बिलक़ीस के हाथों से ले उसे ऊपर तक मदिरा से भर दिया और बिलक़ीस की ओर बढ़ाया। बिलक़ीस ने जाम ओंठों के साथ लगाया और जैसे ही चाहा कि पहला घूँट भरे, वैसे ही जाम से आवाज़ आयी, "सुनो बिलक़ीस, मैं भी तुम्हारी ही तरह कभी अपने सुलेमान के समीप थी।"

बिलक़ीस यह सुनते ही मूर्च्छित हो गयी।

कहानी एक बेल की

वह दिन जब दुनिया पानी के तूफ़ान से घिर गयी थी, तब नोह ने एक नाव बनायी और उसमें संसार की हर जानदार चीज़ का एक जोड़ा रखकर अपने दो पुत्र व पत्नी सहित उसमें बैठ गया।

जिस दिन तूफ़ान ख़त्म हुआ और नाव किनारे लगी, शैतान आदमी की शक्ल में 'नोह' के सामने आया और बोला, "जो भी चीज़ थी तुम अपने साथ ले आये, पर एक चीज़ लाना भूल गये।"

"क्या चीज़ है जो मैं लाना भूल गया?" नोह ने ताज्जुब से पूछा।

शैतान ने उन्हें एक बेल दिखायी और बोला, "यही वह चीज़ है जो तुम लाना भूल गये हो।"

"हाँ, इसे मैं भूल गया था," यह कहकर नोह ने वह बेल शैतान के हाथ से लेनी चाही।

शैतान बोला, "सिर्फ़ एक शर्त पर दूँगा कि फल आने तक मैं ही इसकी देखभाल करूँगा।"

आख़िर यह तय किया गया कि पन्द्रह-पन्द्रह दिन बारी-बारी से दोनों उसकी देखभाल करेंगे, जब तक कि बेल में फल न आ जायँ। दोनों ने मिलकर बेल लगा दी।

पाँच दिन बाद शैतान एक मोर लेकर आया। उसकी गर्दन काटकर उसके ख़ून से बेल की सिंचाई की और वापस चला गया। फिर दूसरी बार दसवें दिन जब वह आया तो उसके साथ शेर था। उसका सिर काटकर उसके ख़ून से बेल की सिंचाई कर वापस चला गया। तीसरी बार जब पन्द्रहवें दिन आया तो साथ में एक सुअर लाया और ठीक पहले के दो बार की तरह ही उसकी गर्दन काटकर सिंचाई की और चला गया।

नोह शैतान की इन हरकतों से चकित था। जब उसकी बारी आयी तो उसने शैतान से पूछा, "इन तीन तरह के ख़ून से तुम्हारा मतलब क्या था?"

शैतान ने जवाब दिया, "जो बेल हमने लगायी थी वह इतनी लाभदायक नहीं थी कि इन्सान उससे अधिक-से-अधिक फायदा उठा सकते। अब इसके फल से वो रस निकालेंगे जिसे पीकर वे तीन तरह से मस्त होंगे। इस मस्ती की तीन हालतें होंगी। पहली वह कि जो इसे कम पियेगा, स्वयं को मोर समझेगा और उसी तरह मगन होकर नाचेगा। जो उससे ज़्यादा पियेगा वह शेर की तरह गुर्रायेगा और जंगलीपन की हालत में उतर आयेगा। तीसरी वह कि जो इससे भी ज़्यादा पियेगा वह सूअर की तरह की हालत में रहेगा और कुछ भी समझ नहीं प.येगा।"

आशिक़ देव

एक बियाबान एकदम उजाड़, न पेड़ों की छाया न घास की ठण्डक। मगर न जाने कहाँ से उस उजाड़ बियाबान में मीठे-ठण्डे पानी से भरा हुआ एक कुआँ था। हर क़ाफ़िला जो वहाँ से होकर गुज़रता, सिर्फ़ इस कुएँ के कारण वहाँ पड़ाव डालता और कुआँ भी बरसों से इस वीरान में अपनी सत्ता जमाये, हर आने-जानेवाले की प्यास बुझाता। उसे अपने अकेलेपन पर नाज़ था।

मगर कुछ दिनों से उधर से गुज़रनेवाले क़ाफ़िले दुःखी थे। पानी के स्थान पर उस कुएँ से कटे सिर निकलते थे। अगर कोई पानी खींचता तो कुएँ के अन्दर से उठते हुए एक विचित्र आकर्षण से खिंचता हुआ कुएँ के अन्दर चला जाता था। जब कोई दूसरा कोशिश करता कि अन्दर गये आदमी को बाहर निकाले तो उसे उस समय सिवाय बिना सर के धड़ के कुछ भी हाथ न आता।

एक दिन एक युवक अपने में मस्त अकेला कुएँ के क़रीब पहुँचा—न हाथ में डोल और न साथ में कोई दूसरी चीज़। सीधा ईंटों पर पैर रखता हुआ वह कुएँ में उतर गया कि शरीर की थकान और धूल धो डाले। नीचे पहुँचा तो क्या देखता है कि एक देव पानी के ऊपर बैठा है। यह देखकर वह मस्त-लापरवाह युवक हौले से मुस्कराया और अपने सिर को हिलाया। देव ने उसे देखकर कहा, ''कहाँ थे?''

''बस यूँ ही अपने शरीर की धूल को धोने आया था।''

''स्वागतम् !'' यह कह देव ने उस मस्त युवक को अपने समीप पानी पर बिठाया। युवक ने देखा कि बजाय आगे बात करने के देव ख़ामोश पानी को ताक रहा है। ऐसी टकटकी लगाकर देख रहा है कि देखने का तार टूटता ही नहीं। यह देख युवक को जिज्ञासा हुई। तभी उसने देखा कि एक मेंढक 'टर्र-टर्र' करता हुआ पानी के ऊपर निकला और फिर अन्दर चला गया। पानी की एक हलकी परत के भीतर से उस मेंढक की आँखें किसी दमकते हीरे की तरह दग-दग कर रही थीं और देव की आँखें उन्हीं दो हीरों पर जमी हुई थीं।

जब मेंढक पानी में ग़ायब हो गया तो देव की तन्द्रा टूटी। जवान की ओर मुड़कर बोला, ''युवक, तुमने इस ज़िन्दगी से क्या जाना है?''

जवान, जो चकराया हुआ था और समझ नहीं पा रहा था कि इस मेंढक और देव में क्या सम्बन्ध है, बोला, ''यही कि वही जगह अच्छी है जहाँ इन्सान ख़ुश रहे।'' यह सुनकर देव प्रसन्न हो गया।

जब युवक नहाने से फुर्सत पा गया तो देव बोला, "मैं चालीस साल से इस कुएँ पर रह रहा हूँ और इन सालों में कोई नहीं मिला जो तुम्हारी तरह मेरे लिये कुछ बोले, कुछ कहे। तुमने तो मेरा दर्द ख़ूब पहचाना। मैं चालीस साल से मेंढक की इन ख़ूबसूरत आँखों की छाया का दीवाना हूँ जिसे मैं केवल महसूस कर सकता हूँ और यही मेरा जीवन है। पत्नी थी, बच्चे थे, सबको स्वतन्त्र कर बुढ़ापा इस कुएँ में गुज़ार रहा हूँ।"

"जो कुछ मेरे पास था वह सब सामनेवाले पहाड़ पर है। सात खुसखी सोने से भरे कलश मेरी तरफ से क़बूल करो।" फिर ठहरकर बोला, "बस, आज के बाद मैं किसी भी क़ाफ़िले को बरबाद नहीं करूँगा, बल्कि जितना पानी चाहेंगे, लेने दूँगा।"

और वह मस्त-लापरवाह जवान; जो उदास हो गया था, देव से अलग हुआ।

बद से बदतर

पुराने ज़माने में एक कुबड़ा रहता था और उसने अपने घर में एक और कुबड़े को नौकर रख रखा था। वह कुबड़ा व्यापारी हमेशा इस ताक में रहता कि कोई मौक़ा मिले और वह ग़ुलाम को तंग करे। एक दिन वे बहुत ढेर-सारा सामान ख़रीदकर लाये और कुबड़ा ग़ुलाम दौड़-दौड़कर वह सारा सामान उचित जगहों पर रख रहा था। थकान से चूर, पसीने से तर, कमर थकान से टूट रही थी। कुबड़ा व्यापारी एक किनारे बैठा यह तमाशा देख रहा था और इस ख़याल में डूबा था जैसे वह गधे की सवारी कर रहा हो।

अन्त में कुबड़ा ग़ुलाम इतना थक गया कि उससे पैर भी नहीं उठाया जा रहा था, तो भी वह अपने को घसीट-घसीटकर किसी तरह काम चला रहा था। तभी वह गिर पड़ा और लुढ़ककर दूर जा गिरा। यह देखकर कुबड़ा व्यापारी अपनी जगह से उठा और ग़ुलाम के पास पहुँचा। उसने देखा, वह औंधा पड़ा गहरी-गहरी साँस ले रहा है। वह बोला, "हूँ, तुम सोये पड़े हो।" और यह कहने के साथ ही ज़ोरदार लात मारी। ग़ुलाम समझ न पाया कि क्या हुआ है? बस एक तेज़ दर्द की लहर ने उसके पूरे बदन में फैलकर उसे बेहोश-सा कर दिया। वह 'आह' भी न भर सका।

उसे हिलता न देख व्यापारी ने उसे घसीटकर अपने हुजरे (कमरे) के बाहर कर दिया। ग़ुलाम की आँखों के सामने बड़े-बड़े काले धब्बे नाच रहे थे और वह समझ नहीं पा रहा था कि उसके साथ हो क्या रहा है? कुछ देर बाद जब उसकी साँस सँभली और उसे होश आया, तो उसको अपने साथ घटी घटना का ध्यान आया। काम तो छूट गया था, अब रात गुज़ारने के लिए जगह ढूँढ़नी थी।

इधर-उधर भटकने के बाद थककर वह एक अँधेरे हमामख़ाने की सीढ़ियों के नीचे उतर गया और गर्म जगह ढूँढ़कर लेट गया। उसकी आँखें छत पर लगी थीं और दिमाग़ सोच में डूबा था। आधी रात गुज़र गयी, तब कबूतरों के पर फड़फड़ाने की आवाज़ आने लगी। उसके बाद उसने देखा कि हमामख़ाने की छत से झुण्ड-का-झुण्ड जिन्नातों का नीचे चला आ रहा है और सारे जिन्न हमामख़ाने में फैल गये और गोलाई में नाचने व गाने लगे। कुबड़े ग़ुलाम ने देखा कि उन जिन्नातों की सारी चीज़ें इन्सानों-जैसी हैं, बस पैर गोल-गोल-से हैं।

कुबड़ा अपनी जगह से उठा और जिन्नातों का नाच देखने लगा। वह इतना मस्त हो गया कि देखने में यह भूल ही गया कि वह इन्सान है और जिन्नातों के बीच में है।

बल्कि उसे लगा कि क्यों न वह भी नाचे और उनकी ख़ुशी जितना हो सके और बढ़ाये। डफली की तरह गोल बजनेवाले घेरे में वह भी जिन्नातों का हाथ पकड़कर नाचने लगा और सोचने लगा कि शायद यह सपना है। इतना नाचा, इतना जिन्नातों को हँसाया कि उनके इस समारोह को और भी मज़ेदार कर दिया।

सूरज उगने से पहले जिन्नातों ने नाचना बन्द कर दिया और चलते समय कुबड़े को मिठाई, इलायचीदाना, प्याज़ का छिलका देकर वे बोले कि इस थैले को सुबह होने से पहले न खोलना। यह कहकर एक-एक जिन्नात आँगन से होकर गुज़रने लगा। जब एक बूढ़ा जिन्न जाने लगा तो कुबड़े से बोला, "ए आदमज़ाद, तुम मुझसे क्या चाहते हो?"

कुबड़े ने अपने कूबड़ की तरफ इशारा किया और कहा, "यही कूबड़ मुझे परेशान करता है।" यह सुनकर कुबड़े का कूबड़ जिन्न ने अपने थैले में डाला और ग़ायब हो गया।

पौ फट चुकी थी और लोग हमामख़ाने में आने लगे थे। कुबड़ा हमामख़ाने से बाहर आया और ख़ुशी-ख़ुशी कुबड़े व्यापारी के 'हुजरे' की ओर चल पड़ा। रास्ते में थैला खोला तो उसने देखा कि वह जवाहरातों से भरा हुआ है। वह कुबड़े व्यापारी के पास पहुँचा। कुबड़े व्यापारी को यह देखकर कि उसका कूबड़ ख़त्म हो गया है और वह जवाहरात से भरा थैला लेकर आया है, बड़ा सदमा लगा। इस सदमे ने उसे ऐसा दुःख पहुँचाया जैसे अभी-अभी उसकी माँ गुज़र गयी हो। कुबड़े व्यापारी ने उससे पूछा, "कहाँ थे?" ग़ुलाम ने सारा क़िस्सा कह सुनाया। रात होते ही कुबड़ा व्यापारी भी उस अँधेरे हमामख़ाने में पहुँच गया और उसने देखा, वहाँ वह कुछ भी नहीं है जो ग़ुलाम ने उसे बताया था। वह इन्तज़ार में बैठ गया।

आधी रात के बाद रोने की आवाज़ आयी। कुबड़ा व्यापारी सचेत हो बैठ गया। तभी वह देखता क्या है कि वहाँ पर मौजूद सारे जिन्नात अपने गोल-गोल पैर पटक रहे हैं और रोते हुए एक 'जनाज़ा' उठाये लिये जा रहे हैं। कुबड़ा व्यापारी इसको मज़ाक़ समझकर बिना कुछ सोचे-समझे उठा और नाचने लगा। जिन्नात हारे-थके-से खड़े उसे ताज्जुब से देखने लगे। जैसे-जैसे कुबड़ा व्यापारी ज़्यादा तेज़ नाचता, उनकी हैरत और बढ़ती जाती। वे सोच रहे थे कि "कल शादी व आज दामाद की मौत पर यह आदमज़ाद कैसा हाथ-पाँव चलाकर ख़ुशी मना रहा है।" वह बूढ़ा जिन्नात जो कुबड़े ग़ुलाम को मिला था, आगे बढ़कर बोला, "ए आदमज़ाद, तुम्हें अपनी इन सारी हरकतों पर शर्म नहीं आ रही है?" यह कहकर उसने झोले में रखे कूबड़ को कुबड़े व्यापारी की पीठ पर रख दिया और ग़ायब हो गया। कुबड़े व्यापारी ने देखा कि उसका हाल बद से बदतर हो गया और दुःख व लज्जा के कारण वह हमाम से बाहर भी नहीं निकल पाया। प्रातः शहर में सबने देखा कि लालची व्यापारी के एक की जगह दो कूबड़ निकल आये हैं।

चतुर दरवेश

एक दिन एक शाहज़ादा शिकार खेलने जंगल की ओर निकला तो रास्ते में क्या देखता है कि एक साँप की तरह बल खाये हुए पहाड़ पर एकदम नंगी-सी एक लड़की बैठी है। यह देखते ही राजकुमार ने घोड़े की बाग खींची और पूछा, "तुम परीज़ाद हो या आदमज़ाद?"

"मैं केवल आदमज़ाद हूँ।" लड़की ने उत्तर दिया।

"तो फिर इस तरह बिना कपड़ों के यूँ नंगी क्यों बैठी हो?"

"मैं रास्ते में थी जब बारिश होने लगी जिससे मेरे कपड़े तर हो गये। इस कारण उन्हें उतारकर पहाड़ की चोटी पर फैला आयी हूँ।"

इस बीच शाहज़ादा जो लड़की के प्रत्येक अंग का दीवाना हो चुका था, समझ नहीं पा रहा था कि क्या करे? अन्त में बोला, "चलो मेरा लबादा पहन लो।" लड़की ने अपना सफ़ेद बदन लबादे में छिपा लिया और शाहज़ादे ने उसे उठाकर घोड़े पर बैठा दिया।

लड़की घोड़े पर बैठ गयी तो शाहज़ादे ने उससे कहा कि "मैं तुमसे विवाह करना चाहता हूँ।"

लड़की ख़ामोश रही। जब आधा रास्ता कट गया तो बोली, "मैं तुम्हारी संगिनी बनने को तैयार हूँ, पर तुम्हारे घर रहकर भी मैं तीन काम कभी नहीं करूँगी। बोलो, शर्तें मंजूर हैं?"

बेचारा शाहज़ादा तो जान तक देने को तैयार था, यह तो मामूली शर्तें थीं।

वह बोली, "पहली शर्त यह है कि मैं तुम्हारे लिये कभी चिराग़ नहीं जलाऊँगी, दूसरी शर्त यह है कि मैं कभी आतिशदान में लकड़ी नहीं डालूँगी, तीसरी शर्त यह है कि तुम्हारे लिये कभी रोटी नहीं बनाऊँगी।"

शहर पहुँचकर शाहज़ादे का विवाह हुआ और सात दिन तक ख़ुशियाँ मनायी गयीं।

इस शहर में शाहज़ादे की तरह का सुन्दर व मज़बूत कोई दूसरा जवान नहीं था। शादी के जितने दिन गुज़रते जाते शाहज़ादा दिन-प्रति-दिन अधिक कमज़ोर और पीला पड़ता जा रहा था। एक दिन यूँ ही उदास-सा शहर के बाहर चला गया और

सुनसान-सी अकेली जगह में बैठ धूप सेंकने लगा। कुछ ही देर बाद एक दरवेश उधर से गुज़रा। यूँ किसी को बैठा देखकर वह रुका और बोला, "तुम्हें क्या हुआ है जवान? इस तरह से क्यों बैठे हो?"

शाहज़ादा बोला, "जिस दिन से विवाह किया है तभी से दुःखी हूँ।"

दरवेश ने उससे पूछा, "तुम्हारी रानी कहाँ की और किस कबीले की है?"

"जंगल के बीच मुझे अकेली मिल गयी थी," जवान ने जवाब दिया।

"तो निस्सन्देह यह दुःख उसी का दिया हुआ है। अच्छा है कि तुम उसके साथ सहवास न करो।" यह कहकर वह दरवेश अपने रास्ते चला गया।

दूसरे दिन शाहज़ादा उसी प्रकार शहर से बाहर आ उसी सुनसान-ख़ामोश जगह पर बैठ धूप सेंकने लगा। थोड़ी देर बाद ही वह दरवेश उधर से गुज़रा और रुककर बोला, "कहो, कैसे हो जवान?" फिर ठहरकर बोला, "यह तो बताओ, तुम्हारे घर में पानी का हौज़ है या नहीं?"

राजकुमार बोला, "है, हर रोज़ वह हौज़ भरा जाता है मगर सुबह खाली देखता हूँ।"

"आज कहो कि वह हौज़ पानी से भरा न जाय और उसकी जगह एक प्याला पानी से भरकर अपने सिरहाने रख लेना और कोशिश यही करना कि पूरी रात जागते रहो।" यह कहकर वह चला गया।

सुबह होने ही वाली थी कि वह लड़की शाहज़ादे के समीप से उठी और उठते ही बल खाकर एक बड़े साँप की शक्ल में बदल गयी। कमरे से सरसराती, बल खाती हुई वह नागिन बाहर निकल सीधी हौज़ की तरफ गयी तो देखा कि हौज़ ख़ाली है। वहाँ से लौटी और सीधे बगीचे में गयी जहाँ सिंचाई का हौज़ था। उसमें मुँह डालकर वह तब तक पानी पीती रही जब तक पी सकती थी, फिर लौटकर वह नागिन लड़की में बदल गयी और शाहज़ादे के समीप आकर सो गयी।

रोज़ की तरह शाहज़ादा महल से जंगल की ओर गया और धूप में अकेला ख़ामोश-उदास बैठ गया। अभी पूरी तरह से सूरज ऊपर आया भी नहीं था कि दरवेश उधर से गुज़रा और बोला, "जवान, कुछ बोलो तो मैं सुनूँ।" फिर आगे बोला, "अच्छा, यह तो बताओ, तुम्हारे घर में तन्दूर है कि नहीं?"

"तन्दूर है मगर मेरी रानी ने कभी भी उस पर रोटी नहीं लगायी है।"

"आज तन्दूर जलवाओ और फिर रानी से कहो कि मेरे लिये एक रोटी सेंक दो।" फिर वह आगे बोला, "जैसे ही वह तन्दूर के समीप जाय तुम उसे तन्दूर में ढकेलकर उसके मुँह को बड़े-से पत्थर से बन्द कर देना।"

शाहज़ादा महल लौटा, हुक्म दिया कि तन्दूर रोशन किया जाय। खमीर उठा आटा भी आ गया तो राजकुमार बोला, "आज तुम मेरे लिये चाहे एक रोटी ही पकाओ, मगर पकाओ ज़रूर, मेरा बहुत दिल चाह रहा है।"

लड़की असमंजस में पड़ गयी। वह समझ नहीं पा रही थी कि क्या करे। आख़िर कोई चारा जब न सूझा तो रोटी पकाने तन्दूर के पास पहुँची और खमीर लेकर जैसे ही बढ़ी कि रोटी डाले, शाहज़ादे ने उसे अन्दर ढकेल दिया और 'परी' तन्दूर में जलकर राख हो गयी।

शाम के समय वह दरवेश शाहज़ादे के पास आया और बोला, "ए जवान, उस तन्दूर की राख मुझे दे दो।"

शाहज़ादे ने जवाब दिया, "ठीक है, तुम स्वयं जाकर जो भी तन्दूर में है ले लो।"

दरवेश ने तन्दूर में जितनी भी राख थी निकाली और ले गया। एक हफ्ते बाद शाहज़ादा तन्दूर के किनारे गया तो देखकर उसके मुख से आह निकली। तन्दूर बुरी तरह से चमक रहा था जिसे देख वह ताज्जुब में पड़ गया और बोला, "एक ताँबे का प्याला ले आओ।" जब ताँबे का प्याला आ गया तो शाहज़ादे ने तन्दूर से राख उँगली में उठायी और ताँबे के प्याले पर रगड़ी, तब उसे मालूम हुआ कि यह राख असल में कीमिया है। यही वह जगह थी जहाँ पर वह समझा कि दरवेश कौन-सी दौलत हाथ से ले गया।

राह व नीमराह

बहुत पहले किसी जगह दो भाई रहा करते थे। बड़े भाई का नाम था 'नीमराह' (आधा रास्ता) और छोटे भाई का नाम 'राह' (रास्ता)। एक दिन दोनों ने सोचा, कहीं चला जाय। बस खाने-पीने की पोटली बाँध कन्धे पर रख चल पड़े। चलते-चलते एक छायादार बग़ीचा मिला। उन्होंने तय किया कि थोड़ी थकान उतारी जाय। लेटते ही नीमराह ने राह से कहा, "क्यों न हम अपनी-अपनी पोटली खोलें। अच्छा है, पहले एक का खाना खायें फिर दूसरे का।"

राह मान गया और अपनी पोटली खोल दी। खाने के बाद चलना फिर से शुरू हो गया। चलते-चलते काफ़ी देर हो गयी। सूरज आग बरसा रहा था और बियाबान की ज़मीन अंगारे उगल रही थी। राह को प्यास लगी, बोला, "भाई, कहीं ठहरा जाय।" मगर नीमराह अनसुनी करता हुआ बढ़ता ही जा रहा था और पोटली खोलने पर राज़ी ही न हो रहा था।

अन्त में राह बोला, "मेरा खाना-पानी पहले ही ख़त्म हो गया है। अब अपनी पोटली खोलो ताकि खाना खायें।"

सुनकर नीमराह बोला, "न मेरे पास खाना है, न पानी। अच्छा है कि यहाँ से हम लोग अलग हो जायँ।"

नीमराह राह से अलग हो गया और राह को उस उजाड़ बियाबान के बीचोंबीच अकेला छोड़ आगे बढ़ गया। राह भी अपनी नाक की सीध में चलने लगा। चलता रहा, चलता रहा, यहाँ तक कि सूरज डूबने लगा। रात के डर से और अँधेरे के ख़्याल से राह ने पत्थरों को जोड़कर एक चहारदीवारी बनायी और अपने को उसमें छुपाकर सिकुड़-सिमटकर बैठ गया। अभी आधी रात ही गुज़री थी कि कुछ आवाज़ें आने लगीं और कुछ देर बाद ही एक देव और जंगली जानवर चहारदीवारी के कुछ दूर पहुँचकर रुक गये। राह डर के मारे साँस रोके था, समझ नहीं पा रहा था कि क्या करे। तभी देव बोला, "बू, बूए आदमज़ाद, ज़रा इधर-उधर सूँघकर देखो कोई छुपा हुआ है।"

शेर ने यह सुनते ही सूँघना शुरू कर दिया। सूँघते-सूँघते चहारदीवारी के समीप पहुँचा, फ़िर वहाँ से सूँघता-सूँघता पहली जगह पर लौट आया और बोला, "नहीं, यहाँ पर कोई आदमज़ाद नहीं है।" जैसे ही देव ने यह सुना, शेर के कहने पर यक़ीन कर

वहीं बैठ गया और उस जगह के बारे में बताने लगा जहाँ पर चार कलश खुसारवी सोने से भरे हुए गड़े हैं।

बोला, "इस मैदान के अन्त में सोने के सात कलशों के साथ एक सोने की थाली भी है जिसकी खूबी यह है कि जो भी भूखा उसके सामने बैठे उसका मनपसन्द भोजन स्वयं थाली में परस जायगा।"

पौ फटनेवाली थी। उससे पहले ही देव जंगली जानवरों के साथ वापस चला गया। राह चहारदीवारी से बाहर निकला और इतना चला कि आख़िर उस मैदान के अन्त पर पहुँच गया और ज़मीन को खोदना आरम्भ कर दिया। तब तक खोदता रहा जब तक कि उसे वे कलश सोने के साथ दिख न गये। सबसे पहले उसने थाली से माँगकर पेट-भर खाना खाया। जब बदन में ताक़त आ गयी तो वह सारे कलश लेकर घर पहुँचा। शहर में ख़ूब सजा-सजाया मकान बनवाकर रहने लगा।

इसी बीच एक दिन एक भिखारी उधर से गुज़रा और दरवाज़े पर ठहरकर सवाल करने लगा। राह बाहर निकला और भिखारी को अन्दर बुलाकर थाली के सामने बिठा दिया और उसने अपनी इच्छानुसार ख़ूब भर-पेट खाना खाया। जब भिखारी खा चुका तो राह ने पूछा, "क्या करते हो, कहाँ से आये हो?" यह सुनकर भिखारी ने उत्तर दिया, "मेरा एक भाई था, मैंने उसके साथ ऐसा व्यवहार किया कि तब से आज तक यूँ ही बेघरबार घूमता हूँ, कुछ मिल जाता है खा लेता हूँ वरना इधर-उधर ही पड़कर सो जाता हूँ।"

यह सुनते ही राह नीमराह को पहचान गया। उसका हाथ पकड़कर गले से लगाकर उसको वह सारा क़िस्सा सुना डाला जो उसके साथ हुआ था। इसके बाद दोनों भाई साथ रहने लगे। राह सदा नीमराह के साथ अच्छा व्यवहार करता पर नीमराह सदा इस चक्कर में रहता कि कैसे समय मिले और वह उस बियाबान में पहुँच जाय।

आख़िर वह दिन आ ही गया। वह अपने को रोक न पाया और चल पड़ा। चलता रहा, चलता रहा, जब तक कि बियाबान में न पहुँच गया। सूरज डूब रहा था। पत्थरों को जमाकर चहारदीवारी बनायी और छुपकर बैठा वह देव की राह देखने लगा।

आधी रात भी नहीं गुज़री थी कि आवाज़ें आनी शुरू हो गयीं। जैसे ही देव व जंगली जानवर चहारदीवारी के समीप पहुँचे, देव, 'बू, बूए आदमज़ाद' कहकर उस चहारदीवारी में घुस गया और नीमराह को खा गया।

राह ख़ुशी और सन्तोष के साथ इस छोर से उस छोर तक हर रोज़ सुखपूर्वक रहने लगा।

•

डरपोक देव

एक बूढ़ा था जिसकी सारी दुनिया सिर्फ़ एक ढोलक और 'सुरना' (पिपिहरी) थी। उनको लिये वह घूमता और गाता-बजाता था। यही उसकी रोज़ी-रोटी का साधन था। मौत को अपने सामने देखकर उसने अपने बेटे को अपने समीप बुलाया और कहा, "बेटे, यह ढोल तुम ले लो और इससे कमाओ-खाओ।" फिर छोटे बेटे की तरफ मुँह करके बोला, "मैं तुमको सुरना दे रहा हूँ, इसके पीछे घूमकर तुम रोटी कमाओ।" वे दोनों लड़के अपनी-अपनी राह चल पड़े। चलते गये, चलते गये, आख़िर छोटा लड़का एक ऐसी जगह पहुँचा जहाँ लोग भैंस काट रहे थे। उसने देखा, लोग दुमों को एक तरफ रखते जा रहे हैं। युवक ने एक दुम को उठा लिया और गाँव से दूर निकल गया। चलता गया, चलता गया और एक पेड़ के समीप पहुँचा, जिसकी जड़ पर एक चिड़िया मरने की-सी हालत में पड़ी थी। उसने गौरैया उठा ली और आगे चलने लगा। यहाँ उसे एक पानी की मसक़ भी मिली। उसने उसे पानी से भरा, कन्धे पर डाला और चल पड़ा। तीन दिन तक चलने के बाद युवक को एक बाग़ दिखायी दिया। उसने बाग़ का दरवाज़ा खटखटाया। उस बाग़ का मालिक देव था। देव ने दरवाज़ा खोला और पूछा, "तुम कौन हो?"

"मैं चुंगलू देव हूँ," युवक बोला।

देव ने कहा, "मैं जंगली देव हूँ।"

युवक बोला, "रास्ता तो दो कि मैं बाग़ में जाऊँ।"

देव ने कहा, "इतनी आसानी से मैं तुमको परखे बिना इजाज़त नहीं दे सकता हूँ।"

पहले दोनों ने बातें शुरू कीं। जंगली देव ने अपने सिर का बाल तोड़ा और बाग़ के बाहर फेंका। युवक ने भैंस की दुम से बाल तोड़ा और अन्दर फेंका। देव बाल को देखकर बोला, "अजीब बाल है, इतना लम्बा क्यों है?" और यह कहकर दुबारा बाग़ का दरवाज़ा बन्द कर लिया। फिर बोला, "आओ पत्थरबाजी करें। देखें किसका पत्थर आसमान में ऊँचा जाता है।" यह कहकर उसने पत्थर ऊपर फेंका। इधर से युवक ने गौरैया छोड़ी जो सीधे आसमान में जा पहुँची।

देव चिल्लाया, "देखो, ज़रा देखो, कितना ऊँचा गया तुम्हारा पत्थर।"

तीसरी बार देव बोला कि अब एक-दूसरे पर पानी फेंकते हैं। देव ज़्यादा पानी युवक पर न फेंक सका। मगर युवक ने जो मसक़ उसके पास थी उसका मुँह खोल दिया और जितना पानी मसक़ में था उसके मुँह पर उँड़ेल दिया। आख़िर देव ने कहा, "अब चिल्लाते हैं।" देव ने एक चीख मारी, लेकिन युवक ने 'सुरना' बजाया जिसकी आवाज़ बाग़ के एक कोने से दूसरे कोने तक गूँज गयी। देव सुनकर घबरा गया और बाग़ से बाहर भागकर जंगल की ओर ग़ायब हो गया।

चुंगलू बाग़ में आया और देखा कि एक पेड़ के नीचे देव का बच्चा बैठा खेल रहा है। उसने पूछा, "मेरे बेटे, यह तो बताओ कि ज़र व जवाहरात कहाँ है?"

देव के बच्चे ने जवाब दिया, "अगर पहले कमरे में जाओगे तो तुमको चार देव मिलेंगे। अगर दूसरे में जाओगे तो तीन देव मिलेंगे। तीसरे में दो और चौथे में एक देव है जो सो रहा है। वहीं पर सोना-चाँदी है।"

चुंगलू ने 'सुरना' बजाना शुरू कर दिया। सारे देव नींद से जाग पड़े मगर इतना परेशान हो उठे कि भाग न पाये और चुंगलू के हाथों मारे गये। चौथे कमरे में एक कुआँ था जिसमें सोना, चाँदी, ज़र और जवाहरात भरे हुए थे। युवक कुएँ में गया। इतना माल वह अकेले नहीं ले जा सकता था इसीलिए उसने फिर सुरना बजाया और डर के मारे सारे देव उसकी मदद करने आये और सोना-चाँदी ले जाने में उसकी मदद की।

जंगली देव जो डरकर बियाबान में छुपा था उसकी मुलाक़ात एक लोमड़ी से हुई। लोमड़ी ने उससे पूछा, "क्यों इतने भयभीत हो?"

उसने जवाब दिया, "एक चुंगलू देव मेरे बाग़ में आया है। उसकी हर चीज़ अजीब है।" फिर बोला, "एक तो बाल इतने बड़े रखता है कि मैंने आज तक नहीं देखे।"

"अरे, वह देव नहीं आदमी है। वह बाल उसका नहीं भैंस का है," लोमड़ी ने बताया।

"अरे नहीं, उसने तो ऐसा पत्थर फेंका कि सीधे बादलों में जा पहुँचा," देव ने घबराकर कहा।

लोमड़ी बोली, "वह पत्थर नहीं था, गौरैया थी।"

देव बोला, "उसने इतना पानी मेरे मुँह पर फेंका कि मेरा तो दम ही घुट गया और मेरे द्वारा फेंके गये पानी का वह हज़ार गुना ज़्यादा था।"

"अरे, वह मसक़ का पानी था जो उसे रास्ते में मिली थी," लोमड़ी ने कहा।

देव ने फिर कहा, "वह ऐसा चिल्लाया कि चिड़ियाँ तो डरकर उड़ीं सो उड़ीं, पेड़ों की डालियाँ तक टूट गयीं।" बेचारे देव की साँस फूल रही थी।

लोमड़ी बोली, "वह चीख नहीं थी बल्कि 'सुरना' से आवाज़ें निकाली थीं।" लोमड़ी ने देव की हिम्मत बढ़ायी और तरक़ीब निकाली, ताकि वह बाग़ में दुबारा जाकर

रहने लगे। एक रस्सी का सिरा देव की गर्दन में बाँधा और दूसरा सिरा अपनी गर्दन में बाँधा और दोनों चुंगलू देव के सामने पहुँचे। युवक ने इनको देखते ही सुरना से आवाज़ें निकालनी शुरू कर दीं। उसकी आवाज़ सुनते ही देव सरपट भागा और लोमड़ी गिर पड़ी। देव भागता रहा और लोमड़ी ज़मीन पर घिसटती रही, यहाँ तक कि वह मर गयी। इस बीच चुंगलू देव अर्थात् छोटा लड़का बाग़ में आया और बाग़ का मालिक बन देव की दौलत के साथ मज़े में रहने लगा।

•

सम्मानित

एक रोज़ एक व्यापारी मछलियों से भरा टब लेकर घर पहुँचा। उसकी बला-सी सुन्दर पत्नी ने मछलियों को देखकर अपने चेहरे को नकाब से छुपा लिया ताकि टब की मछलियाँ उसे न देख सकें। इस तरह मुँह छुपाये रही ताकि उसका पति उसे सती-सावित्री-जैसी पवित्र समझे।

जब भी व्यापारी घर में रहता कभी भी वह अपना मुँह हौज़ में न धोती और कहती, "नर मछलियाँ कहीं मेरे पाप का कारण न बन जायँ?" इस लाज से भरे अपने स्वभाव के कारण वह व्यापारी के सामने कभी हौज़ के समीप न जाती।

एक दिन व्यापारी अपनी स्त्री के साथ बैठा हुआ था। एक नौकर भी वहीं खड़ा था। व्यापारी की स्त्री ने पहले की ही तरह नर मछलियों की बातें कीं और बड़ी अदा से शर्मायी। यह सब देखकर वह नौकर हँस पड़ा।

व्यापारी ने पूछा, "क्यों हँसे तुम?"

"कुछ नहीं, यूँ ही हँस दिया।"

"बिना कारण हँसी कैसी?" सुनकर नौकर कुछ नहीं बोला, ख़ामोश खड़ा रहा। यह देखकर व्यापारी चिढ़ गया।

उसका क्रोध देखकर नौकर डर गया और बोला, "आपकी सुन्दर स्त्री आपके ही घर के तहख़ाने में चालीस जवानों को बन्द किये है। जब आप शिकार को चले जाते हैं तो वह उनके साथ रंगरेलियाँ मनाती है।"

यह सुनते ही व्यापारी का पारा सातवें आसमान पर चढ़ गया और वह बोला, "मैं सच्चाई जानकर ही दम लूँगा। कल शिकार पर जा रहा हूँ परन्तु लौटकर तुम्हारे घर आऊँगा। फिर सोचूँगा कि मुझे क्या करना है।"

दूसरे दिन व्यापारी दुबारा शिकार को चला गया और लौटकर उसी नौकर के घर पहुँचा और बोला, "मुझे गधे पर रखे ख़ुरजीन (थैला) में छुपाकर वह जगह दिखाओ जहाँ मेरी स्त्री चालीस जवानों के साथ गुलछर्रे उड़ाती है। इस काम के बदले में मैं तुमको सौ मन जाफ़रान दूँगा।" नौकर सुनते ही राज़ी हो गया।

नौकर ने दरवेश का-सा भेस बदला और ख़ुरजीन में व्यापारी को बिठाकर चल पड़ा। गली में घुसते ही दूर से ही गाने-बजाने की आवाज़ें सुनायी पड़ने लगीं। नौकर आगे बढ़ता गया और व्यापारी के घर के पीछे जाकर दरवाज़ा खटखटाया और गाने लगा—

आओ देखो, स्त्रियों के जाल व फ़रेब, बिया बेनीगर इन मकरे ज़नान,
हाला हाज़िर कुन सदमन जाफ़रान, अब तो दो मुझे सौ मन जाफ़रान।

बार-बार वह गाता रहा जब तक दरवाज़ा खुल न गया। व्यापारी ने देखा सामने महफिल जमी थी। गवैये बैठे गाना गा रहे थे, साज बजा रहे थे। चालीस जवान प्यालों में शराब पी रहे थे और व्यापारी की स्त्री मस्त-मस्त मदहोश-सी कभी इस युवक की गोद में, कभी उस युवक की गोद में जाती और दरवेश से कहती, वही पंक्ति बार-बार गाओ-

आओ देखो, स्त्रियों के जाल व फ़रेब,
अब तो दो मुझे सौ मन जाफ़रान।

सुबह होने से पहले यह महफ़िल ख़त्म हुई। दरवेश व व्यापारी दोनों एक साथ लौटे। व्यापारी की स्त्री ने उन चालीस जवानों को एक-एक करके तहख़ाने में भेजा और दरवाज़ा बन्द करके मस्त, नशे में चूर, झूमती-सी बेख़बर सो गयी।

व्यापारी थैले से बाहर निकला और नौकर को हुक्म दिया कि जब तक मैं सोकर न उठूँ, इसको सन्दूक़ में बन्द करके एक किनारे रख दो।

सुबह जब स्त्री की आँख सन्दूक़ में खुली तो वह सब-कुछ समझ गयी। उसको सन्दूक़ से निकालकर व्यापारी के हुक्म से घोड़े की दुम से बाँधकर जंगल की ओर भेज दिया गया।

व्यापारी ने उन चालीस जवानों को आज़ाद किया और तहख़ाने से ऊपर बुलाकर पूछा, "असली माज़रा क्या था?"

वे बोले, "सन्ध्या के समय जब हम इधर से गुज़रते तो छत पर खड़ी आपकी स्त्री को देखते ही हम उसके रूप-लावण्य की चमक से बेहोश हो जाते। जब होश आता तो अपने को तहख़ाने में पाते, जब आप शिकार पर जाते तो हमारे बन्ध खोले जाते और हम रंगरेलियाँ मनाते।"

बुद्धिमान्

एक व्यापारी था, जिसके तीन लड़के थे, जो अक्लमन्द होने के साथ ही दयालु भी थे। व्यापारी चाहता था कि उसके तीनों बेटे अपने पैरों पर खड़े हो जायँ। वह एक दिन उनसे बोला, ''अब समय आ गया है कि तुम लोग सफ़र पर निकलो, संसार को देखो, समझो और तजुर्बे जमा करके उनसे फायदा उठाओ।''

लड़के मान गये और सामान ठीक करने लगे और अनजान शहरों के सफ़र पर निकल पड़े। चलते-चलते एक बियाबान में पहुँचे तो वहाँ उनको एक अरब मिला जो अपना खोया ऊँट ढूँढ़ रहा था। उसने इन लोगों से पूछा, ''तुमने कोई ऊँट तो नहीं देखा?''

बड़े लड़के ने पूछा, ''एक आँख से काना था?''

''ठीक कहा तुमने,'' अरब ने कहा।

दूसरे भाई ने कहा, ''क्या उसके ऊपर बैठी तुम्हारी स्त्री गर्भवती है?''

अरब बोला, ''ठीक कहा तुमने।''

तीसरे भाई ने कहा, ''एक तरफ उसके सिरका, दूसरी तरफ शहद का बोझ बँधा है न?'' अरब ने तीनों बातों पर हामी भरी।

वह अरब तीनों भाइयों को पकड़कर अमीर (क़ाज़ी) के पास ले गया। अमीर ने कहा, ''अगर तुम लोगों ने ऊँट देखा है तो बताओ, कहाँ है?''

वे बोले, ''हम लुटेरे नहीं हैं, न इससे हमारी कोई दुश्मनी है।''

अमीर ने कहा, ''तुमने ऊँट की खोट और उस पर लदे बोझ के बारे में फिर कैसे बताया है?''

वे बोले, ''पहले यह कि जब गर्भवती स्त्री ज़मीन पर खड़ी होती है तो इस तरह ज़मीन के ऊपर हाथ रखकर उठती है। दूसरे, एक तरफ घास है, दूसरी तरफ की ज़मीन की घास चरी हुई है। तीसरे यह कि मैंने बियाबान में एक तरफ मच्छरों के झुण्ड दूसरी तरफ शहद की मक्खियाँ देखीं जिससे मैं जान गया कि ऊँट के एक तरफ सिरका और दूसरी तरफ शहद का बोझ है।''

अमीर इन तीनों जवानों की समझदारी और चतुरता से ख़ुश हो गया और उनको छोड़ दिया। फिर हुक्म दिया, ''वह मेहमानख़ाने में आराम करें।''

दूसरे दिन जब वे लोग चलने लगे तो अमीर ने कहा कि इन तीनों के लिए भोजन व शराब का इन्तज़ाम किया जाय और फिर जितना ज़्यादा हो सके इनकी आवभगत की जाय ताकि वह अमीर के घर से ख़ुशी व सन्तोष के साथ निकलें।

तीनों भाई पीने और गप मारने में लग गये। अमीर दरवाज़े के पीछे छुपकर खड़ा हो गया ताकि सुन सके कि वे क्या बातें कर रहे हैं और कौन हैं? बड़ा भाई जिसने कबाब का एक टुकड़ा ज़बान पर रखा था, बोला, "यह कबाब कुत्ते के गोश्त का है।"

बीचवाले भाई ने एक घूँट शराब का पिया और बोला, "यह शराब तो जवानों के ख़ून की महक से भरी है।"

छोटा भाई बोला, "अमीर एक बावर्ची है।"

अमीर जो दरवाज़े के पीछे खड़ा था यह सुनते ही कान तक लाल हो गया, "मुझे पता चल जाना चाहिए मैं कौन हूँ।" अमीर वहाँ से निकला और उस जगह पहुँचा जहाँ खाना पकाया गया था।

उसने पूछा, "वह कबाब जो मेहमानों को खाने के लिए दिया है किस गोश्त का है।"

"एक मेमने का है, जिसकी माँ कल ही मरी है मगर चूँकि आपने कहा था कि मेहमानों की ख़ूब आवभगत करो सो कोई चारा न देखा सिवाय इसके कि उसके मेमने को ज़िबह कर दूँ।"

अमीर सुनकर सन्नाटे में आ गया। उसने सँभलकर पूछा, "शराब कहाँ से लाये थे?"

बोले, "क़ब्रिस्तान में अंगूर की बेल है, उसके अंगूर बढ़िया होते हैं। चूँकि आपने कहा था कि अतिथि-सत्कार ख़ूब अच्छी तरह करना है, इसलिए मैंने जो शराब छुपाकर बनायी थी वह उनके आगे रखा दी है।"

अब अमीर सोचने लगा कि आख़िर वह रसोइया कैसे हुआ। उसने सोचा, अब कोई चारा नहीं है बिना तीनों भाइयों से पूछे। उसने तीनों से ख़ूब दोस्ती बढ़ायी और तीनों को अपने घर में कई दिन रखा। इतनी दोस्ती जब हो गयी कि आपस की कोई बात एक-दूसरे से न छुपाते तब एक दिन अमीर ने बात का सिलसिला शुरू किया, "तुमने उस दिन किस तरह जाना कि वह कबाब कुत्ते के गोश्त का है?"

वे बोले, "अगर वह मेमने के गोश्त का होता तो वह नरम और मज़ेदार होता लेकिन कुत्ते का गोश्त कड़ा व बदमज़ा होता है।"

दुबारा अमीर ने पूछा, "ज़रा बताओ तो कहाँ से जाना कि यह शराब उसी बेल के अंगूर की है जो क़ब्रिस्तान में है?"

वे बोले, "शराब आदमी को ख़ुशी देती है, उसके ग़म को दूर भगाती है, लेकिन जब हमने उस शराब को पिया तो उसमें एक कड़वापन था जिससे हम जान गये कि यह जवानों के ख़ून व मिट्टी से बनी हुई है।"

अमीर चाहता था कि तीसरा भेद भी खुल जाय। मगर तीनों बोले, "भाई इसके लिए माफ करो वरना हमारे बीच शायद कड़वाहट आ जाय।"

अमीर बोला, "मैं वचन देता हूँ, कुछ भी नहीं होगा।"

आख़िर वे बोले, "इस बीच तुमने कभी भी पेट और खाने के अलावा दूसरी कोई बात नहीं की है।"

फिर बोले, "यह कभी नहीं हो सकता कि एक अमीरज़ादा तुम्हारी तरह पेटू हो।"

अमीर बेचारा शर्म से गड़ गया और क्रोध से भरा अपनी माँ के पास गया और बोला, "मेरा बाप कौन है?"

"क्या हुआ है तुमको जो यूँ लाल-पीले हो रहे हो?" माँ ने पूछा।

"फ़ौरन बताओ वरना मार डालूँगा।"

बदलते हुए तेवर और आपे से बाहर लड़के की दशा देख अमीर की माँ बोली, "तुम्हारा बाप सफ़र पर था तब मैंने हब्शी रसोइये के साथ सहवास किया था। तुम उसी मिलन की निशानी हो जो मैंने उस रसोइये से किया था।"

अमीर सिर झुकाये वहाँ से लौटा और तीनों लड़कों से बोला कि वे वचन दें कि उसके रसोइये होने का भेद मरते दम तक वह सीने में छिपाये रखेंगे।

•

परी राजकुमारी

एक व्यापारी की औरत के कोई बच्चा नहीं होता था। इस बात से व्यापारी अपनी पत्नी से बड़ा दुःखी था और जब भी मौक़ा मिलता उसे खरी-खोटी सुना देता। एक दिन तो क्रोधित हो वह कहने लगा, "अगर तेरे बच्चा नहीं हुआ तो देखना एक दिन मार डालूँगा।"

औरत बेचारी डर गयी और बढ़ई के मोहल्ले में गयी और बोली, "एक लड़की मेरे लिये लकड़ी की बना दो और कह दो कि यह पैदा हुई है।" फिर बोली, "यह भेद किसी को मालूम न हो इसलिए तुम जो चाहो मैं करने के लिए तैयार हूँ।"

कुछ ही दिन गुज़रे थे कि लोगों के बीच यह ख़बर जंगल की आग की तरह फैल गयी कि व्यापारी की औरत ने एक लड़की को जन्म दिया है। अभी समय भी ज़्यादा नहीं गुज़रा था कि विवाह के लिए (स्वयं राजा) लोग आने लगे। यह देख व्यापारी की औरत ने लकड़ी की लड़की को दुल्हन बना दिया और बाग़ में ले जाकर एक पलँग पर सुला दिया। अब इस बात को यहीं पर छोड़ते हैं।

परियों के राजा की बेटी ने मछली खायी थी। काँटा उसके गले में फँस गया जिससे सब दुःखी थे। ऐसा इत्तफ़ाक़ हुआ कि यही वह दिन था जिस रोज़ लकड़ी की लड़की को देखने शाहज़ादा ख़ुद आ रहा था। उसी समय ऊपर से परियों का झुण्ड अपनी शाहज़ादी के साथ यह देखते हुए गुज़रा कि लकड़ी की दुल्हन सीधी-साधी लेटी है। सब परियाँ खिलखिलाने लगीं। हँसने से परी राजकुमारी के गले में फँसी हड्डी बाहर निकल गयी। परी राजकुमारी नीचे आयी और लकड़ी की दुल्हन की जगह स्वयं लेट गयी। बस, उस रोज़ से परी राजकुमारी राजकुमार की हो गयी।

शाहज़ादा जी-जान से परी पर न्यौछावर था, मगर परी किसी दिन भी उसके साथ सोने पर राज़ी न हुई। तीन साल इसी तरह गुज़र गये, मगर इससे क्या होता है? परी कभी भी इस बात पर राज़ी न हुई। वह हर तरह से शाहज़ादे का ख़्याल रखती, परन्तु शाहज़ादे के बिस्तर से उतना ही दूर रहती। शाहज़ादा आख़िर दुःखी हो उठा। एक दिन शाहज़ादे ने परी से कहा, "अगर तुम मेरे समीप नहीं आओगी तो मैं दूसरी औरत ले आऊँगा।"

परी ने जवाब दिया, "क्या फर्क पड़ता है, यह काम कर ही डालो।"

शाहज़ादा दूसरी पत्नी ले आया और उससे बोला, "मेरी पत्नी में एक खोट है, केवल यही कि वह मेरे समीप नहीं आती।"

नयी पत्नी जो अभी-अभी राजमहल में आयी थी, सोच में डूब गयी। रात को अपनी दासी से बोली, "मेरा मन बेचैन है, तू जा और जाकर देख, आख़िर राजा की पत्नी में क्या खोट है?"

दासी गयी और जाकर देखा कि परी कढ़ाई कर रही है। वह थोड़ी देर तक देखती रही। तब उसने देखा कि परी के हाथों से निकलकर अंगुश्ताना लुढ़कता हुआ कमरे के किनारे जा पड़ा है। परी ने अपनी नाक तोड़ी और ज़मीन पर फेंक दी। नाक लुढ़कती हुई कमरे के कोने से अंगुश्ताना उठा लायी और परी ने नाक दुबारा चेहरे पर लगाकर वैसे ही कढ़ाई करनी शुरू कर दी जैसे पहले कर रही थी।

दासी, जो यह देख रही थी, काँपने लगी। काँपते-काँपते वह रानी के पास पहुँची और बोली, "वह तो एकदम परियों की तरह सुन्दर है। कढ़ाई कर रही थी कि इसी बीच अंगुश्ताना उसकी उँगली से निकलकर कमरे के किनारे एक कोने में जा गिरा। यह देख स्वयं उठाने के बजाय उसने नाक काटी और कटी नाक उसका अंगुश्ताना उठा लायी और वह कटी नाक को चेहरे पर दोबारा लगाकर फिर वैसी-की-वैसी हो गयी जैसी पहले थी।"

यह सुनकर रानी बोली, "फिटकार तेरे ऊपर, यह भी कोई काम हुआ।" रानी कढ़ाई करने बैठ गयी। फिर अंगुश्ताने को कमरे के किनारे लुढ़का दिया। फिर दासी ने देखा की रानी ने नाक काटकर ज़मीन पर डाली। ख़ून बहने लगा और इतना ख़ून बहा कि रानी अन्त में मर गयी।

शाहज़ादा परी के पास गया और बोला, "सुनो, तुम क्यों ऐसा कर रही हो। तुम जानती हो कि मैं तुमसे प्यार करता हूँ। मैं सोचता हूँ कि मैंने कोई बुरा काम नहीं किया था।" यह कहकर वह दरबार के कामों में लग गया।

कुछ दिनों बाद शाहज़ादा एक दूसरी औरत को राजमहल में लाया और बोला, "तुम मेरी पत्नी के महल में मत जाना, क्या पता कुछ ग़लती हो जाय।" रात होने से पहले उस औरत ने अपनी दासी को भेजा कि जाओ और जाकर देखो कि राजा की पत्नी में क्या खोट है?

दासी गयी तो उसने देखा कि शाहज़ादे की पत्नी परियों से कहीं अधिक सुन्दर है। दासी वहीं थी कि परी बोली, तन्दूर जलाओ, तन्दूर जलाया गया। जब तन्दूर तैयार हो गया तो परी जलते तन्दूर के अन्दर घुस गयी और एक थाली रोटी से भरी हुई लेकर बाहर निकली। छुपी हुई दासी जो ताज्जुब के मारे पगला-सी गयी थी, परी ने उसको बुलाया और उसका उन गर्म रोटियों से सत्कार किया।

काँपती हुई दासी रानी ने पास पहुँची, बोली, "सुन्दरता में बेजोड़ ऐसी सुन्दरता तो मैंने अपनी तमाम उम्र में नहीं देखी है।"

परी आँगन में निकली और बोली, "तन्दूर जलाओ और जब तन्दूर जल गया तो जलते तन्दूर में गयी और फ़ौरन ही रोटियों से भरा थाल लेकर बाहर निकल आयी," और यह कहकर दासी ने गर्म रोटी का टुकड़ा दिखाया।

रानी बोली, "यह भी कोई काम हुआ।" फ़ौरन हुक्म दिया कि तन्दूर जलाओ। जब शोले लपकने लगे तो रानी तन्दूर के अन्दर गयी और थोड़ी देर बार जलकर मर गयी।

शाहज़ादा नहीं समझ सका कि आख़िर परी का क्या भेद है। तीसरी औरत पसन्द करके अपने लिये राजमहल में लाया और उससे बोला, "मेरी पत्नी के महल में मत जाना, अगर कोई भी आफ़त तुम्हारे सिर आयी तो वह मेरी तरफ से न होगी, समझीं।"

रात को नयी दुल्हन ने अपनी दासी से कहा, "जाओ, जाकर देखो राजा की पत्नी का खोट, आख़िर क्या बात है?"

दासी परी के महल में पहुँची और देखा सुन्दरता में बेजोड़ परी खड़ी अँगीठी पर रखी कढ़ाई में मछली तल रही है। तल भी कैसे रही है कि जलती कढ़ाई पर उँगली फेरती है और मछली तल जाती है। ताज्जुब में पड़ी दासी स्वयं से पूछने लगी, "यह कौन-सा काम है जो यह कर रही है?"

परी ने जब काम ख़त्म कर डाला तो तली मछली दासी को भी दी। दासी महल में लौटी और जो भी गुज़रा था रानी से कह सुनाया। सुनकर रानी बोली, "यह भी कोई कहने की बात है।" फ़ौरन मछली मँगवायी, अँगीठी सुलगवायी और जलती कढ़ाई में परी की तरह मछली तलने लगी। इसी में उसके दोनों हाथ जल गये और वह तड़प-तड़पकर मर गयी।

शाहज़ादा भी थक गया था सो परी के पास पहुँचा। "मैं तुमसे प्यार करता हूँ पर तुम्हारा कोई काम समझ नहीं पा रहा हूँ। बोलो इन कामों का राज़ क्या है?"

परी जो राजकुमार से प्यार करती थी, बोली, "मैं परियों की राजकुमारी हूँ और तुम जिस दिन से मुझे अपने महलों में लाये हो तभी से आज तक तुम्हारे लिये अजनबी हूँ।"

फिर ठहरकर बोली, "तुम मुझसे विवाह कर लो।"

राजकुमार बोला, "तुम्हें चाहिए था कि पहले ही दिन मुझसे यह भेद कह देतीं।" दूसरे दिन विवाह-समारोह हुआ और अजनबी शाहज़ादा परी राजकुमारी का अपना हो गया।

•

लोमड़ी

लोमड़ी व कौवे में किसा ज़माने में बड़ी दोस्ती थी। एक रोज़ लोमड़ी ने कौवे से कहा कि वह उसके घर खाना खाने आये। कौवे ने दावत क़बूल कर ली। लोमड़ी जो बड़ी दुष्ट व चतुर थी, उसने सोचा, "कुछ ऐसा काम करना चाहिए जिससे कि कौवा खाना न खा सके।"

दोपहर को कौवा जब खाने पर पहुँचा तो देखा कि खाना बर्तन के तले में रखा है। बहुत कोशिश करने पर भी वह अपनी चोंच से कुछ न खा सका लेकिन लोमड़ी अपनी ज़बान से सारा खाना चाटकर खा गयी। यह देख कौवा बहुत ही ग़ुस्सा हुआ, मगर कुछ भी न कह, उसकी जगह उसने लोमड़ी को दूसरे दिन खाने का न्यौता दिया। फिर ख़ुद से बोला, "कल मैं जानता हूँ क्या होनेवाला है।" दूसरे दिन लोमड़ी कौवे के घर गयी। कौवे ने गेहूँ का आटा बोतल में डाल रखा था। लोमड़ी ने उस बोतल को देखा, बहुत कोशिश की मगर किसी तरह भी वह बोतल में सिर डालकर खाना न खा सकी। लेकिन कौवे ने अपनी लम्बी चोंच से जो भी आटा बोतल में था खा लिया। लोमड़ी ने देखा और समझ गयी कि ईंट का जवाब पत्थर से मिला है, कौवे ने उसकी चालाकी का जवाब चालाकी से दिया है। वह चुप रही, कुछ न बोली।

उस दावत की बात को एक हफ्ता गुज़र गया। एक दिन कौवे ने लोमड़ी से कहा, "मैं नहीं जानता कि आसमान में क्या हो रहा है?" फिर आगे बोला, "चलो तुम्हें भी ऊपर आसमान की सैर करा लाऊँ।" लोमड़ी राज़ी हो गयी और कौवे की पीठ पर बैठ गयी। कौवा उसे बैठाकर उड़ चला। उड़ता गया, उड़ता गया, आख़िर बादलों के पास पहुँच गया। जव ज़मीन से बहुत दूर हो गया तो वह लोमड़ी से बोला, "ज़मीन कितनी दूर हो गयी है?"

लोमड़ी बोली, "इतनी दूर हो गयी है कि यहाँ से एक पत्थर की दीवार-सी दिख रही है।"

कौवा उड़ता गया, फिर बोला, "लोमड़ी, अब ज़मीन कैसी लग रही है?"

लोमड़ी बोली, "देखने में एक थाली के बराबर।" यह सुन कौवा उड़ता रहा। उड़ते-उड़ते और ऊपर आ गया, फिर बोला, "लोमड़ी, अब ज़मीन कैसी है?"

लोमड़ी ने जवाब दिया, "अब मुझे ज़मीन नहीं दिख रही है।" यह सुनते ही कौवे ने वहीं से लोमड़ी को ज़मीन पर फेंक दिया और ख़ुद आसमान में ग़ायब हो गया।

ज़मीन पर एक आबिद (तपस्वी) पोस्तीन (खाल का कोट) फैलाये हुआ था ताकि नमाज़ पढ़े। तभी उसने देखा कि आसमान पर जाने कैसा काला धब्बा दिख रहा है और उसी की तरफ तेज़ी से ऊपर से नीचे आ रहा है। यह देख वह अपनी जगह से कूदा और वह जगह छोड़कर भाग गया। ऊपर से लोमड़ी सीधी 'पोस्तीन' पर आकर गिरी और जब उसने देखा कि उसे कुछ नहीं हुआ, अच्छी भली है, तो बहुत ख़ुश हुई। लोमड़ी ने उस आबिद की पोस्तीन, तस्बीह व सिज़दगाह उठायी और बियाबान की तरफ चल पड़ी। चलते-चलते उसे रास्ते में एक भेड़िया मिला। उसने लोमड़ी से पूछा, "लोमड़ी, कैसी हो? कहाँ गयी थीं? कहाँ से आ रही हो? कहाँ जा रही हो?" बाद में पूछा "यह पोस्तीन, तस्बीह, सिज़दगाह कहाँ से ला रही हो?"

सुनकर लोमड़ी बोली "यह पोस्तीन तो मैंने ख़ुद सिली है और यह तस्बीह व सिज़दगाह ख़ुद रास्ते में बनायी है।"

"क्या ऐसा हो सकता है कि ऐसी ही पोस्तीन तुम मेरे लिये सिल दो?" भेड़िये ने लोमड़ी से कहा।

"क्यों नहीं, क्यों नहीं, यह तो मेरा फर्ज़ है," लोमड़ी ने बड़ी जिम्मेदारी से कहा।

यह सुनकर भेड़िया बोला, "इसके लिए मुझे क्या करना पड़ेगा?"

"कुछ ज़्यादा नहीं, बस बाड़े में जाकर सात मोटी भेड़ें चुराकर मुझे दे देना। यह सात मोटी भेड़ें जो तुम मुझे दोगे उससे मैं अच्छी तरह से तुम्हारे लिये 'पोस्तीन' बना सकूँगी।"

भेड़िया रोज़ भेड़ों के बाड़े में जाकर एक भेड़ का शिकार करके लोमड़ी को दे देता। इस तरह से सात भेड़ें देने के बाद जब कुछ दिन गुज़र गये तो भेड़िया लोमड़ी की माँद के पास पहुँचकर बोला, "लोमड़ी बहन, क्या तुमने पोस्तीन सिल डाली?"

लोमड़ी ने कहा, "हाँ, क़रीब-क़रीब ख़त्म ही समझो, बस आस्तीन लगानी बाक़ी है।"

दूसरे दिन भेड़िया फिर लोमड़ी की माँद पर जाकर बोला, "लोमड़ी बहन, क्या तुमने आस्तीन लगा दी है।"

सुनकर लोमड़ी बोली, "अगर एक भेड़ और ले आओ तो काम ख़त्म समझो।"

दूसरे दिन भेड़िये ने एक भेड़ और ला दी और अगले दिन 'पोस्तीन' लेने माँद पर गया। मगर उसके पहुँचने से पहले ही लोमड़ी वह भेड़ भी खाकर फ़रार हो चुकी थी।

लोमड़ी माँद से निकलकर एक पहाड़ी की घाटी में पहुँची। वहाँ पर कुछ लोमड़ियाँ साथ रहा करती थीं। जितनी भी लोमड़ियाँ वहाँ थीं, इस लोमड़ी को देखकर बोलीं, "उफ, कितनी मोटी है? यह मोटापा कहाँ से लायी है?" सारी लोमड़ियाँ उसको देखकर डर-सी गयीं और सलाम कर खड़ी हो गयीं।

कुछ दिन गुज़र गये और इस बीच यह मोटी लोमड़ी उनकी नेता बन गयी। जो भी वह कहती वे मान लेतीं। एक दिन नेता लोमड़ी बोली, "यहाँ पास ही में एक अंगूर का बाग़ है जिसकी बेलें मीठे अंगूरों से लदी हुई हैं, चलो, चलकर खाते हैं।"

सुनकर सारी लोमड़ियाँ अंगूर के बाग़ में घुस गयीं और अंगूर खाने में लग गयीं। बाग़ के माली ने सुना कि कहीं किसी कोने में काफ़ी शोर हो रहा है। आकर उसने देखा तो मालूम हुआ कि बाग़ के हर कोने में एक लोमड़ी बुरी तरह से अंगूर खा रही है। यह देख माली ने चिल्लाकर दोस्तों को जमा किया और बाग़ का दरवाज़ा बन्द कर लोमड़ियों को ख़ूब दौड़ाया। इतना दौड़ाया कि लोमड़ियाँ थक गयीं। अन्त में सारी लोमड़ियों ने भागने की राह पा ली और भाग गयीं। मगर निकलने में सबकी दुमें कट गयीं।

सारी लोमड़ियाँ दौड़ते-दौड़ते आख़िर पहाड़ी की घाटी में पहुँच गयीं। उधर भेड़िया बहुत दिनों से उस लोमड़ी को ढूँढ़ रहा था। दूर से उसने देखा कि लोमड़ी एक पत्थर पर बैठी है। वह आगे बढ़ा। उसे देखकर लोमड़ी का दिल एकदम धड़कने लगा। जल्दी से कहीं छुपना ही चाहती थी कि भेड़िया लोमड़ी के पास एक ही छलाँग में पहुँच गया और बोला, "ऐ दुष्ट, सारी भेड़ें खा गयी और पोस्तीन नहीं सी और उस पर, भागकर यहाँ आ छुपी है।"

यह सुनकर लोमड़ी बोली, "भेड़िया भाई, तुम क्या कह रहे हो? मैंने तो तुमको आज तक कभी भी कहीं नहीं देखा है। देखते नहीं हो, मेरे सारे खानदान की दुम कटी हुई हैं। मैं सालों से यहाँ रह रही हूँ।"

भेड़िये ने जब उसकी व अन्य लोमड़ियों की दुम कटी देखी तो समझ गया, लोमड़ी ठीक कहती है, उसी से ग़लती हुई है, और लौट गया। लोमड़ी अपने साथियों के साथ ख़ुशी और मस्ती से भरी ज़िन्दगी गुज़ारने लगी।

•

सोने के अण्डोंवाली मुर्ग़ी

एक बूढ़ा आदमी था जिसकी रोटी का सहारा केवल काँटे और लकड़ी थी जिन्हें वह जमा करके बेचता था। एक दिन इन्हीं काँटों के बदले में बियाबान से लौटते हुए उसने एक मुर्ग़ी ख़रीदी। घर पहुँचकर पत्नी से बोला, "आज रात के खाने के बदले में हम लोग एक मुर्ग़ी के मालिक बन गये हैं।"

सुबह मुर्ग़ी ने उस काँटे जमा करनेवाले आदमी और उसकी पत्नी के लिए एक सोने का अण्डा दिया। सुबह हुई, वह आदमी अण्डा लेकर यहूदी दुकानदार के पास गया और बदले में ढेर-सा पैसा ले आया। आज, कल, परसों, इसी तरह कई महीने गुज़र गये, धीरे-धीरे उस आदमी ने अपना मकान बनाया और यात्रा पर चल पड़ा। पत्नी रोज़ यहूदी की दुकान पर जाकर एक सोने का अण्डा बेचती थी। आख़िर यह यहूदी जान गया कि इसके पास एक मुर्ग़ी है। वह अपने से ही बोला, "क्या करूँ, क्या न करूँ।" आख़िर तय कर लिया, जो भी हो काँटे बटोरनेवाले की पत्नी के हाथों से मुर्ग़ी निकलवाकर ही दम लूँगा। यहूदी दुकानदार, जो बड़ा चालाक धा, बुढ़िया के पास पहुँचा और बोला, "तुम मेरे लिये काम करो ताकि मैं उसके बदले में तुमको मज़दूरी दूँ। अभी तक वह तुम्हारा पति यात्रा पर है इसलिए मेरी पत्नी बन जाओ, उसके इन्तज़ार में ज़िन्दगी ख़राब न करो। आओ, मुझसे विवाह कर लो।"

बुढ़िया मान गयी और यहूदी उसके घर आ गया। उसने दोस्ती और प्रेम का नाटक किया कि वह अपनी राह से भटक गयी और उसके साथ सहवास में डूब गयी और यहूदी के लिए दीवानी-सी उसके हर कहे को पूरा करने लगी। एक रोज़ यहूदी घर नहीं आया और वह राह देखती रही और सोचती रही कि क्या करे। सुबह हुई, वह उसके घर गयी और बोली, "कल रात तुम घर क्यों नहीं आये?"

"अगर तुम वह मुर्ग़ी काटकर उसका ज़िगर मेरे लिये पकाओ तो मैं ज़रूर आऊँगा," यहूदी ने मक्कारी से कहा। कोई दूसरी राह न देख बुढ़िया ने मुर्ग़ी को काटकर उसको पकाने के लिए पतीली में डाल दिया और अँगीठी पर चढ़ा दिया।

दोपहर हो गयी, बुढ़िया के लड़के घर आये। चूँकि भूखे थे इसलिए वे सीधे अँगीठी की ओर बढ़े। उनमें से एक ने मुर्ग़ी का सर, दूसरे ने मुर्ग़ी का ज़िगर खाकर अपनी भूख मिटा ली। खाने के समय जब यहूदी आया और उसने पतीली खोलकर

मुर्ग़ी का ज़िगर और सिर निकालकर खाना चाहा तो देखा, वहाँ दोनों चीज़ें ग़ायब हैं। बुढ़िया से पूछा, "सिर व ज़िगर का क्या हुआ?"

वह बोली, "मेरे बेटे भूखे थे, इसलिए ख़ुद ही देग़ से निकालकर खा गये।"

यहूदी बोला, "जैसे भी हो, अपने लड़कों के पेट से मुर्ग़ी का सिर व ज़िगर निकालो, वरना मैं दुबारा घर नहीं आऊँगा।" यह कहकर यहूदी उलटे पाँव वापस लौट गया। बुढ़िया मान गयी। दरवाज़े के पीछे खड़े दोनों लड़के इन दोनों की बातें सुन रहे थे। वे समझ गये कि अब क्या होनेवाला है, इसलिए आधी रात को घर से भाग गये। जब वे दो-राहे पर पहुँचे तो देखते हैं कि पत्थर पर लिखा है, "दो तन एक राह पर न चलें, अच्छा यही है कि अलग-अलग हो जायँ।"

दोनों भाई एक दूसरे से अलग हो गये। जिसने मुर्ग़ी का सिर खाया था, वह चलता गया, चलता गया, यहाँ तक कि एक शहर में पहुंच गया। उस शहर के लोग गोले में जमा थे और 'बाज़' को उड़ा रखा था ताकि बाज़ जिसके भी सिर पर बैठे उसे बादशाह बनायें। लड़का भी भीड़ में शामिल हो गया और 'बाज़' की उड़ान देखने लगा। तभी बाज़ नीचे उतरा और उसी लड़के के सिर पर बैठ गया। तब से वह लड़का बिना माँगे ही बादशाह बन गया।

दूसरा भाई चलता गया, चलता गया, यहाँ तक कि रात घिर आयी। घूमते-घूमते सोने के लिए आख़िर उसने एक जगह ढूँढ़ ही ली। सुबह जब सोकर उठा तो देखा कि तकिये के स्थान पर एक थैला पैसों से भरा उसके सिरहाने रखा है। सूरज निकलते ही वह फिर चलने लगा। आख़िर बियाबान तय कर शहर पहुँचा और देखा कि एक महल है जिसके समीप कुछ लोग ज़मीन पर बैठे हुए हैं। पास पहुँचकर बोला, "क्या हुआ है?"

उनमें से एक बोला, "इस महल में एक लड़की रहती है जिसका नाम 'दिल-आराम' है और उसकी उन्तालीस दासियाँ हैं। जो भी चाहे दिल-आराम के साथ सहवास कर सकता है, लेकिन वह अपनी जगह उन्तालीस कनीज़ों को पहले सुलाती है, क्योंकि हर रात के सौ तूमान देने होते हैं इसलिए कोई भी चालीसवें दिन दिल-आराम के साथ सहवास तक नहीं पहुँच सकता है।" फिर बोला, "हर कोई जो उसके साथ सहवास की इच्छा रखता है इसी ज़मीन पर बैठता है।"

युवक बोला, "मैं उस तक पहुँच जाऊँगा, तुम सब देखना।" वह महल में गया और रोज़ के सौ तूमान देकर हर दासी के साथ सहवास करता रहा।

जब उन्तालीसवीं रात आयी तो दिल-आराम ख़ुद से बोली, "यह युवक इतना रुपया कहाँ से लाया, इस भेद को जानना चाहिए।"

चालीसवें दिन उसने कुछ ऐसी तरक़ीब लगायी कि लड़का ख़ुद बोल पड़ा, "मैंने सोने की मुर्ग़ी का ज़िगर खाया है। तब से जब भी सोकर उठता हूँ, सिरहाने सौ तूमान की थैली पाता हूँ।" दिल-आराम ने युवक को ख़ूब शराब पिलायी। जब वह मस्त हो

गया तो पीछे से उसकी पीठ पर ज़ोर की लात मारी जिससे मुर्ग़ी का जिगर उसके हलक़ से निकलकर बाहर गिर पड़ा। अब दिल-आराम ने जिगर को धोकर साफ़ किया और खा गयी। जब लड़का सुबह उठा तो उसने देखा कि सिरहाने रुपये की थैली नहीं है। उसको मारपीटकर महल के बाहर निकाल दिया गया। बेचारा बौखलाया इधर-उधर घूमता रहा। समझ नहीं पाया कि क्या करे। आख़िर बियाबान की तरफ चल पड़ा।

चलते-चलते एक तालाब के किनारे पहुँचा। वहाँ पर एक पेड़ के नीचे तीन लोग थे जो ग़ुस्से में पागल हो रहे थे और आपस में लड़ रहे थे। उसने पूछा, "क्या बात है?"

वे बोले, "हम तीन भाई हैं। हमारे बाप ने मरते हुए एक ग़लीचा, एक सुरमेदानी और एक बटुआ छोड़ा है। अब झगड़ा बँटवारे का है।"

जवान ने पूछा, "तुमने जिन चीज़ों के नाम लिये हैं वे किस काम की हैं?"

उनमें से एक बोला, "अगर तुम ग़लीचे पर बैठकर कहो, 'बेहक़े हज़रत, सुलेमान,' और उसके बाद जहाँ का नाम लोगे, वह तुम्हें ले जायगा। अगर तुम सुरमेदानी से सुरमा लगाओ तो तुमको कोई भी देख नहीं पायेगा। यह बटुआ ऐसा है कि जो भी चीज़ जिस वक़्त चाहो तुमको मिल जायगी।"

लड़का बोला, "ठीक है मैं एक तीर फेंकता हूँ; जो भी पहले उस तीर तक पहुँच जायगा उसको उसी हिसाब से सामान बाँटूँगा।" उसने तीर फेंका। जैसे ही तीनों भाई तीर की तरफ भागे, वह ग़लीचे पर बैठकर बोला, "बेहक़े हज़रत सुलेमान, दिल-आराम के महल की तरफ चलो।" कुछ ही देर में उसने देखा कि वह हवा पर उड़ रहा है और एक मिनट के बाद वह दिल-आराम के महल में पहुँच गया। सुरमा लगाकर वह ग़ायब हो गया और दिल-आराम के कमरे में पहुँचा और उसे दवा खिलाकर उसके पेट से मुर्ग़ी का ज़िगर निकलवा लिया और साफ़ करके ख़ुद खा गया और दिल-आराम का हाथ पकड़कर ग़लीचे पर बैठ गया और बोला, "बेहक़े हज़रत सुलेमान, ऐसी जगह ले चलो जो हर स्थान से अलग हो।" वे दोनों चलते गये, उड़ते गये, आख़िर एक द्वीप में पहुँचे। काफ़ी दिन तक दिल-आराम उस जवान के साथ रही। अन्त में उसके भेद को जान गयी और एक दिन जब वह नहीं था तो सुरमेदानी और बटुए को लेकर ग़लीचे पर बैठकर बोली, "बेहक़े हज़रत सुलेमान, मुझे मेरे महल ले चलो।" लड़का लौटकर आया, इधर-से-उधर भटकता-भागता रहा कि यहाँ से कैसे निकले। भटकते-ढूँढ़ते एक चश्मे के किनारे पहुँचा। थकान से चूर वहीं पेड़ के नीचे बैठ गया और बोला, "रात यहीं गुज़ारूँगा।"

दो कबूतर जो पेड़ पर बैठे थे, नीचे आये। कबूतरी ने कबूतर से कहा, "कितना अच्छा हो अगर यह जवान सोये नहीं, बल्कि मेरी बातें सुने।"

कबूतर बोला, "तुम कहोगी तो शायद जागता ही रहे।"

कबूतरी बोली, "इस पेड़ की छाल को निकालकर पैरों से बाँध ले ताकि इस नदी को पारकर सके। दूसरे, यह कि पेड़ से टहनी तोड़कर साथ ले ले। जब चाहे

उससे काम ले सके। जिससे किसी को भी मारकर गधा बना दे और इस पेड़ का सेब राजा की बेटी की बीमारी को दूर करेगा। अगर यह जवान चाहे तो सेब उस राजकुमारी को खिला दे और राजकुमारी व आधे राज का मालिक बन जाय।''

अभी कबूतर बोल ही रहे थे कि जवान अपनी जगह से उठा और कबूतर भी उड़ गये। जो भी कबूतरों ने कहा था वह करने लगा और चलते-चलते शहर में पहुँचा। महल के समीप पहुँचकर बोला, ''मैं राजा की बेटी को ठीक करने की दवा रखता हूँ।'' सेब का शरबत बनाकर उसने लड़की को पिलाया। राजकुमारी ठीक हो गयी। राजा ने आधी दौलत युवक को दे दी। कुछ दिन बाद वह एक फौज़ जमा कर दिल-आराम के शहर पहुँचा। दिल-आराम बिस्तर पर लेटी थी, उसने चाबुक मारकर दिल-आराम को गधा बना दिया। जब दिल-आराम गधा बन गयी तो गधे के रूप में उसे देख युवक बेचैन हो उठा और दुःखी होकर जल्दी से बोला, ''अगर तुम वचन दो कि इसके बाद तुम मुझे कभी भी छोड़कर नहीं जाओगी तो तुम्हें पहले की-सी हालत में ले आऊँगा।'' दिल-आराम ने सिर हिलाया। लड़के ने फिर चाबुक मारकर दिल-आराम को वैसी ही बना दिया जैसी कि वह उसका दिल व होश लूटने के पहले थी। जवान दिल-आराम को ग़लीचे पर बैठाकर सुरमेदानी और बटुए को अपने साथ लेकर बाप के शहर लौटा और आराम से बाक़ी ज़िन्दगी बिताने लगा।

●

बाँसुरी की मीठी धुन

वहुत वर्षों पहले एक जवान औरत और मर्द साथ-साथ रहा करते थे, मगर अभी बाल-बच्चेवाले नहीं हुए थे। इस दुःख को लेकर औरत परेशान रहती थी और अन्दर-ही-अन्दर जलती रहती थी। आख़िर एक दिन गाँव के मुल्ला के पास पहुँची और बोली, "मौलवी साहब, मैं तीन साल से बच्चा चाह रही हूँ मगर मेरी यह इच्छा पूरी ही नहीं होती, बताइये क्या करूँ?" मुल्ला ने एक हड्डी को चीथड़े से लपेटकर दुआ फूँककर उसे दे दी और बोला, "इस हड्डी के लिए चालीस दिन तक लोरी गाओ, चालीसवें दिन तुम गर्भवती हो जाओगी।"

औरत हड्डी लेकर घर आ गयी और हर वक़्त लोरी गाती रहती। लोरी का गान लगातार सुनकर उसका पति तंग आ गया। वह बोला, "ए औरत, यह क्या कर रही है? चल, जितने भी कपड़े हैं उन्हें बटोर और झरने पर धोकर ला।"

सारे कपड़े समेटकर वह औरत झरने के किनारे पहुँच गयी? इस बीच उसके पति ने चीथड़े में लिपटी हड्डी को निकाला और उछालकर घर से बाहर फेंक दिया। वह घर आयी तो उसे मालूम हुआ कि पति ने वह चीथड़े में लिपटी उसकी 'उम्मीद' को दूर फेंक दिया है। सीने को पीटते हुए बोली, "क़िस्मत फूट गयी, मैं लुट गयी, उन्तालीस दिन तक मैंने लोरी गायी, मुझे गर्भवती होने में एक दिन बचा था।" इत्तफ़ाक देखो, जैसे ही उस मर्द ने वह हड्डी बाहर फेंकी, उसी वक़्त एक मुर्ग़ी आयी और वह हड्डी मुँह में दबाकर भाग गयी। दूसरे दिन, जिस दिन चालीस दिन पूरे होने थे, वह हड्डी एक सुन्दर लम्बे बालोंवाली लड़की में बदल गयी।

दिन गुज़रते गये, साल गुज़रते गये, वह लड़की बड़ी हो गयी। एक दिन वह तालाब के किनारे पहुँची ताकि बालों में कंघी करे, तभी उसको दूर से घोड़ों की टापों की आवाज़ सुनायी दी। उन सवारों के पास आने से पहले ही वह भाग गयी। डर के मारे कंघी, जिसमें उसके बालों की लट फँसी थी, वहीं छूट गयी। शाहज़ादा जो पहाड़ के ऊपर से आ रहा था, तालाब के क़रीब आते ही उसने घोड़े को छोड़ दिया ताकि वह पानी पी ले, लेकिन उसने देखा कि घोड़े ने पानी नहीं पिया, बल्कि अपनी गर्दन घुमा ली। शाहज़ादे ने कहा, "देखो क्या बात है?" सिपाही घोड़े से उतर पानी की ओर गये और बोले, "पानी में सिर्फ़ एक लट बाल की और कंघी के सिवा कुछ भी

नहीं है।'' शाहज़ादा कंघी में लगे लम्बे बालों की लट को देखकर ही उस बालोंवाली का आशिक़ हो गया। जब शहर लौटा तो सवारों से बोला कि शहर में ऐलान करवा दो कि यह बाल किस लड़की का है? जो भी इस लड़की को ढूँढ़ लायेगा वह मुझसे इनाम पायेगा। इस शहर में भेदों की पुड़िया एक बुढ़िया रहती थी। वह महल में आयी और शाहज़ादे से बोली, ''मैं यह काम सिर्फ़ तुम्हारे लिये ही करूँगी।''

वह शहर से बाहर निकली और जंगल की तरफ चल पड़ी जहाँ पर लड़की मुर्ग़ी के साथ रहा करती थी। उसने दूर से देखा कि लड़की काम में लगी हुई है। वह सोचने लगी कि यह अच्छा होगा यदि कुछ दिन मैं उससे दूर ही रहूँ।

लड़की ने उसको दूर से देखा और उसकी हालत पर उसको इतना तरस आया कि समझ न पायी आख़िर उसके लिए क्या करे। मुर्ग़ी लड़की से बोली, ''देखो, उस औरत के समीप मत जाना, क्या पता यह तुम्हारे लिये तकलीफ़ की वज़ह बने।'' आख़िर एक दिन लड़की अपने को रोक न सकी और बुढ़िया के पास जाकर बोली, ''एक दिन मेरी झोंपड़ी में आओ।'' बुढ़िया आ गयी। कुछ दिन वह दोनों साथ रहीं, यहाँ तक कि एक दिन जब मुर्ग़ी घर पर नहीं थी तो बुढ़िया ने लड़की से कहा, ''मेरा दम घुट रहा है, ज़रा मेरे साथ चलो, थोड़ा जंगल में टहलकर आते हैं।'' लड़की मान गयी और जंगल में गयी। टहलते-टहलते आख़िर जब वह थक गयी तो लड़की ने बुढ़िया से कहा कि अब उन्हें झोपड़ी में लौट जाना चाहिए। बुढ़िया उसको चालाकी से, बजाय झोंपड़े की तरफ लाने के जंगल के बाहर की तरफ ले गयी। चलते-चलते आख़िर बुढ़िया का घर आ गया। घर पहुँचकर उसने लड़की को चार कीलों से ठोंक दिया और अपनी लड़की से, जो उसी की तरह बदसूरत थी मगर लम्बे बालोंवाली थी, बोली, ''इसकी जगह मैं तुमको राजा के पास ले जाऊँगी।'' रात हुई, सब सो गये। लड़की जाग रही थी। दूर से देखा कि एक शेर आ रहा है। वह पास आया और बोला, ''मैं आया हूँ ताकि तुमको टुकड़े-टुकड़े कर दूँ और खा लूँ।'' लड़की बोली, ''आज के दिन मेरे खाने का ख़्याल छोड़ दो, कल आकर खा लेना।'' शेर चला गया। दूसरे दिन फिर आया। लड़की ने फिर यही शेर से कहा। शेर फिर मान गया। तीसरी बार जब शेर आया तो बोला, ''आज मैं रहम नहीं करूँगा बल्कि तुमको ज़रूर खाऊँगा।'' ''ठीक है, जब तुमने मुझे खाना तय ही कर लिया है तो ठीक है। खाओ, मगर एक क़तरा ख़ून भी ज़मीन पर न गिरे।'' शेर लड़की को खा गया लेकिन एक बूँद ख़ून की ज़मीन पर गिर गयी। सातवें दिन उस ज़मीन पर गिरी ख़ून की बूँद की जगह से एक सरकण्डे का पौधा उग आया और चालीसवें दिन वह सरकण्डा बड़ा हो गया। एक दिन उधर से एक गड़रिया गुज़रा तो उसने सरकण्डे को देखा और काटकर बाँसुरी बनायी। उसने उसे होंठों से लगाया कि बजाये, तो उसमें से गाना फूटा :

ओ गड़रिये, तुमने कितना मीठा राग निकाला।
(ऐ चूपान, चे ख़ूब मी ज़नी)

मैं उस ग़ार के किनारे ही रहती थी, जहाँ तुम आये थे।
(हाल दर किनारे इन ग़ार बूदम की तू आमदी)
मैं वही सुनहरे बालोंवाली लड़की हूँ।
(मन हुमान दुखतरे ज़रीन मू हस्तम)
जिसको बुढ़िया ने धोखा दिया।
(मन हुमानम की पीरज़नी फरेब दाद)
जिसको शेर ने खाया।
(शीरी हम मरा खूरदे)
मैं वही हूँ जिसे कीलों से पेड़ की जड़ में ठोंका गया।
(व बेकन्दे बसते अम)

गड़रिया-जैसी भी धुन बजाना चाहता यही आलाप उसमें से निकलता। एक दिन बुढ़िया गड़रिये के पास पहुँची। जब उसने आलाप सुनी तो शाहज़ादे से बोली, "गड़रिये से यह बाँसुरी लेकर फेंक दो।" शाहज़ादे ने वह बाँसुरी ली और उछालकर दूर फेंक दी। जहाँ बाँसुरी गिरी, शाहज़ादे ने देखा कि वहाँ एक लड़की बहुत ही सुन्दर मगर नंगी खड़ी है। वहाँ पहुँचा तो लड़की ने अपने-आपको छुपा लिया और कहा, "शाहज़ादे, मेरे लिये एक जोड़ा कपड़ा ले आओ।" ताज्जुब का मारा शाहज़ादा कपड़े लेने दौड़ा। जब कपड़े लेकर लौटा और लड़की को पास से देखा तो उसकी सुन्दरता को देख हैरान रह गया। उसकी हैरानी देखकर लड़की बोली, "ताज्जुब न करो, मैं वही हूँ जिसे तुम चाहते थे।" फिर बुढ़िया ने जो उसके साथ किया था सब शाहज़ादे को कह सुनाया। शाहज़ादे ने उसका हाथ पकड़ा और महल में ले गया और हुक्म दिया कि सात घोड़े लाये जायँ। पहले बुढ़िया को चार घोड़ों से बाँधा गया और फिर लड़की को तीन घोड़ों के साथ। शाहज़ादे ने हुक्म दिया, "इनको बियाबान में ले जाओ और इतना ज़मीन में घसीटो कि सिर्फ़ सिर के अलावा कुछ न रह जाय।" शाहज़ादे के कहने के अनुसार उनको पत्थर व कंकड़ पर इतना घसीटा गया कि सिर के अलावा कुछ न बचा और वह दोनों खोपड़ियाँ सिपाहियों ने शाहज़ादे को ले जाकर दीं जो उसने एक किनारे फेंक दीं। बहुत दिनों बाद उन खोपड़ियों की जगह पर सब्जी-सी उग आयी। वह सुनहरे बालोंवाली लड़की जो रानी थी, बिना जाने हुए अपने और शाहज़ादे के लिए वह सब्जी तोड़कर ले जाती और जब भी वह सब्जी पकती तो पतीली में से अजीब कठोर, कड़वी-सी आवाज़ें निकलतीं।

•

तीन नारंगियों की कहानी

एक व्यापारी के तीन बेटे थे। एक दिन वह बीमार पड़ा और ऐसा पड़ा कि समझ गया कि यमदूत बिना उसे संग लिये टलेंगे नहीं। उसने तीनों बेटों को अपने पास बुलाया और कहा, "देखो, मेरी मौत मेरे सिरहाने खड़ी है। तुम लोग पहले तीन दिन तक मेरी क़ब्र पर पहरा देना।" लड़के मान गये। उसी शहर के बादशाह ने ढिंढोरा पिटवाया कि मेरी तीन लड़कियाँ हैं। मैं चाहता हूँ कि इनका विवाह कर दूँ। हर कोई जो शीशे के खम्भे पर रखी नारंगी को उतार लायेगा वह इन तीनों लड़कियों में से एक का पति माना जायगा। बादशाह ने कहा कि जो बड़ी नारंगी ऊपर से नीचे लायेगा उसकी बड़ी शाहज़ादी से, बीच की नारंगी लानेवाले की बीच की और छोटी नारंगी लानेवाले की छोटी शाहज़ादी से शादी हो जायगी।

उसी रात व्यापारी मर गया। पहली रात आयी कि क़ब्र की पहरेदारी की जाय। बड़े भाई की बारी थी। वह नहीं गया और बोला, "मुझे तो क़ब्रिस्तान जाने से डर लग रहा है।" छोटा लड़का बोला, "बाबा को मरते समय हमने वचन दिया है कि नहीं। तुम न जाओ पर मैं ज़रूर जाऊँगा। रात वहीं गुज़ारूँगा।" छोटे लड़के ने इसके सिवा और कोई राह न देखी कि वह स्वयं जाय और बाप की क़ब्र की रखवाली करे। वह क़ब्रिस्तान पहुँचा। बाप की क़ब्र के पास एक गड्ढा खोदा और उसमें छिपकर बैठ गया। आधी रात गुज़र गयी तो उसने देखा एक सवारी आ रही है। जब वह क़ब्र के पास पहुँची और चाहा कि क़ब्र पर आग फेंके, उसी समय बेटे ने गड्ढे से छलाँग लगायी और सवार को क़त्ल कर फिर गड्ढे में छिप गया। इसी बीच घोड़ा, जो पास में खड़ा था अपना मुँह जवान की तरफ करके बोला, "मेरी गर्दन के बालों में से एक बाल तोड़ लो और मेरे सवार के कपड़े मेरी पीठ पर बाँध दो। जब कभी तुमको मेरी ज़रूरत महसूस हो यह बाल आग पर फेंक देना। मैं फ़ौरन पहुँच जाऊँगा।" जवान ने घोड़े की गर्दन से बाल उखाड़ा और पीठ पर सवार के कपड़े बाँधे। घोड़े के जाने के बाद वह गड्ढे में सुबह तक छुपा रहा। सूरज निकलते ही वह घर की तरफ लौटा।

शाम होते ही दूसरे भाई की बारी आयी तो वह बोला, "मैं क़ब्रिस्तान नहीं जाऊँगा, हमारा बाप मरा नहीं है।" छोटा भाई बोला, "उन्होंने वसीयत की थी, न जाने से पाप होगा।" हर तरह से उसने कहा पर वह न माना। आख़िर फिर वही गया। रात

को उसने अपने को फिर उसी गड्ढे में छिपा लिया और जागता रहा। आधी रात गुज़री थी कि सवारी आती दिखायी दी। सवार ने जैसे ही चाहा कि क़ब्र पर आग फेंके, छोटा बेटा बिजली-सी तेज़ी के साथ उसके पास पहुँचा और उस सवार को मारकर गड्ढे की तरफ लौट आया। तभी उसने आवाज़ सुनी कि घोड़ा कह रहा है कि मेरी गर्दन में से एक बाल तुम तोड़ लो, सवार के कपड़े मेरी पीठ पर बाँध दो और जब परेशानी में हो तो यह बाल जलाना, मैं फ़ौरन पहुँच जाऊँगा। लड़के ने वैसा ही किया। घोड़ा वापस चला गया और वह सुबह तक गड्ढे में छिपा रहा। सूरज निकलने से पहले ही वह गड्ढे से निकल आया और इस फ़िक्र में कि आज की रात उसकी बारी है वह घर पहुँचा। रात आयी तो वह निडर और अटल जवान क़ब्रिस्तान की ओर गया और देखा कि सितारे टिमटिमा रहे हैं और उनकी रोशनी में सब-कुछ साफ़ दिख रहा है। वह गड्ढे में घुस छिपकर जागता रहा। तभी सवारी आयी, सवार ने जैसे ही आग फेंकनी चाही, उसने लपककर उसे नीचे गिरा दिया और मार डाला। तभी घोड़े ने पहले दो दिनवाली बात दोहरायी। वह बाल लेकर गड्ढे में जा छिपा।

सुबह हुई तो घर आया, फिर भाइयों से मिलकर वह उस शहर की ओर चला जहाँ पर बादशाह ने अपनी बेटियों के लिए ढिंढोरा पिटवाया था। चलता गया, चलता गया, आख़िर उस शहर में पहुँच गया। वहाँ पर शाहज़ादों का मेला-सा लगा हुआ था। सभी सवार शीशे के खम्भे से नारंगी उतारना चाहते थे। लड़के के कपड़े फट चुके थे। सूरज में तपने के कारण उसका चेहरा काला पड़ चुका था। बाल धूल से अटे हुए थे। जैसे ही जवान मैदान में आया तो देखा कि उसके भाई वहाँ मौज़ूद हैं। किनारे गया, घोड़े के बाल को जलाया। फ़ौरन घोड़ा हाज़िर हुआ। तीसरा लड़का उस पर बैठकर सबसे बड़ी नारंगी उठाने में क़ामयाब हो गया। यह देख ख़ुशी के नारों का शोर हुआ। बड़ी शाहज़ादी जो खम्भे के पीछे छुपी थी ख़ुशी के मारे समझ नहीं पा रही थी कि क्या करे?

लड़के ने फिर बाल जलाया तो घोड़ा आया। उस पर बैठकर वह बीचवाले खम्भे से नारंगी उठाने में क़ामयाब हुआ। फिर ख़ुशी के मारे शोर हुआ और अन्दर छिपी लड़की समझ न पायी कि नाचे या गाये?

तीसरी बार वह अलग गया, बाल जलाया, लौटा और तीसरी नारंगी उठा ली। उसने सुन रखा था कि छोटी शाहज़ादी सबसे सुन्दर है।

सारे लोग हैरान थे। बादशाह, शाहज़ादियाँ, वज़ीर सभी इस युवक को देखना चाहते थे। बादशाह बोला, यह मेरी तीनों बेटियाँ तुम्हारी हैं। तभी तीसरे बेटे की निगाह अपने भाइयों पर पड़ी जो उसके क़रीब आना चाह रहे थे और अब उसे पहचान भी रहे थे। युवक बोला, ''मैं छोटी नारंगी अपने लिये रखता हूँ, दो दे देता हूँ। इसके बाद उसने दोनों नारंगियाँ भाइयों को दे दीं। तीनों के विवाह पर सात दिन, सात रात ख़ुशियाँ मनायी गयीं।

छोटा भाई राजा का प्यारा था, यह देख भाई जल गये। अन्त में उन्होंने तय किया कि इसको रास्ते से हटाना है। एक दिन तीनों भाई शिकार खेलने गये। चलते गये, चलते गये, एक कुएँ के पास पहुँचे। दोनों भाई घोड़े से नीचे आये, छोटे भाई को पकड़ उसके कपड़े ज़बरदस्ती उतारे और उसको कुएँ में डाला और कबूतरों का शिकार कर उनका ख़ून कपड़े पर छिड़का और रोते-पीटते बादशाह के पास पहुँचे और बोले, "हमने बहुत बचाया पर जंगली जानवर अपना काम कर गये।" यह ख़बर सुनकर छोटी राजकुमारी ने अपने बाल नोच डाले, मुँह को नाखूनों* से घायल कर लिया और जितना रो सकती थीं रोयी।

तीन दिन बाद फौज़ लेकर बादशाह शिकार को गये। साथ में घोड़े थे तो बादशाह सिपाहियों के साथ कुएँ के पास पहुँचे ताकि घोड़े पानी पी सकें। डोर डाली गयी तो नीचे से आवाज़ आयी जिसे सुनकर सब डर गये। बादशाह आगे बढ़े और उन्होंने पूछा, "कौन है नीचे?"

"पहले ऊपर तो खींचो तो बताऊँ मैं कौन हूँ?"

युवक को ऊपर खींचा गया। वह इतना कमज़ोर हो गया था कि उसे कोई पहचान न पाया। बादशाह ने कहा, "बोलो क्या हुआ था तुम्हारे साथ?"

जवान बोला, "मैं भूखा हूँ। पहले कुछ खाने को दो फिर कुछ बोलूँगा।"

जब जवान खा चुका तो बोला, "मैं बादशाह का दामाद हूँ और मेरे दोनों भाइयों ने मेरे साथ ऐसा किया है।"

बादशाह ने दामाद को पहचान लिया। महल पहुँचते ही हुक्म दिया कि आग का अलाव रोशन करो और दोनों भाइयों को उसमें फुँकवा दिया। थोड़े दिन बाद बादशाह हुकूमत से अलग हो गया और जवान बादशाह बन गया।

●

---

* ईरान में प्राचीन काल में स्त्रियाँ ऐसे दुःख के समय बाल नोचने के साथ-साथ नाखूनों से मुँह को भी घायल कर लेती थीं।

चालीस चाबियाँ

एक बादशाह था जिसके सात बेटे थे। एक दिन सातों बेटे घोड़ों पर सवार होकर शिकार खेलने गये। रास्ते में एक-दूसरे से कहने लगे कि "अगर शिकार किसी के हाथ से निकल जाय तो उसे शिकार के पीछे जाना है और बिना मारे नहीं लौटना है।"

यह शर्त तय हो जाने के बाद बादशाह के बेटे शिकार के लिए चल पड़े। उन्हें एक हिरन दिखायी दिया। उस हिरन को इन सबने घेर लिया और चाहते थे कि उसे पकड़ लें कि इतने में शिकार छोटे भाई की तरफ दौड़ा और उधर ही से बचकर भाग निकला। बादशाह के छोटे बेटे ने उस हिरन के पीछे घोड़ा डाल दिया। हिरन दौड़ते-दौड़ते एक पहाड़ी के समीप पहुँचा और वहाँ से शाहज़ादे की आँखों से ओझल हो गया। शाहज़ादे ने देखा कि पहाड़ी की चोटी पर एक आबिद (तपस्वी) बैठा है। शाहज़ादा थक चुका था। रात भी होनेवाली थी। उसे सोने की जगह भी चाहिए थी। वह ऊपर गया और आबिद से पूछा, "बाबा, क्या आपके पास इतनी जगह है कि मैं आपके साथ रह सकूँ?"

आबिद यह सुनकर उसे अपने साथ अपने घर ले गया। घर पहुँचकर शाहज़ादे ने देखा कि घर की दीवार पर एक बहुत ही ख़ूबसूरत लड़की की तस्वीर टँगी हुई है। शाहज़ादा उस लड़की पर मुग्ध हो गया और आबिद से बोला, "बाबा, यह तस्वीर किसकी है?"

तपस्वी ने जवाब दिया, "इस तक पहुँचना मुश्किल है। पहले सात देवों को मारो तो बाग़ में घुस पाओगे और फिर वहाँ बाग़ में एक बिल्ली है, जिसकी गर्दन में चालीस चाबियाँ हैं। हर चाबी से एक कमरा खुलेगा। जब उन्तालीस कमरे खुल जायँगे तो चालीसवें कमरे में वह लड़की तुमको मिलेगी।"

रात-भर शाहज़ादा वहीं रहा और सुबह होते ही वह उस जंगल की ओर निकल गया। चलता गया, चलता गया, आख़िर वह सात चौकीदार देवों के पास पहुँच गया। उस वक़्त देव सो रहे थे। उसने उनमें से सबसे बड़े देव को जगाया और उससे लड़ाई की। आख़िर देव हार गया और शाहज़ादे ने उसकी गर्दन काट दी। गर्दन के कटते ही आसमान आपस में टकराने-से लगे और ज़मीन धूल से भर गयी। इस तरह से उसने सारे देव मार डाले। सातवें देव के समीप उसे किताब मिली। उसको उठाकर उसने पढ़ा। उसको पढ़कर उसने मन्त्र पढ़े जिससे सारे देवों का ज़ादू टूट गया और वह पहले की तरह हो गये और शाहज़ादे के ग़ुलाम बन गये। शाहज़ादा बाग़ में गया और देखा

कि दीवार के किनारे एक बिल्ली बैठी है, जिसके गले में चालीस चाबियाँ हैं। यह देखते ही शाहज़ादे ने कमान पर तीर चढ़ाया। मगर निशाना खाली गया। आख़िर तीसरी बार निशाना ठीक बैठा और बिल्ली मर गयी। शाहज़ादे ने चाबियाँ अपने कब्ज़े में ले लीं। उन्तालीस कमरे खोले और जो भी उन कमरों में क़ैद था उसे आज़ाद किया। चालीसवीं चाबी लगायी और कमरा खोला। सामने मसहरी पर शाहज़ादी सो रही थी। उसके सिर पर बुलबुल बैठी गाना गा रही थी। शाहज़ादा शाहज़ादी के समीप गया और उसके गालों का चुम्बन लिया, फिर उसके हाथ को उठाकर अपनी अँगूठी उसकी उँगली में पहना दी।

शाहज़ादा बाग़ से बाहर आया और आबिद के 'हुजरे' में पहुँचा। आबिद से बोला, "बाबा, मैंने देवों व बिल्ली को मार डाला है और लड़की तक पहुँचकर उसकी उँगली में अपनी अँगूठी भी पहना दी है। अब आगे क्या करूँ?"

आबिद ने कहा, "कल बादशाह ढिंढोरा पिटवानेवाले हैं कि जिसने भी मेरी बेटी के हाथ में अँगूठी पहनायी है वह आकर उससे विवाह करे। ध्यान रहे, उसके साथ तीन शर्तें भी होंगी जिन्हें पूरी न करने पर सिर कटवाना पड़ेगा।"

यह सुनकर वह युवक ज़रा भी न घबराया और दूसरे दिन बादशाह के पास पहुँचा और बोला, "वह अँगूठी जो शाहज़ादी की अँगुली में आपने देखी है, वह मेरी है।"

बादशाह ने सुनकर कहा, "ठीक है, पर शाहज़ादी को पाने के लिए तुमको तीन शर्तें जीतनी पड़ेंगी। अगर हार गये तो सिर कटवाना पड़ेगा।"

जवान शाहज़ादा बोला, "कहिये, मैं हर शर्त पूरी करूँगा।"

बादशाह बोला, "मैं बिल्ली के सिर पर चिराग़ रख दूँगा और बिल्ली ही चारों तरफ गोल-गोल चालीस बार घूमेगी। अगर इस बीच तुमने चिराग़ न गिराया तो शर्त हार जाओगे।"

बिल्ली के सिर पर चिराग़ रखा गया और अभी उसने चक्कर काटना शुरू भी नहीं किया था कि जवान ने चूहा छोड़ दिया। बिल्ली चूहे को देखते ही झपटी और चिराग़ गिर गया। पहली शर्त जीतने के बाद उसने दूसरी शर्त पूछी। दूसरी शर्त थी चर्बी का चिराग़। उसे एक घण्टे में बनाकर जलाना भी था। यह शर्त मुश्किल थी, तो भी उसने जीत ली और चिराग़ से सब जगह रौशन कर दी। तीसरी शर्त में बादशाह ने कहा कि तुमको चालीस रोज़ तक शाहज़ादी का चुम्बन लेना है और इस तरह से लेना है कि वह सोते से जाग न पाये। अगर जाग गयी तो तुम्हारा सिर धड़ से अलग कर दिया जायगा। शाहज़ादे ने उन्तालीस दिन तक शाहज़ादी के इस तरह से चुम्बन लिये कि वह सोती ही रही, जागी नहीं। आख़िर चालीसवें दिन रात को ख़ुद शाहज़ादे ने चुम्बन ले लड़की को जगाकर कहा, "उठो, आज से तुम मेरी हो।" उसका हाथ पकड़ वह अपने देश लौट गया जहाँ उनकी शादी की ख़ुशी में सात दिन, सात रात तक खुशियाँ मनायी गयीं।

क़िस्सा सात कटे सिरवालों का

सुनानेवाले सुनाते हैं कि बहुत ज़माने पहले किसी देश में बारह शाहज़ादे रहते थे, जिनकी कोई बहन नहीं थी। रोज़ रात-दिन ये भाई बहाना बनाकर किसी-न-किसी प्रकार कहते, "ए माँ, अगर हमारे लिये तुमने एक बहन को जन्म न दिया तो हम यह घर छोड़कर चले जायँगे।" रानी हर तरह से कोशिश करके हार गयी मगर गर्भवती न हो सकी। अन्त में वे तंग आ गये और अपना बोरिया-बिस्तरा बाँध घर छोड़कर चले गये।

सात साल गुज़र गये। इस बीच रानी गर्भवती हुई। इस बार लड़की पैदा हुई। इसी तरह उसने बारह लड़कियों को एक-के-बाद-एक जन्म दिया।

लड़कियाँ जब बड़ी हुईं तो हरदम एक ही रट लगाये रहतीं, "माँ भाइयों की क्या ख़बर है?"

माँ बोलती, "वह लौटने ही वाले हैं।"

बहनों ने कितना भी सबर किया मगर फल कुछ न निकला। भाई नहीं लौटे। आख़िर वे भी तंग आकर अपना बोरिया-बिस्तर बाँध बियाबान की तरफ चल पड़ीं। बोलीं, "हम लोग हर दिशा में इतना चलें कि भाइयों को ढूँढ़ ही लें।" बहनें चलती गयीं, चलती गयीं, यहाँ तक कि एक-दूसरे से अलग हो गयीं।

छोटी बहन चलती गयी, चलती गयी; यहाँ तक कि छोटे भाई के पास जा पहुँची। भाई ने उसको नहीं पहचाना। वह बोला, "ए लड़की कौन हो तुम?"

लड़की बोली, "मैं सूरज देश के राजा की बेटी हूँ, भाइयों को ढूँढ़ने आयी हूँ।" यह सुनते ही भाई बहन को पहचान गया और बोला, "तुमने कैसे हिम्मत की जो अकेले इस तरह निकल पड़ीं।"

"नहीं भाई, मैं अकेली नहीं हूँ, बल्कि दूसरी बहनें दूसरे भाइयों की तलाश में निकली हैं।" भाई बहन को लेकर घर पहुँचा और उस पर इतना प्रेम बरसाया कि वह उसकी पत्नी के जलने का कारण बन गया।

एक दिन भाई की पत्नी पड़ोस में गयी और बोली, "जब से यह लड़की हमारी ज़िन्दगी में आयी है, एक दिन भी ख़ुशी से नहीं गुज़रा है। अब मैं इसके साथ कुछ ऐसा करना चाहती हूँ ताकि वह यहाँ से निकल जाय।"

पड़ोसिन बोली, "नमक डालकर नमकीन खाना पकाओ और उसको खाने को दो। फिर पानी के जग में छोटे-छोटे साँप के बच्चे डाल दो। जब प्यास लगेगी और वह पानी पियेगी, तो उस पानी से उसके पेट में हवा भर जायगी और भाई जब देखेगा कि बहन गर्भवती है तो उसको घर से निकाल देगा और तुम्हारी मुराद पूरी हो जायगी।" जैसे पड़ोसिन ने कहा, पत्नी ने वैसा ही किया। नमकीन खाना खाकर जब लड़की को प्यास लगी तो पानी पिया। पानी पीकर बोली, "जाने क्या था पानी में जो मेरे हलक में फँस रहा है।"

"कुछ नहीं," पत्नी ने जवाब दिया।

रात हुई और लड़की का पेट हवा भरने से ऊपर आ गया। दूसरे दिन पत्नी राजा के बेटे को सोती हुई बहन को दिखाकर बोली, "जाने किसके साथ सोयी है?" यह सुनते ही वह कमरे में गया, देखा बात सच है तो बहन का हाथ पकड़कर घर से बाहर निकाल दिया।

लड़की बेचारी चलती गयी, यहाँ तक कि एक बियाबान में पहुँची। देखा, दूर से धूल के बादल उड़ रहे हैं। उन्हीं बादलों के बीच से एक सवार आता दीखा। लड़की, जो प्यासी थी एक कँटीली झाड़ी के समीप बैठ गयी। सवार जो शाहज़ादा था, जब लड़की के पास पहुँचा, तो समझा वह शायद सपना देख रहा है। बोला, "इस बियाबान में तुम अकेली क्या कर रही हो?"

"मैं इतनी प्यासी हूँ कि बोल नहीं सकती," लड़की बोली। पानी पीकर लड़की ने पूरा क़िस्सा, जो उसके साथ गुज़रा था, कह सुनाया। सब-कुछ सुनकर शाहज़ादे ने उसे घोड़े पर बिठाया और चल पड़ा। शाहज़ादे की माँ ने महल की छत पर से देखा कि उसका बेटा एक लड़की को घोड़े पर बिठाये चला आ रहा है। शाहज़ादा सीधा महल में आया और माँ से बोला, "यह लड़की मैंने बियाबान में पायी है। बीमार है। जैसे भी हो इसका जल्दी इलाज होना चाहिए।"

रानी बोली, "इस भिखमंगी लड़की को मेरा दुर्भाग्य बनाकर लाये हो। जैसे भी हो इसे यहाँ से ले जाओ।"

शाहज़ादे ने कहा, "मैं तय कर चुका हूँ कि इसको अपनी रानी बनाऊँगा चाहे आसमान से पत्थरों की बारिश ही क्यों न हो।" महल में रहकर उसका इलाज हुआ फिर उसका विवाह हो गया। यह क़िस्सा भी भाई की बीबी से छुपा न रह सका। अपने को साधु के भेस में बदल करके वह महल पहुँची और देखा कि महल में आना-जाना काफ़ी हो रहा है। यही मौक़ा है अन्दर घुसने का, कोई ध्यान भी नहीं देगा। बस, अन्दर पहुँचकर देखा कि उसकी ननद और शाहज़ादा हाथ-में-हाथ डाले मगन हैं।

रात हुई। शाहज़ादे व लड़की एक कमरे में सोने चले गये। उसी के साथवाले कमरे में शाहज़ादे के सात भाई सो रहे थे। रात को पत्नी वहाँ पहुँची और सातों भाइयों का सिर काट ख़ून से भरा खंजर उसने शाहज़ादे के पास सोती हुई अपनी ननद के

हाथ में रखा और बाहर निकल गयी। अभी सुबह नहीं हुई थी कि दासियाँ उन बच्चों के कमरे में पहुँचीं। देखा कि सातों के सिर कटे हैं और वे ख़ून में नहाये पड़े हैं। वे चिल्लाने और रोने लगीं। शाहज़ादे की आँख खुली तो उसकी नज़र पत्नी के हाथ में पकड़े हुए खंजर पर पड़ी। लड़की बहुत रोयी, क़समें खायीं कि यह काम उसका नहीं है, मगर उसका किसी ने यक़ीन नहीं किया। उसके बदन को दाग़ा गया और शहर से बाहर निकाल दिया गया। रोती हुई लड़की बियाबान के बीचोंबीच पहुँची। उसने देखा कि ज़मीन से धुआँ उठ रहा है। उसमें से एक परी निकली और उससे पूछा, "क्यों रो रही हो?" जो भी उसके साथ हुआ था वह उसने कह सुनाया। परी बोली, "इतनी बेचैन न हो, अभी मैं उन सातों बच्चों को ज़िन्दा कर देती हूँ।" उसके इशारे के साथ ही एक महल बन गया जिसमें वह सात बच्चे खेल रहे थे। लड़के इन्हीं के साथ महल में रहने लगे। रोज़ बियाबान जाती, शाम को लौटती। इतनी अच्छी देख-रेख उनकी कर रही थी कि वह सही अर्थों में जवान बन गये थे।

एक दिन बादशाह महल से निकलकर कुछ दूर यूँ ही टहलने निकला। उसी लड़की के महल के समीप उसी जगह पहुँचा तो सातों जवान उसी तरफ बढ़े और बोले, "मेरे दादा, मेरे दादा," और फिर दूर चले गये। यह आवाज़ बादशाह सात दिन तक सुनता रहा और वैसे ही जवान पास आकर दूर चले जाते। आख़िर बादशाह ने तय किया कि इस भेद का वह पता लगायेगा।

एक दिन बादशाह चलते-चलते उस महल के पास पहुँच गये जहाँ पर सातों जवान दरवाज़े के पास खड़े थे। लड़की भी वहीं खड़ी थी। लड़की को देखकर बादशाह बोले, "तुम अभी ज़िन्दा हो, यहाँ क्या कर रही हो?"

"यह सातों जवान आपके पोते हैं। वही जिनका सिर आपने कटा हुआ देखा था?" बादशाह ने एक-एक पोते को गोद में लिया, लड़की को प्यार किया, और बोला, "तुम्हारी बदनामी का कौन ज़िम्मेदार है?"

लड़की बोली, "मेरे भाई की बीबी जो इसी शहर में रहती है।" बादशाह ने हुक्म दिया कि आग का अलाव जलाया जाय और फिर भाई की बीवी को उसमें डलवा दिया। वह जल गयी और लड़की बच्चों के साथ शाहज़ादे के साथ हर पल सन्तोष से गुज़ारने लगी।

•

क़िस्सा नीमतने का

एक बादशाह की तीन रानियाँ थीं मगर तीनों के बच्चे नहीं होते थे। एक दिन एक दरवेश बादशाह के महल में आया और आवाज़ लगायी। उसे देख बादशाह बोला, "तुम ऐसा कुछ करो कि मेरे घर लड़के का जन्म हो, तो मैं तुमको वज़ीर बना दूँगा।" दरवेश ने तीन सेबों में दुआ फूँककर दी। "यह तीनों सेब रानियों को दे देना, जल्दी ही इससे मुराद मिलेगी।" पहली, दूसरी रानियों ने पूरा सेब खा लिया मगर तीसरी रानी ने रोटी पकाते में आधा सेब खाया और आधा वहीं तन्दूर के किनारे छोड़ दिया। तभी एक सफ़ेद मुर्ग़ी आयी और आधा बचा सेब खा गयी।

दिन गुज़र गये, दो रानियों ने, जिन्होंने पूरे सेब खाये थे, दो पूरे बच्चों को जन्म दिया। तीसरी ने आधा सेब खाया था सो उसने एक ऐसे लड़के को जन्म दिया जिसके शरीर में ऐब था। इस कारण उसका नाम नीमतने रखा गया। लड़के जब बड़े हुए तो बादशाह से बोले, "बाबा, आपका ख़ज़ाना कहाँ है?"

बादशाह ने जवाब में कहा, "तुम मेरा ख़ज़ाना कभी न पा सकोगे क्योंकि जो भी मेरे पास है वह एक देव के चंगुल में है।"

लड़कों ने जब बहुत पूछा तो बादशाह ने बता दिया और उनकी मदद के लिए काफ़ी अच्छे मज़बूत व फुर्तीले घोड़े दे दिये। लड़के चल पड़े। चलते गये, चलते गये, आख़िर एक खलिहान के समीप पहुँचे। खलिहानवाले ने पूछा, "कहाँ जा रहे हो?" "हम लोग अपने बाबा की दौलत के लिए देव की खोज में हैं।"

किसान बोला, "अगर यह माश की दाल और लाल मसूर की दाल जो आपस में मिल गयी हैं, उनको अलग कर दो तो तुम्हें बाप की दौलत मिल जायगी।" लड़कों ने कोशिश की मगर दोनों दालों को अलग न कर सके। यह देख किसान, जो ख़ुद देव था, घर की छत पर खड़ी लड़की से बोला, "तुम समझती हो, ये काम पूरा करेंगे।"

लड़की बोली, "नहीं कर पायेंगे।"

देव बोला, "तो फिर ताली बजाओ, हँसो और नीचे आ जाओ।" लड़की नीचे आ गयी और लड़के वहाँ से चले गये। चलते-चलते जब एक गड़रिये के पास पहुँचे, उसने इनसे पूछा, "कहाँ जा रहे हो?" लड़कों ने जवाब दिया, "जा रहे हैं देव से

अपने बाबा की दौलत वापस लेने।" गड़रिया बोला, "अगर यह देग़ दूध से भरी पी सको, तो तुमको ज़रूर दौलत मिल जायगी।" दोनों लड़कों ने हर तरह चाहा मगर दूध न पी सके। गड़रिये की लड़की जो छत पर खड़ी थी, बोली, "बाबा, ए बाबा, राजा के लड़के पूरा दूध नहीं पी सकेंगे।" गड़रिया बोला, "तो फिर ताली बजाओ, हँसो और नीचे चली आओ।" लड़की ताली बजाती, हँसती नीची उतर आयी।

बादशाह के लड़के दुबारा चलने लगे। चलते-चलते एक अंगूर के बाग़ में पहुँचे। बाग़वान ने पूछा, "कहाँ चले?" लड़कों ने जवाब दिया, "अपने बाबा के ख़ज़ाने को देव के चंगुल से छुड़ाने।" अगर तुम अंगूर का एक गुच्छा एक-साथ खा सको तो अपने बाप के ख़ज़ाने के मालिक हो जाओगे।" लड़की छत पर से बोली, "बाबा, ए बाबा, यह अंगूर के गुच्छे को दाना-दाना करके खा रहे हैं।" बाग़वान बोला, "तो फिर ताली बजाओ, हँसो और नीचे आ जाओ।"

फिर लड़के चलने लगे, चलते-चलते आख़िर देव के घर पहुँचे। देव ने क्रोध में आकर इन दोनों लड़कों को पकड़कर छत में उलटा लटका दिया।

कुछ रोज़ गुज़र गये। बादशाह ने देखा, लड़के नहीं लौटे तो चिन्ता हुई। यह देख नीमतने, जिसका आधा बदन था, बाप के पास पहुँचा और बोला, "यदि आप कहें तो मैं भाइयों को भी ढूँढ़ लाऊँ और देव के पंजे से आपका ख़ज़ाना भी ले आऊँ।" बादशाह बोला, "जो पूरे थे वे तो काम कर नहीं पाये, तुम जो आधे शरीर के हो, कैसे कराेगे?" आख़िर नीमतने के बहुत कहने पर बादशाह मान गया। नीमतने उस सफ़ेद मुर्ग़ी के साथ चला। चलते-चलते खलिहान के पास पहुँचा। खलिहानवाले ने पहले ही की तरह पूछा और कहा, "अगर तुम इन दालों को अलग कर सको तो करो। दौलत तुम्हें मिल जायगी।"

मुर्ग़े की मदद से नीमतने ने दालें अलग कर डालीं। लड़की जो छत पर खड़ी थी, बोली, "ए बाबा, नीमतने यह काम कर डालेगा।" देव बोला, "सिर पीटो, रोओ और नीचे आओ।" नीमतने यहाँ से आगे चला तो रास्ते में गड़ेरिया मिला। वह बोला, "अगर इस बर्तन का सारा दूध पी लो तो तुम अपने बाप की दौलत के मालिक बन जाओगे।" नीमतने और मुर्ग़े ने सारा दूध पी लिया। लड़की जो छत पर खड़ी थी, बोली, "ए बाबा, नीमतने सारा दूध पी गया।" देव ने कहा, "फिर सिर पीटो, रोओ और नीचे उतरो।" लड़की नीचे आयी, नीमतने आगे बढ़ा। चलते-चलते अंगूर के बाग़ के पास पहुँचा। बाग़वान ने पूछा, "कहाँ जा रहे हो?" "बाप की दौलत देव के चंगुल से छुड़ाने।" बाग़वान बोला, "अगर तुम खा सकते हो तो इस अंगूर के गुच्छे को एक बार में खा जाओ तो ख़ुद-ब-ख़ुद बाप की दौलत के हक़दार बन जाओगे।" नीमतने मुर्ग़े की मदद से पूरा गुच्छा अंगूर का एक साथ खा गया। ऊपर खड़ी लड़की ने बाप को फिर पुकारा, "बाबा, ए बाबा, नीमतने पूरा गुच्छा खा गया।" "फिर सिर पीटो, रोओ और नीचे उतरो।"

देव ने देखा, नीमतने तीनों बातें पूरी कर गया। यह देख वह छुप गया। यहाँ से नीमतने चलता गया, चलता गया, यहाँ तक कि देव के घर जा पहुँचा। दरवाज़ा खटखटाया। देव की लड़की ने पूछा, "कौन है?" "मैं हूँ, अपने बाप की दौलत वापस लेने आया हूँ।" "देव घर नहीं है।" "ठीक है, मैं घर में घुसता हूँ।" यह सुनकर लड़की ने घबराकर दरवाज़ा खोल दिया। नीमतने ने पूछा, "मेरे भाई कहाँ हैं?" लड़की ने एक कमरे की तरफ इशारा किया। नीमतने ने भाइयों को आज़ाद कर दिया, उन्हें खाना दिया फिर कमरे से नीचे उतारा। बाद में लड़की से बोला, "तुम्हारे पिता की उम्र की बोतल कहाँ है?" लड़की बोली, "मैं नहीं जानती।" नीमतने 'कालार' (जलता पत्थर) की ओर इशारा करके बोला, "अगर नहीं बोलेगी तो इस पत्थर पर बैठा दूँगा।" लड़की डरकर बोली, "बाबा के जान की बोतल इस हौज़ में पड़ी मछली के पेट में है।" नीमतने ने हौज़ खाली कर मछली पकड़ी और बोतल निकालकर ज़मीन पर पटकी। उसी वक़्त देव जलकर राख हो गया। नीमतने ने दुबारा लड़की को धमकाया, "अगर तुमने नहीं बताया कि मेरे बाप का ख़ज़ाना कहाँ है तो भी इस 'कालार' पर बैठा दूँगा।" आख़िर लड़की को बताना पड़ा, "तुम्हारे बाबा की दौलत सन्दूक़ों में भरी कुएँ में है।" नीमतने ने दोनों भाइयों से कहा, "वे नीचे जाकर सन्दूक़ ऊपर दें। मगर दोनों भाइयों में से एक भी राज़ी न हुआ। नीमतने ख़ुद कुएँ के अन्दर गया और इसी बीच वह समझ गया कि उसे क्या करना है। इधर भाइयों ने आपस में तय किया कि आख़िरी बक्स जब ऊपर आयेगा तो हम उसे ऊपर नहीं खींचेंगे। नीमतने नीचे जाकर बोला, "सत्रह सन्दूक़ हैं", जबकि कुएँ में सोलह ही सन्दूक़ थे। आख़िरी सन्दूक़ के साथ नीमतने ऊपर आ गया। भाई ख़ुश थे कि नीमतने कुएँ में है, वह दौलत के मालिक बन गये हैं। बादशाह की सारी दौलत को घोड़े पर लादकर वे वापस लौटे। इन्हीं बक्सों में नीमतने भी था। जब अंगूर के बाग़ के पास पहुँचे तो बाग़वान बोला, "यह काम नीमतने का है।" गड़रिये के पास पहुँचे तो उसने कहा, "इन्होंने माँ-बाप की दौलत नहीं हासिल की है बल्कि नीमतने ने की है।" खलिहान पहुँचे तो वहाँ का किसान बोला, "यह काम तो नीमतने का है।"

जब शहर पहुँचे तो बादशाह यह देखकर बहुत ख़ुश हुआ। उस समय उसके साथ शाही मसख़रा भी था। इत्तफ़ाक़ से वह मज़ाक-मज़ाक में उचककर उसी सन्दूक़ पर बैठ गया जिसमें नीमतने बन्द था। उसी वक़्त नीमतने ने अन्दर से मसख़रे को सुआ चुभाया? बिचारा मसख़रा डरकर उचका और बोला, "इस सन्दूक़ में क्या है, मैं तो मर गया!" यह कहकर उसने अपनी जाँघ मली। सन्दूक़ खोला गया, देखा कि नीमतने अन्दर है। नीमतने को बादशाह के पास ले जाया गया। बादशाह उसे देखते ही समझ गया कि उस आधे शरीरवाले बेटे नीमतने में उन पूरे बदनवाले लड़कों से कहीं अधिक शर्म मौज़ूद है। •

पश्चिम की राजकुमारी, दक्षिण का राजकुमार

दक्षिण देश के बादशाह के एक बेटा था। राजा चाहता था कि आसपास के देशों में से उसका बेटा विवाह के योग्य सुन्दर शाहज़ादी को चुन ले, पर उसे कोई पसन्द ही न आती थी। आख़िर बादशाह को ग़ुस्सा आ गया और उसने हुक्म दिया कि इसको पहाड़ की चोटी पर क़ैद कर दिया जाय।

इसी तरह पश्चिम देश के बादशाह की बहुत ही ख़ूबसूरत बेटी थी। उसको जो भी देखने आता, वह कहती, "क्या पाना है ज़िन्दगी में शादी करके!" बादशाह यह सुनकर ताज्जुब करता। उससे जो हो सका उसने किया, पर शाहज़ादी किसी प्रकार राज़ी न हुई। आख़िर बादशाह ने बहाने से पहाड़ के ऊपर क़िले में उसे क़ैद करवा दिया।

लड़के के देश में एक परी रहती थी। वह रोज़ बियाबान की ओर जाती थी और शाम होते ही वह शहर की ओर लौटती थी। एक दिन रास्ते में यूँ ही घूमते-घूमते क़िले के अन्दर पहुँच गयी। देखती क्या है कि क़िले के अन्दर एक बेहद हसीन-सा जवान सोया हुआ है। एक शमा सिरहाने, एक शमा उसके पायताने जल रही है। यह देखकर उसका दिल अफसोस से भर आया, पर करती भी क्या! शहर लौट आयी।

लड़की के देश में भी एक परी रहती थी। रोज़ सुबह जंगल जाती, शाम को शहर लौट आती। एक दिन उस पहाड़ पर पहुँच गयी जहाँ शाहज़ादी क़ैद थी। क़िले के अन्दर उसने देखा कि एक सुन्दर भोली-सी लड़की सो रही है। एक शमा उसके सिरहाने और एक पैरों के पास जल रही है। यह देखकर वह स्वयं से बोली, "यह हसीना यहाँ क्या कर रही है?" करती भी क्या, ठहरकर शहर की तरफ लौट गयी।

बीच में दोनों परियों की आपस में मुलाक़ात हुई। वह परी जिसने जवान को देखा था, बोली, "मैं अभी एक क़िले में सोते जवान को देखकर आयी हूँ? आदमज़ाद के बीच ऐसा सुन्दर युवक मैंने आज तक नहीं देखा है।" जिस परी ने लड़की देखी हुई थी, बोली, "मैंने ख़ुद उस पहाड़ी पर सितारों की तरह हसीन लड़की देखी है। मैंने उसको सोते देखा पर ज़गाया नहीं।" ये दोनों परियाँ आपस में बहस करती रहीं कि उन्होंने जो देखा है, वही अधिक सुन्दर है। आख़िर तय किया कि लड़के-लड़की को एक जगह रखकर देखें कि कौन अधिक सुन्दर है। दोनों चलीं और लड़की के समीप

पहुँच गयीं और लड़की को लेकर उड़ीं और लड़के के समीप पहुँचकर लड़की को लिटा दिया। दोनों थक गयी थीं। बोलीं कि यहीं सुबह तक एक-दूसरे के साथ उन्हें छोड़ जातें हैं, सुबह आकर अलग कर देंगे। थोड़ी देर बाद लड़के ने आँख खोली तो क्या देखता है कि सितारों के समान झिलमिलाती-सी भोली पवित्र-सी लड़की उसके बाज़ू में सोयी हुई है। अभी ठीक से देख भी नहीं पाया था कि लड़की अपने से जाग उठी। लड़के ने पूछा, "तुम कौन हो? यहाँ क्या कर रही हो?"

लड़की ने जवाब दिया, "यहाँ मैं क़ैद में हूँ, नहीं जानती क्या करूँ?" "मैं भी इसी मुसीबत में फँसा हुआ हूँ और समझ नहीं पा रहा हूँ क्या करूँ?"

उसी रात को लड़के-लड़की ने आपस में अँगूठियाँ बदल लीं और साथ-साथ सोये। सुबह हुई तो परियाँ बोलीं, "चलो लड़की को वापस उसी जगह पर सुला आयें।" दोनों गयीं और उसी पहाड़ी पर जहाँ लड़की क़ैद थी, वापस सुला आयी। पौ फटते ही लड़के की आँख खुली तो पहलू में लड़की को न देखकर सोचने लगा, शायद सपना देखा है। इसी तरह जब लड़की उठी और बगल में लड़के को न देखा तो मान गयी कि उसने भी ज़रूर कोई मीठा सपना देखा है।

दूसरे दिन दोनों देशों के राजाओं ने हुक्म दिया कि बस अब दोनों को काफ़ी सज़ा मिल चुकी है, दोनों को नीचे लाया जाय। लड़का अपने देश में और लड़की अपने देश में जा पहुँचे। दोनों बीमार पड़ गये। जितना दवा-इलाज़ होता, हालत और बुरी होती जाती। एक दिन राजकुमारी की दाई राजकुमारी के पास आयी और बोली, "मुझसे अपना दुःख कह दो जो भी तुम्हारे साथ हुआ हो?" लड़की बोली, "जब मैं क़ैद में थी तब एक दिन मैंने एक लड़के को अपने किनारे पाया। हम दोनों ने आपस में एक-दूसरे के साथ जीने-मरने की क़सम खायी थी क्योंकि वह 'वही' था जिसका मुझे बरसों से इन्तज़ार था।" "चाहे जैसे भी हो मैं उसे ढूँढ़ निकालूँगी।"

दाई ने भेष बदला, मर्दाने कपड़े पहने और राजकुमार की दी हुई अँगूठी को लेकर चल पड़ी। जब दक्षिण देश में पहुँची तो देखा कि यहाँ सब काला लिबास पहने हुए हैं और दुःखी हैं। उसने पूछा, क्या बात है। एक शहरी ने जवाब दिया कि राजा का बेटा मरने के क़रीब है, कोई भी हकीम उसको ठीक नहीं कर पा रहा है। दाई जवान लड़के का भेस बदले हुए बोली, "मैं उसको ठीक कर दूँगा।" "क़िस्मत आजमाओ, जाने कितने जान गवाँ चुके हैं।" "मैं मौत से नहीं डरता और जानता हूँ कि मेरे हाथ से ही शाहज़ादे को ज़िन्दगी मिलेगी।" लोग उसको महल में ले गये और बादशाह से बोले, "यह मुसाफ़िर अटल है कि वह शाहज़ादे को ठीक कर देगा।" बादशाह मान गया। दाई बोली, "मैं इलाज़ तब ही शुरू करूँगा जब कमरे में कोई न होगा।" सब राज़ी हो गये। दाई शाहज़ादे के क़रीब बैठ गयी और उसको देखती रही। फिर उठकर गयी और एक कटोरे में पानी भरकर लायी और उसमें शाहज़ादे की दी हुई अँगूठी डाल दी और वह पानी शाहज़ादे को पीने के लिए दिया।

पानी को पीते हुए शाहज़ादे की नज़र अँगूठी पर पड़ी तो पहचानकर बोला, "तुम कौन हो?" "मैं बहुत दूर से आयी हूँ। अगर तुम्हारा दिल चाहे तो मैं तुमको तुम्हारी प्रेयसी से मिलवा दूँगी।" उसी रोज़ शाहज़ादा ठीक हो गया और दूसरे दिन शिकार खेलने के लिए दाई के साथ चल पड़ा। दोनों बिना किसी को बताये पश्चिम देश की ओर चले। रास्ते में दाई ने कहा, "तुम राजा से कहना मैं हकीम हूँ और तुम्हारी लड़की को ठीक करने आया हूँ।" जब महल में पहुँचे तो राजा को ख़बर मिली कि जवान हकीम दूर से आया है मगर इस शर्त पर कि लड़की ठीक होने पर उसकी हो जायगी। राजा मान गया और लड़का शाहज़ादी के कमरे में गया और हुक्म दिया, कमरा खाली किया जाय। फिर अपना चेहरा उसके समीप किया। लड़की उछलकर बैठ गयी और देखा, उसका 'खोया हुआ' प्रेमी मिल गया है। बादशाह के पास ख़बर गयी कि शाहज़ादी ठीक हो गयी है। बादशाह ने हुक्म दिया, शहर में दीये जलाये जायँ और सात दिन तक ख़ुशी मनायी जाय। सात मास शाहज़ादा वहीं रहा। एक दिन शाहज़ादे ने बादशाह से कहा, "अब समय आ गया है कि मैं पत्नी-सहित अपने देश जाऊँ और अपने माता-पिता के दुःख को दूर करूँ।"

दूसरे दिन शाहज़ादे का कारवाँ अपने ग़ुलामों और कनीज़ों के साथ अपने देश की ओर चल पड़ा। चलते-चलते वह ऐसी जगह पहुँचे जहाँ एक झील हरे पेड़ों से ढकी थी। वह बोला, "कुछ दिन यहाँ पर आराम करेंगे।" ख़ेमे डाल दिये गये। एक दिन शाहज़ादा शाहज़ादी के समीप लेटा था और आसमान की ओर देख रहा था। शाहज़ादी सो रही थी कि अचानक एक बड़ी-सी चिड़िया उड़ती हुई नीचे आयी और लड़की का गुलबन्द गले से नोचकर ले गयी। यह देखकर शाहज़ादा उसके पीछे भागा। भागते और पीछा करते हुए वह खेमे से बहुत दूर चला गया। शाहज़ादी सपने से जागी तो न गुलबन्द गले में था न पहलू में शाहज़ादा। शाहज़ादी समझ गयी कि शाहज़ादा हार के पीछे गया है। जब काफ़ी देर हो गयी तो शाहज़ादी ने शाहज़ादे का भेस बनाया और कनीज़ों के बीच पहुँच गयी।

उधर से एक अमीर गुज़रा और शाहज़ादे और ख़ेमे को देखकर वह अपनी लड़की क़ासिद बादशाह को देने पहुँचा। शाहज़ादी ने डर से कि कोई पहचान न ले, लड़की को क़बूल कर लिया। रात हुई तो शाहज़ादी ने अमीरज़ादी से कहा, "जिस वक़्त बादशाह लौटें, पहली रात तो तुम उनके साथ सो जाना, फिर दूसरी रात को देखा जायगा।" फिर क़ासिद ने अपने पिता को पत्र लिखा, "मैं शाहज़ादे के संग एक हरे-भरे बगीचे में ठहरी हुई हूँ।"

उधर शाहज़ादा भागता रहा, भागता रहा, पर चिड़िया न पकड़ पाया। आख़िर एक जानवरों के बाड़े में पहुँचा और गड़रिये से बोला, "मैं तुम्हारे जानवरों की रखवाली करता हूँ, तुम मुझे रोटी और पानी दो।" गड़रिया मान गया। इस तरह से कुछ रोज़ गुज़र गये। एक दिन शाहज़ादा खेत खोद रहा था कि उसे एक छेद दिखा। उसने

फावड़ा मारा तो उसमें एक गड्ढा दिखा। उसने फिर फावड़ा मारा तो उसमें घड़े दिखे जो जवाहरात से भरे थे। उसने उनको लिया और ख़ेमे की तरफ चल पड़ा। ख़ेमे में पहुँचा तो देखा कि सूरज की तरह हसीन एक लड़की पत्नी के पास बैठी है। पत्नी की इच्छा पर शाहज़ादा उस लड़की के साथ सोया और उस दिन से वह दो पत्नियों का पति हो गया। लड़की ने दोबारा बाप को पत्र लिखा कि इसके बाद हम लोग हर बदलते मौसम में नयी जगह जाया करेंगे।

•

सब्ज़ेक़बा व शक्करहवा

किसी ज़माने में एक बूढ़ा-बुढ़िया रहा करते थे। बूढ़े का काम काँटे जमा करना था। एक दिन घर में रोटी ख़त्म हो गयी। बुढ़िया बूढ़े से बोली, "आज तो रोटी पकानी ही पड़ेगी।" यह कहकर उठी और आटे के बोरे की तरफ गयी तो देखा, उस पर साँप बैठा है। यह देखकर बुढ़िया ने चीख मारी और दौड़ती हुई बूढ़े के समीप आयी और बोली, "आओ देखो, आटे के बोरे पर कौन बैठा है?" बूढ़ा अपनी कुल्हाड़ी लेकर पहुँचा और चाहता था कि साँप के सिर के दो टुकड़े कर डाले, तभी साँप बोला, "मुझे मत मारो, मैं तुम्हारा बेटा बनूँगा।" बूढ़े ने सुनते ही कुल्हाड़ी नीचे कर ली। इस साँप का नाम 'सब्ज़ेक़बा' था। जब बहुत दिन गुज़र गये तो सब्ज़ेक़बा ने बुढ़िया से कहा, "मेरी अच्छी माँ, जाओ और शहर के शासक की लड़की मेरे लिये माँगो।" बुढ़िया गयी। एक दिन एक रात रही मगर हिम्मत नहीं पड़ रही थी कि कुछ बोले। आख़िर सातवें दिन उसने मन की बात कह डाली। शासक की पत्नी ने रिश्ते की बात अपने पति को बतायी। वह सुनकर बोला, "ऐसा जवाब दूँगा कि साँप भी मर जायगा और लाठी भी नहीं टूटेगी।" और बुढ़िया से बोला, "रिश्ता मंजूर है मगर सत्तर ग़ुलाम व सत्तर बोरे जवाहरात से भरे हुए और इतने ही रूमाल लड़की के लिए लाने पड़ेंगे।"

बुढ़िया उदास-सी घर लौटी और सारा क़िस्सा कह सुनाया। सुनकर सब्ज़ेक़बा बोला, "यह कोई मुश्किल काम नहीं है।"

कुछ दिन बाद सब्ज़ेक़बा सत्तर ऊँट, सत्तर ग़ुलाम, सत्तर रूमाल, सत्तर ही सोने और जवाहर से भरे बोरे ले लड़की के घर की तरफ चला। शासक शहर के फाटक पर इतनी भीड़ देखकर बोला, "दुश्मन का हमला हो गया है।" शासक की पत्नी बोली, "नहीं, अभी क्या पता?" शासक ने घबराकर शहर में एलान करवा दिया कि हमला हो गया है मगर बाद में कहीं जाके समझा कि सब्ज़ेक़बा उसी की बेटी ब्याहने आया है। शासक बोला, "ठीक है।" सात दिन, सात रात तक पूरा शहर दीयों से जगमगाता रहा। जब विवाह हो गया तो सब्ज़ेक़बा लड़की को घर ले आया और उसका नाम 'शक्करहवा' रखा। काफ़ी दिन जब विवाह के गुज़र गये तो शक्करहवा से सब्ज़ेक़बा बोला, "यह मेरी केंचुली रखो, और याद रखो इसको कभी आग में न डालना, वरना दुबारा तुम मुझे न पा सकोगी तब तक जब तक कि सात जोड़े लोहे के जूते, सात जोड़े कपड़ों के व सात लोहे की छड़ी न पा लो।"

---

* सब्ज़ेक़बा (एक हरे रंग की चिड़िया जो बहार की ऋतु में ईरान में उड़ती नज़र आती है।) शक्करहवा (मीठी हवा)।

अभी कुछ ही दिन गुज़रे थे कि शक्करहवा के घरवाले उसे देखने आये। इधर-उधर कमरों में घूमते हुए शक्करहवा की छोटी बहन की नज़र केंचुली पर पड़ गयी। वह बोली, "वाह बहन, क्या-क्या जमा कर रखा है?" यह कहकर केंचुली सामने आतिशदान में डाल दी।

शक्करहवा जो अंजाम को जानती थी, यह देखकर उसने सिर पीट लिया। बोली, "यह क्या कर डाला तुमने? अब मैं क्या करूँ?" यह कहकर सीना पीटने लगी और बाहर आँगन में भागी। देखा कि छत पर सब्ज़ेक़बा उड़ा और ऊपर जाकर ग़ायब हो गया। यह देखकर शक्करहवा रोने लगी और नंगे पैर लोहार के घर की तरफ भागी और लोहार से बोली, "मेरे लिये सात जोड़े जूते, सात जोड़े कपड़े और सात छड़ी बना दो।"

लोहार ने शक्करहवा के कहने के अनुसार सब-कुछ बना दिया जिसे लेकर शक्करहवा चल पड़ी। चलती गयी, चलती गयी, यहाँ तक कि एक चश्मे के समीप पहुँची। वहाँ पर उसने देखा, कुछ औरतें बैठी हुई हैं। उसने पास पहुँचकर कहा, "मुझे एक गिलास पानी दे दो।" फिर ठहरकर बोली, "तुम सबने नीले कपड़े क्यों पहन रखे हैं?" लड़कियों ने जवाब दिया, "मेरे बाबा सब्ज़ेक़बा शक्करहवा के पास गये हैं और हमसे दूर हैं। अगर हम लोग शक्करहवा को देख लें तो मार डालें।" यह सुनते ही शक्करहवा वहाँ से चल पड़ी। चलती गयी, चलती गयी, जब तक वह दूसरे चश्मे के समीप न पहुँच गयी। उसने देखा वहाँ भी लड़कियाँ बैठी हैं जो लाल कपड़े पहने हैं। शक्करहवा ने पूछा, "तुम लोगों ने क्यों एक ही तरह के लाल कपड़े पहन रखे हैं?" "अरे, यह शक्करहवा की मेहरबानी है। सात साल से मेरे बाबा सब्ज़ेक़बा खोये हुए हैं। अगर हम शक्करहवा को पा जायँ तो कच्चा चबा जायँ।"

यह सुनकर शक्करहवा वहाँ भी न ठहर सकी और कई रात-दिन चलने के बाद वह तीसरे चश्मे पर पहुँची। एक प्याला पानी माँगकर वहाँ बैठी और लड़कियों से सवाल किया, "तुम सबने हरा कपड़ा क्यों पहन रखा है?" वे बोलीं, "मेरे बाबा कितने दिनों से खोये हैं इसी शक्करहवा के कारण। अगर कहीं शक्करहवा को हम पा जायँ तो कभी ज़िन्दा न छोड़ें।" यह सुनकर वहाँ से भी शक्करहवा उलटे पैर लौट आयी और आगे चलने लगी। तभी उसको चौथे चश्मे पर बैठी लड़कियाँ काले कपड़ों में दिखीं। यहाँ चश्मे के पानी का रंग भी काला था। यहाँ भी उसने वही सवाल किया और उसको वैसा ही जवाब मिला। इसी तरह पाँचवें, छठें पर पहुँची तो यही सवाल व जवाब मिले जो पहले मिले थे। आख़िर सातवें पर पहुँचकर उसने मुँह-हाथ धोया, तभी उसने देखा, एक लड़की झील के किनारे आयी। वह उस लड़की से बोली, "लड़की, मुझे भी प्याला दो ताकि मैं भी पानी पी लूँ।" पानी पीकर लड़की से बोली, "यह पानी प्याले में भरकर कहाँ ले जा रही हो?" लड़की ने जवाब दिया, "मेरे बाबा हैं न सब्ज़ेक़बा, उनके लिए ले जा रही हूँ।" यह सुनकर शक्करहवा ने अपनी अँगूठी

उस प्याले में चुपचाप डाल दी। लड़की चली गयी और अपने बाबा को उसने पानी दिया।

सब्ज़ेक़बा लड़की के हाथ से लेकर पानी पी गया। जब पानी ख़त्म हो गया तो एकदम से अँगूठी ज़मीन पर गिर पड़ी। सब्ज़ेक़बा ने लड़की से पूछा, "यह प्याला कहाँ से भरा?" "वहीं झील से जहाँ पर एक लड़की लोहे के जूते, कपड़े, छड़ी लिये हुए थी।" सुनते ही फ़ौरन सब्ज़ेक़बा शक्करहवा के समीप पहुँच गया और बोला, "मेरे सब रिश्तेदार देव हैं, अगर तुमको देख लेंगे तो टुकड़े-टुकड़े कर डालेंगे।" शक्करहवा बोली, "क्या करूँ अब मैं?" "कुछ दिनों से मेरी माँ आटे का खमीर बना रही हैं और वह उस ख़मीर को एक बड़ी खमीरदानी में उँड़ेलती जाती है। काम के समय वह अपने दोनों स्तनों को पीछे डाल लेती है ताकि काम करने में परेशानी न हो। तुम पीछे से जाकर उसके एक स्तन को मुँह में ले लेना और खींचना। वह हर तरह से कहेगी कि मेरी बकरी की जान के लिए मुझे छोड़ दो, मेरी गाय की जान के लिए छोड़ दो, मगर तुम छोड़ना नहीं और जब वह यह न कहे कि मेरी माँ के दूध के लिए व बाप के दुःख के लिए छोड़ दो, तब जाकर छोड़ना।" शक्करहवा चली गयी। जब सब्ज़ेक़बा की माँ के पास पहुँची तो क्या देखती है कि वह खमीर बना रही है। उसने चुपचाप जाकर उसके एक स्तन को मुँह में दबा लिया और खींचने लगी। खींचती गयी, खींचती गयी, जैसा कि सब्ज़ेक़बा ने कहा था वैसा ही शक्करहवा ने किया।

रात हुई। सब्ज़ेक़बा आया। माँ उसको देखते ही बोली, "यह सारा काम सब्ज़ेक़बा का है।" आधी रात तक जागती सब्ज़ेक़बा की माँ ने सोचा, शक्करहवा को ज़रूर मार डालेगी। कई रोज़ गुज़र गये। एक दिन गाँव में शादी हुई। सब शादी में चले गये। शक्करहवा घर में अकेली रह गयी। सब्ज़ेक़बा की माँ बोली, "तुम इतने आँसू बहाओ ताकि उससे पूरा घर धुल जाय, उसके बाद उस पानी को सूत डालना।"

शक्करहवा जितना रो सकती थी रोयी, पर उसने देखा कि घर भीग ही नहीं रहा है। तभी सब्ज़ेक़बा एक ख़ूबसूरत साँप बनकर घर में आया और बोला, "क्या बात है?" "माँ ने मुझसे कहा है कि मैं इतना रोऊँ कि उन आँसुओं से पूरे घर की धुलाई कर डालूँ।" "यह भी कोई काम है, मैं अभी करता हूँ," और यह कहकर सब्ज़ेक़बा ने घर को साफ़-सुथरा कर दिया। उसी वक़्त सब्ज़ेक़बा की माँ घर में आयी और बोली, "यह काम भी सब्ज़ेक़बा का है।" कुछ दिन और गुज़र गये। एक दिन सब्ज़ेक़बा की माँ एक काला थैला शक्करहवा को देकर बोली, "इसे सफ़ेद कर लाओ।" शक्करहवा चश्मे के पानी के किनारे बैठ गयी। जितना भी धोती, वह काला थैला साफ़ न होता। आख़िर वह रोने बैठ गयी। सब्ज़ेक़बा वहाँ पहुँचा और बोला, "क्या बात है?" "माँ ने यह गन्दा थैला धोने को दिया है कि धुलकर सफ़ेद मोती की तरह चमकीला हो जाय!" सब्ज़ेक़बा ने कहा, "सात रंग का पानी इस चश्मे में बहता है। नीला का नीला है, हरा का हरा है, काला का काला है, लाल का लाल है, पीला का पीला है, गुलाबी

का गुलाबी है, सफ़ेद-का-सफ़ेद है। इन रंगों में जो रंग आये तुम हाथ मत लगाना, जैसे ही सफ़ेद पानी आये यह थैला उस पानी में डुबोकर निकाल लेना।'' नीला पानी आया, हरा पानी आया, लाल पानी आया, पीला पानी आया, गुलाबी पानी आया, आख़िर सफ़ेद पानी जैसे ही नज़दीक आया, उसमें शक्करहवा ने थैला भिगो दिया और थैला सफ़ेद हो गया।

शक्करहवा घर गयी तो सब्ज़ेक़बा की माँ ने थैला देखकर कहा, ''यह काम भी सब्ज़ेक़बा का है।'' यह सब देखकर सब्ज़ेक़बा की माँ दिल-ही-दिल में बहुत ही ग़ुस्सा हुई और अपनी बहन के पास गयी जो देवनी थी। बोली, ''ए बहन, मैं उसको तुम्हारे यहाँ सूप लेने भेजूँगी, तुम मौक़ा पाकर उसके टुकड़े-टुकड़े कर देना।'' बहन मान गयी। कुछ रोज़ बाद सब्ज़ेक़बा की माँ ने शक्करहवा से कहा कि वह बहन के घर से सूप ले आये। शक्करहवा रोते-रोते चल पड़ी। रास्ते में सब्ज़ेक़बा मिल गया। उसने पूछा, ''क्या बात है?'' शक्करहवा ने बताया, सुनकर सब्ज़ेक़बा बोला, ''चलती जाओ, चलती जाओ जब तक कुछ कुत्ते-घोड़ों के पास न पहुँच जाओ। घास जो घोड़े के सामने हो उठाकर कुत्ते के सामने और कुत्ते की हड्डी को उठाकर घोड़े के सामने रख देना। फिर चलती जाना, चलती जाना, जब तक तुमको दरवाज़ा न दिख जाय। कमरे में घुसोगी तो कई घण्टियाँ दिखेंगी। तुम उनमें रुई लगा देना ताकि वह बज न पायें, फिर ख़ामोशी से सूप उठाकर भाग आना।''

जैसा सब्ज़ेक़बा ने कहा था, शक्करहवा ने सब-कुछ वैसा ही किया और ख़ामोशी के साथ डण्डी की मदद से सूप को सोती बुढ़िया के सिर के ऊपर से उतारा और भाग आयी। यह काम देखकर माँ बोली, ''यह काम भी सब्ज़ेक़बा का है।''

माँ ने जब देखा कि यह लड़की हार ही नहीं रही है तो और तरक़ीबें सोचीं। इसी बीच एक शादी पड़ी जो इन्हीं देवों के खानदान में थी। शादी में बीस शमा जलायी गयी और दस सब्ज़ेक़बा की अँगुलियों में और दस शक्करहवा की अँगुलियों पर रखी गयीं। जैसे-जैसे शमा जलती थी, शक्करहवा कहती थी, ''सब्ज़ेक़बा, मैं जल रही हूँ।'' जवाब में सुनती, ''शक्करहवा, मैं जल रहा हूँ।'' आधी रात तक जलना व पुकारना चलता रहा, यहाँ तक कि सब सो गये। तब सब्ज़ेक़बा एकदम से बढ़ा और दूल्हा-दुल्हन का सिर काट शक्करहवा को लेकर ग़ायब हो गया। दोनों उड़ते गये, उड़ते गये, यहाँ तक कि सब्ज़ेक़बा ने पूछा, ''शक्करहवा, पीछे क्या देख रही हो?'' ''सिर के पीछे एक रोशनी का पीला फीका भँवर-सा देख रही हूँ।'' वह बोला, ''चलो, फिर छुप जायँ।'' उसने फ़ौरन अपने को एक झाड़ में बदल लिया और शक्करहवा को रस्सी में बदल आँगन में फेंक दिया। वह भँवर सब्ज़ेक़बा का माभू निकला जो ढूँढ़कर चला गया। माँ ने अपने भाई से पूछा तो उसने कहा, ''वहाँ तो सिर्फ़ एक पुरानी झाड़ू और रस्सी के सिवा कुछ भी न था।'' यह सुनकर सब्ज़ेक़बा की माँ बोली, ''यह काम भी सब्ज़ेक़बा का है।''

दोवारा सब्ज़ेक़बा व शक्करहवा चले। चलते-चलते फिर सिर के पीछे उन्हें एक नीले रंग का हिलता हुआ दायरा दिखा। सब्ज़ेक़बा ने पूछा, "क्या देखा तो शक्करहवा ने बताया। सुनकर वह बोला, "यह मेरा फूफा है।" उसने फ़ौरन शक्करहवा को बाग़ में बदल दिया और ख़ुद चिथड़े पहनकर बूढ़ा माली बन गया। फूफा जो देव था, इस बूढ़े माली के पास पहुँचकर बोला, "तुमने किसी मर्द-औरत को तो नहीं देखा?" "सुबह से शाम तक इस बाग़ की देखभाल में ख़ून-पसीना एक करता हूँ। मुझ बूढ़े को इन बातों से क्या मतलब कि कौन आया, कौन गया।" फूफा के जाते ही वह फिर पहली शक्ल में आ गये और चलने लगे। थोड़ी देर बाद सब्ज़ेक़बा ने फिर शक्करहवा से पूछा, "अपने सिर के पीछे क्या देख रही हो।" शक्करहवा ने कहा, "एक फीकी गुलाबी रोशनी का हाथ।" "यह मेरा बाप है।" फ़ौरन शक्करहवा को पानी की चक्की और ख़ुद को चक्कीवाले में बदल दिया और काम करने लगा। सब्ज़ेक़बा का बाप आया और बोला, "एक औरत मर्द को तो तुमने नहीं देखा?" "मैं चक्की चलानेवाला, काम में लगा रहता हूँ। मुझे यह सब देखने की फुर्सत नहीं है।" बेचारा बाप नाउम्मीद लौट गया।

फिर दोनों अपने रास्ते पर चलने लगे। चलते-चलते सब्ज़ेक़बा ने शक्करहवा से पूछा, "तुम्हारे पीछे क्या है?" शक्करहवा ने जवाब दिया, "एक बहुत लाल रोशनी का भँवर आ रहा है। दूर है। मगर उसकी चमक से जंगल में रोशनी फैल रही हैं।" सब्ज़ेक़बा बोला, "वह मेरी माँ है।" फ़ौरन शक्करहवा को 'गज़ाफ़े' (एक प्रकार का कपड़ा) में बदल लिया और ख़ुद को अज़दहा बना लिया जो पेड़ के ऊपर से नीचे तक की लम्बाई में अपने बदन को पेड़ के चारों तरफ लपेटकर ज़मीन पर सिर रखे हुए था। सब्ज़ेक़बा की माँ जब पेड़ के समीप पहुँची तो बोली, "आख़िर दोनों को ढूँढ़ ही लिया।" यह कहकर उसने तलवार कमर से निकाली कि अज़दहे को मार डाले। यह देख सब्ज़ेक़बा अपने बचाव में सिर इधर से उधर करने लगा। कई बार अपनी गर्दन तलवार के चारों तरफ लपेट दी। जब उसने देख लिया कि माँ तय कर चुकी है कि उसको मार डाले तो इसके अलावा कोई राह न दिखी कि वह माँ को मार डाले। उसने माँ की कमर में फन से ऐसा झटका मारा कि उसके दो टुकड़े हो गये। उसके बाद सब्ज़ेक़बा व शक्करहवा दोनों साथ-साथ मज़े में रहने लगे।

•

व्यापारी की लड़की और परियों का राजकुमार

पुराने ज़माने में किसी शहर में एक व्यापारी रहता था जो हर पन्द्रह दिन बाद यात्रा पर निकल जाता। उस व्यापारी के एक लड़की थी जिसको वह बहुत प्यार करता था। एक दिन जब वह यात्रा पर जाने लगा तो लड़की से बोला, "बेटी, मैं तुम्हारे लिये क्या लाऊँ?" लड़की बोली, "मेरा दिल चाह रहा है कि मेरे लिये ऐसा कपड़ा लाइये जो मोतियों से बुना हुआ हो।" व्यापारी चला गया। शहर पहुँचकर सारे काम निपटाकर वह लौटने लगा तो यकायक उसे बेटी की फ़रमाइश का ध्यान आया। फिर वापस लौटा, हर जगह ढूँढ़ा मगर उसको वह कपड़ा न मिला। दुःखी होकर सोचने लगा कि क्या किया जाय? तभी उसके समीप एक बहुत ही बदसूरत आदमी आया और बोला, "अगर तुम मोतियों से बुना हुआ कपड़ा चाहते हो तो मैं तुम्हें दे सकता हूँ मगर तुम्हें बदले में मुझे अपनी लड़की देनी पड़ेगी।"

"ए मर्द, इस शक्ल व बदन पर मैं तुम्हें अपनी लड़की कैसे दे सकता हूँ? मैं यह काम नहीं कर सकता।" वह मर्द बोला, "अगर बेटी को चहते हो तो यह काम करना ही पड़ेगा।" व्यापारी ने और कोई चारा न देखकर मोतियोंवाला कपड़ा ले लिया और अपने घर का पता उस कुरूप को देकर अपने शहर की तरफ लौट आया।

लड़की कपड़े को देखकर बहुत ख़ुश हुई, लेकिन व्यापारी उसकी ख़ुशी देखकर उदास व दुःखी हो उठा। वह समझ नहीं पा रहा था कि किस तरह से सच्चाई लड़की के सामने रखे। आख़िर, जब बहुत घुटा तो एकदम बोल पड़ा, "बेटी, मैं जब यात्रा पर था तो बहुत चाहा, मगर मोतियों से बुना कपड़ा न मिला। तभी एक कुरूप आदमी से टकराया जो कहीं से भी आदमी नहीं लगता था। वह मुझसे बोला, "मेरे पास कपड़ा है मगर इसके बदले मैं तुम्हारी लड़की का हाथ चाहता हूँ।" मैंने बहुत कहा पर वह नहीं माना। अब वह आजकल में ही किसी दिन तुमको लेने आने ही वाला होगा।" यह सोचकर कि पिता ज़्यादा दुःखी न हों लड़की ने चेहरा न बिगाड़ा, बल्कि बोली, "यह सच है कि वह कुरूप है मगर मैं उसे क़बूल करती हूँ।"

एक रोज़ लड़की घर में थी कि आखीश (वही कुरूप आदमी) ने दरवाज़ा खटखटाया। दरवाज़ा खोलकर लड़की ने देखा कि वह वही आदमी है जिसके बारे में पिता ने कहा था। आखीश बोला, "मैं तुमको अपने साथ ले जाने आया हूँ।" लड़की,

"इसमें कहने की क्या बात है। मैं तुम्हारे साथ चलती हूँ।" दोनों चलते गये, चलते गये, यहाँ तक कि समुद्र के किनारे पहुँचे। आखीश बोला, "मैं जो भी कहूँगा वह सब तुमको करना पड़ेगा।" वह चाहता था कि लड़की को बोतल में बन्द कर दे। लड़की बोली, "मैं यह नहीं कर सकती।" आखीश ने लड़की को एक ज़ोर का चाँटा खींचकर मारा। लड़की ज़मीन पर गिर पड़ी और आखीश ग़ायब हो गया।

जब लड़की की आँख खुली तो क्या देखती है कि वह एक सुनसान बियाबान में अकेली है। उसने जैसे ही उठना चाहा कि वैसे ही आखीश आया और उसने फिर लड़की से वही कहा। लड़की ने फिर इनकार किया। फिर एक ज़ोर के चाँटे से लड़की बेहोश हो गयी और आखीश ग़ायब हो गया। जब लड़की को होश आया तो देखा कि चारों तरफ इतनी ख़ामोशी है कि वह घबरा गयी। जैसे ही उसने उठना चाहा, वैसे ही आखीश फिर आ गया और फिर वही सब तीसरी बार हुआ। जब लड़की को होश आया तो उसके सामने कोई चारा न था, सिवाय इसके कि वह बोतल में चली जाय। जैसे ही वह बोतल में गयी, आखीश बोतल के साथ समुद्र में कूद पड़ा और तैरता हुआ समुद्र की सतह में जा पहुँचा। वहाँ पर एक खिड़की थी जिसे खोलकर वह अन्दर गया। लड़की ने देखा कि एक बाग़ है और इतना बड़ा इतना सुन्दर है कि वह समझ नहीं पा रही थी। तभी वह एकदम से न जाने कैसे बोतल से बाहर आ गयी और सामने आखीश को खड़ा देखा। आखीश ग़ुलाम की तरह उसके समीप खड़ा था। थोड़ी देर बाद उसे धीरे-धीरे समझ में आने लगा कि वह कहाँ है और क्या देख रही है?

समय गुज़रता गया, यहाँ तक कि उसे वहाँ रहने की आदत पड़ गयी। एक दिन आखीश से बोली, "कितने ही दिन हो गये हैं घर से अलग हुए, पिता को देखने का मन है, मुझे कुछ दिन की इजाज़त दे दो।" आखीश बोला, "इस बार मैं सख़्ती नहीं करूँगा। तुम ख़ुद इस बोतल में आ जाओ, मैं तुमको तुम्हारे पिता के घर छोड़कर वापस आ जाऊँगा। फिर कुछ दिन बाद तुम्हें लेने आऊँगा।" घर पहुँचकर बाप ने बेटी को गले लगाया और प्यार करके बोला, "कहो तो, मैं भी सुनूँ कि वहाँ तुम्हारी ज़िन्दगी कैसी बसर हो रही है।" लड़की बोली, "न तकलीफ़ है और न आराम, बल्कि इस तरह की ज़िन्दगी गुज़रती है जैसे ज़मीन पर नहीं गुज़रती है, बस। रात से पहले एक ज़ाम शराब का पीकर सो जाती हूँ, फिर क्या होता है, मुझे पता नहीं है।" "एक दिन जब तुम्हारे लिये शराब लायें तो तुम मत पीना और देखना कि रात में वहाँ क्या होता है?" बाप ने कहा।

कुछ दिन बाद आखीश आया और लड़की को लेकर वापस चला गया। तीन रात तक लड़की लगातार शराब पीती रही। चौथी रात जब आयी तो उसने शराब नहीं पी और छुपाकर फेंक दी। रात हुई तो एक जवान चाँद की तरह हसीन कमरे में आया। उसे देखकर लड़की का दिल धड़कने लगा। लड़का आया और उसके पास लेट गया, फिर तमाम रात उसके साथ सहवास करता रहा। सुबह जब लड़की उठी तो देखा कि कहीं भी उस लड़के का कोई चिह्न नहीं है। वह ढूँढ़ते-ढूँढ़ते बाग़ में गयी मगर उसे

न पा सकी। दूसरी रात को भी उसने शराब नहीं पी और वही सब हुआ। तीसरी रात को भी, परन्तु उस रात उसने पूरी रात पलक न झपकी, बल्कि जब सुबह वह लड़का उसके समीप से उठने लगा तो लड़की बोल पड़ी, "क्यों, तुम अपने को मुझसे छुपाते हो? इतना सुन्दर जवान मैं कहाँ पा सकूँगी?" उसके बाद वह जवान लड़की से कभी नहीं छिपा।

एक दिन व्यापारी की लड़की और परियों के देश का राजकुमार बाग़ में टहल रहे थे, कि लड़की की नज़र एक अंगूर के गुच्छे पर पड़ी। लड़के ने उसे तोड़ने के लिए हाथ बढ़ाया, कि लड़की उसके पंखों के नीचे के हिस्से से टकरा गयी। एकदम बिजली चमकी और बादल गड़गड़ाये। लड़का बेहाल हो गया जैसे मुरदा। लड़की ग़म से पागल हो गयी, समझ नहीं पायी कि क्या करे। तभी आखीश पहुँचा और बोला, "क्या हुआ?" लड़की बोली, "हम दोनों अंगूर का गुच्छा तोड़ना चाहते थे, तभी मेरा हाथ उसके पंखों से टकराया, बिजली चमकी और देखो जो तुम्हारे सामने है, वही हो गया।" "अब तो इसकी ज़िन्दगी के लिए हम लोग ज़मीन पर चलते हैं, क्योंकि वह दवा सिर्फ़ तुम ही ला सकती हो।" दोनों फिर उस दरवाज़े से आये और फिर पानी से ऊपर खुश्की पर आकर आखीश ने लड़की को बोतल से निकाला और दोनों एक अनजाने शहर की तरफ चल पड़े। चलते-चलते एक शहर में पहुँचे, जहाँ पर कनीज़ों का बाज़ार लगा था। उस शहर के सारे लोग काले कपड़े पहने दुःखी नज़र आ रहे थे। आखीश और लड़की महल की तरफ गये और देखा कि वहाँ बादशाह कनीज़ें ख़रीद रहे हैं। आखीश बोला, "मेरे पास भी एक कनीज़ है।" तभी रानी की नज़र लड़की पर पड़ी और वह बोली, "मैं वह सुन्दर कनीज़ ख़रीदना चाहती हूँ।" उसे महल में लाया गया। वहाँ उसने देखा कि रानी बहुत उदास है और ऐसी कोई चीज़ नहीं जो उसके दुःख को दूर कर सके। उसी रात उसने रानी से पूछा, "क्या बात है?" "तुम मेरे दुःख को दूर नहीं कर सकती हो, फिर जानकर क्या करोगी?" व्यापारी की बेटी बोली, "मगर जब सब जानते हैं तो फिर मेरे जानने में क्या हर्ज़?" रानी बोली, "मेरे जवान बेटे को खोये हुए बहुत दिन हो गये हैं। न मालूम ज़िन्दा है या मर गया।" सुनकर लड़की बोली, "आज मैं आपकी कनीज़ों के साथ सोऊँगी," रानी बोली, "वहाँ तुम्हारे सोने की जगह नहीं है।" लड़की बोली, "एक रात हज़ार रात नहीं है!" वह दासियों के सोने के कमरे में चली गयी। दासियाँ उसे देखकर बोलीं, "यहाँ क्यों आयी हो, यह तुम्हारे सोने की जगह नहीं है।" "यूँ ही, ज़रा मुझे थोड़ी कमर सीधी करने दो, सुबह होते ही चली जाऊँगी।" वह बनकर सो गयी। आधी रात को देखा कि एक बदशक्ल कनीज़ अपनी जगह से उठी और सीधे रसोई में गयी, फिर एक बर्तन व चाबुक लेकर महल के बाहर निकली। वह भी कनीज़ का पीछा करते-करते कुएँ के समीप पहुँची। देखती क्या है कि एक लड़का वहाँ चार कीलों से ठोका गया है और कनीज़ उसको चाबुक से मार रही है और कह रही है, "या तो मुझे अपनी पत्नी बनाओ

या फिर यहीं मरो।'' जवान बोला, ''मैं किस तरह से तुम-जैसी कुरूप के साथ सहवास करूँ? यह नामुमकिन है।'' कनीज़ ने फिर चाबुक चमकाया। लड़के के पैरों के पास एक बर्तन जो हड्डियों से भरा था उसे बिखेरकर बाहर आ गयी और महल की ओर चली गयी। दूसरे दिन सुबह व्यापारी की बेटी रानी से बोली, ''अगर आप हिम्मत करें तो आपको मैं आपका खोया बेटा मिलवा सकती हूँ।''

रात होते ही रानी व लड़की उस बदशक्ल कनीज़ के पीछे चलीं। वही सब-कुछ हुआ जो पहली रात हो चुका था। देखकर रानी बेहाल हो गयी, पर लड़की ने उसे सँभाला। कनीज़ कुएँ से बाहर आयी और वे दोनों भी महल की तरफ बढ़ीं।

दूसरे दिन अभी सुबह नहीं होने पायी थी कि बदशक्ल कनीज़ के चार टुकड़े कर उसको शहर के दरवाज़े पर टाँग दिया गया। रानी समझ नहीं पा रही थी कि इस सुन्दर कनीज़ को इस बड़े काम के बदले में क्या दे? उससे बोली, ''तुम जो चाहोगी मैं तुमको दूँगी।'' लड़की बोली, ''बस मुझे यहाँ से जाने दीजिये'', और चली गयी।

वह महल से बाहर निकली, आखीश को पुकारा और दोनों चलते गये, चलते गये। यहाँ तक कि दूसरे शहर पहुँचे तो देखा कि महल के बाहर राजा कनीज़ ख़रीद रहे हैं। छत पर रानी कनीज़ों को देख रही थी कि आखीश दूर से चिल्लाया, ''मेरे पास भी कनीज़ है।'' रानी ने उसको ख़रीद लिया और महल में बुलाया। लड़की महल में गयी तो देखा, रानी काला कपड़ा पहने इतनी उदास है कि देखनेवाला भी उदास हो जाय। लड़की ने पूछा, ''क्या हुआ है?'' ''यह दुःख ऐसा नहीं है जो तुमसे कहूँ। अपने तक ही रखूँ तो अच्छा है।'' व्यापारी की लड़की बोली, ''यह दुःख शायद बरदाश्त करना मेरे लिये कठिन हो, पर हो सकता है कि मैं कुछ मदद कर सकूँ।'' रानी बोली, ''एक इकलौते लड़के की शादी की, मगर उसी रात किसी ने ज़ादू कर दिया। बहू-बेटा दोनों कुत्ते बन गये हैं।'' ''आप सबर करें, शायद मैं इस भेद का परदा खोल सकूँ।'' पूरा महल घूमकर, देखभाल कर वह पिछली छत पर पहुँची, तो वहाँ से उसने देखा कि दूर बियाबान में एक हब्शिन बैठी चरखा कात रही है। बिना कुछ कहे व्यापारी की लड़की नीचे आयी और चुपचाप बियाबान की ओर चली और बुढ़िया के समीप पहुँचकर ठहर गयी। देखा कि बुढ़िया चरखा चलाती जाती है, साथ ही मन्त्र भी पढ़ती जाती है। लड़की बोली, ''माँ, मुझे रानी ने महल से निकाल दिया है, मुझे भी यह मन्त्र सिखा दो ताकि रानी से बदला ले सकूँ।'' बुढ़िया मन्त्र पढ़ती जाती और उसे सिखलाती जाती थी। आख़िर लड़की ने देखा कि बुढ़िया तन्दूर के किनारे बैठी है। लड़की ने उसे तन्दूर में धकेल दिया और आगे बढ़ गयी। इस तरह से उसने चालीस हब्शिन बुढ़ियों को तन्दूर में धकेला और सबको मार डाला। जब काम ख़त्म हो गया तो वह महल में लौटी और देखा कि शहज़ादा व उसकी पत्नी आदमी की शक्ल में आ गये हैं। रानी ख़ुशी से फूला नहीं समा रही थी और सोच रही थी कि उस सुन्दर कनीज़ के लिए वह क्या करे? लड़की बोली, ''केवल मुझे यहाँ से जाने दीजिये,'' और चली गयी।

लड़की शहर से बाहर आयी, आखीश को आवाज़ दी और दोनों चलते गये, चलते गये, यहाँ तक कि एक शहर पहुँचे, जहाँ महल के सामने कनीज़ों का मेला लगा हुआ था और रानी छत से कनीज़ों को देख रही थी। तभी आखीश महल के समीप पहुँचकर बोला, "मेरे पास भी कनीज़ है।" रानी ने देखा, जैसे चाँद निकल आया हो। फ़ौरन व्यापारी की लड़की को महल में बुलवाया। वहाँ पहुँचकर कनीज़ ने देखा, यह रानी भी उदास है। उसकी उदासी देखकर उसका मन भी उदास हो गया। लड़की ने पूछा, "क्या हुआ?" रानी बोली, "कुछ साल हुए, शाहज़ादी अन्धी हो गयी है। मैंने उसकी देखभाल के लिए तुम्हें रखा है। अब तुम्हीं उसकी देखभाल करो। बेटी के कमरे में जाओ।" वह कमरे में गयी तो देखा, कमरे में पलँग पर एक लड़की लेटी है। वह सिरहाने जाकर खड़ी हो गयी। शाहज़ादी बोली, "कौन?" व्यापारी की लड़की बोली, "मैं कनीज़ तुम्हारी देखभाल के लिए आयी हूँ।" और यह कहकर उसके पास पहुँच गयी। रात हुई तो लड़की बोली, "मेरी नींद बहुत गहरी है, जब कोई काम पड़े तो मुझे जगा लेना," और कहकर बिना जवाब सुने सो गयी।

व्यापारी की लड़की ने कहा ज़रूर था, मगर उसने पलक भी नहीं झपकी थी। अचानक उसने देखा कि राजकुमारी खड़ी हो गयी और शीशे के पीछे से एक बोतल निकालकर और उसका मुँह खोलकर कुछ हाथ में लगाकर आँखों पर मला और कमरे से बाहर चली गयी। लड़की ने उसका पीछा किया। दोनों चलती गयीं, आख़िर में जब चालीस हब्शियों के पास पहुँची तो वे एक आवाज़ में बोले, "कहाँ थीं तुम, बड़ी देर कर दी?" माँ के मरने का ग़म मना रही थीं क्या?" शाहज़ादी ने जवाब दिया, "अरे, मेरी नयी कनीज़ बड़ी चालाक है इसलिए आने में देर हो गयी।" फिर सुबह होने से पहले वह महल में लौट आयी।

सुबह को व्यापारी की बेटी ने रानी को ख़बर दी कि मैं शाहज़ादी की आँख की दवा पा गयी हूँ और वह दवा रानी को दे दी। अभी लड़की सो ही रही थी कि उसकी आँखों में दवा मल दी गयी और दवा से उसकी रोशनी वापस आ गयी।

रानी बहुत ख़ुश हुई और समझ न पायी कि इस सुन्दर कनीज़ के साथ क्या करे। बोली, "जो चाहो मुझसे माँग लो।" "मुझे इजाज़त दीजिये ताकि यह दवा मैं अपने साथ ले जाऊँ।" रानी तैयार हो गयी। महल से बाहर आकर उसने आखीश को आवाज़ दी और दोनों चल पड़े। आखीश बोला, "क्या किया तुमने? आख़िर दवा ढूँढ़ ही ली।" दोनों समुद्र के किनारे पहुँचे। आखीश ने लड़की को बोतल में रखा और पानी की सात तहों के अन्दर ले गया। खिड़की खोली और बाग़ में दाख़िल हुए। परियों का शाहज़ादा बेहोश घास पर पड़ा था। व्यापारी की लड़की ने वह दवा पंखों पर मली। वह ज़िन्दा हो गया और दोनों ख़ुशी से ज़िन्दगी गुज़ारने लगे। व्यापारी की लड़की की वफ़ा ने रंग दिखाया।

•

मूनचलकरे

पुराने ज़माने में एक बादशाह था जिसकी सात रानियाँ थीं। एक दिन बादशाह महल से बाहर निकला और घूमते-घूमते दूर निकल गया। सामने झील का साफ़ चमकीला पानी देखा। उसकी नहाने की इच्छा हुई। उसने कपड़े उतारे और पानी में उतर गया। नहाकर जब निकला, कपड़े ग़ायब थे। उसने बहुत ढूँढ़ा पर कपड़े नहीं पाये। उसी समय एक औरत जो देवनी थी वहाँ पर पहुँची और बोली, ''या तो तुम मुझे अपनी पत्नी बनाओ या फिर बुरे दिन देखो।''

''पहले मेरे कपड़े तो दो, फिर जो चाहो कहना,'' बादशाह ने घबराकर कहा।

''मैं तुम्हारे साथ महल चलूँगी,'' कपड़े देते हुए देवनी ने कहा। बादशाह उस औरत के साथ महल पहुँचा।

देवनी ने देखा कि बादशाह की सात रानियाँ हैं। वह क्रोध में उबली और बोली, ''या तो इन सात रानियों को अन्धा करके कुएँ में डलवाओ या फिर मैं ही उनको मार डालूँ।'' बेचारा बादशाह मज़बूर हो गया। सातों रानियों की आँखें फोड़ दी गयीं और उन्हें कुएँ में डलवा दिया गया। उस दिन के बाद रानियों के लिए न तो कोई खाना ले गया, न ही किसी ने पलटकर देखा कि बेचारियों का क्या हाल है। रानियाँ एक के बाद एक बच्चे को जन्म देने लगीं। आपस में यह तय हुआ कि हर बच्चे के जन्म पर सब उसे बाँटकर खायेंगे। छोटी रानी अपना हिस्सा खाती नहीं थी बल्कि छुपाकर रखती जाती थी, यहाँ तक कि उसने भी एक लड़के को जन्म दिया। रानियों ने देखा, वह बच्चे को बाँटने के लिए तैयार नहीं है। यह देखकर सबने उसे घेर लिया और कहने लगीं, ''हमने तुम्हें हाथ दिया, हमने तुम्हें ज़िगर दिया, हमने तुम्हें कान दिया, हमने तुम्हें आँख दी, हमने तुम्हें सिर दिया, पैर दिया।'' छोटी रानी ने जो कुछ दूसरों से लिया था और खाया नहीं था, सब उनको वापस कर दिया—जो भी हाथ, पैर, नाक, कान वे चाहती थीं—और बच्चे को न बाँटा। यह लड़का इब्राहीम बड़ा होता गया। आख़िर एक दिन माँ ने कहा, ''मेरे बेटे, अब वक़्त आ गया है, तुम बड़े हो गये हो। ऊपर जाओ और हमारे लिये खाना ले आओ।'' फिर बोली, ''बादशाह अपने कुत्तों को चावल और गोश्त देता है। महल जाओ और जो भी कुत्तों के खाने में से ला सको

ले आओ।'' इब्राहीम कुएँ से बाहर निकला। अब उसका सिर्फ़ यही काम रह गया था। इतनी-सी उम्र में वह कुएँ से कुत्तों तक जाता, खाना उठाता और पहुँचाता रहता था।

एक दिन बादशाह ने देखा कि कुत्ते कुछ दुबले होते जा रहे हैं। वज़ीर से पूछा, ''क्या कुत्तों को खाना नहीं देते?'' वज़ीर ने कहा, ''गोश्त व चावल, यही खाना रोज़ इनको मिलता है।'' बादशाह ने यक़ीन न किया और कहा, ''नहीं, ऐसा नहीं है।'' आख़िर बादशाह ने कई दिन तक छुपकर देखा कि वज़ीर के कहने में कितनी सच्चाई है। देखा कि एक चाँद-जैसा लड़का आया, कुत्तों के सामने जो भी खाना था उठाकर थैले में डाला और कुएँ में जाकर डाल दिया। बादशाह समझ गया कि यह ख़ूबसूरत बच्चा उसका अपना है। वह उदास होकर रोने लगा और बेटे से थोड़ी बहुत बात की।

बादशाह महल में लौटा, वज़ीर को बुलाया और कहा, ''आज से कुत्तों के सामने दुगुनी खुराक डाली जाय,'' और देवनी के पास लौट आया। देवनी जो छत पर खड़ी थी, सब-कुछ देख रही थी। बादशाह से उसने पूछा, ''यह बच्चा कौन था?'' बादशाह चुप रहा। देवनी बोली, ''नहीं बताया तो देखो मैं क्या करती हूँ।'' बादशाह ने घबराकर कहा, ''वह बेटा मेरी सात रानियों में से एक का है, जिनको तुमने कहा था कि अन्धा करके कुएँ में डाल दिया जाय।'' देवनी ने सुनकर बहाना बनाया, ''यह लड़का मेरे लिये ख़ूनसार (शहर का नाम) से सेब व अनार ले आये।'' बादशाह ने कहा, ''इतना छोटा बच्चा यह चीज़ें इतनी दूर से कैसे लायेगा?'' ''अगर नहीं लायेगा तो ख़ुद भुगतेगा।'' बादशाह दुःखी हो इब्राहीम से बोला, ''ए बेटे, जाकर ये दोनों फल ले आओ।''

इब्राहीम चलता गया, चलता गया, आख़िर ऐसी जगह पहुँचा जहाँ एक आबिद (तपस्वी) नमाज़ पढ़ रहा था। वह अपने रास्ते चलता गया, मगर यकायक उसको रुकना पड़ा क्योंकि कोई उसे आवाज़ दे रहा था। उसने देखा, वही बूढ़ा आबिद है। पास गया तो आबिद ने कहा, ''इतनी जल्दी कहाँ जा रहे हो?'' इब्राहीम बोला, ''मैं सेब और अनार लाने के लिए ख़ूनसार जा रहा हूँ।'' आबिद बोला, ''यह दोनों ही चीज़ें देवनी के पास हैं, वह तुमको देखते ही मार डालेगी।'' इब्राहीम बोला, ''बिना लाये कोई चारा नहीं, मुझे यह काम करना ही पड़ेगा।'' बूढ़ा बोला, ''तो फिर ये डण्डी और डोलची ले जाओ, इससे फल तोड़ना और इसमें भर लेना।'' इब्राहीम उस आबिद से अलग हुआ और ख़ूनसार के रास्ते पर हो लिया। चलता गया, चलता गया, आख़िर सेब और अनार के बाग़ में पहुँच गया। देखा, देवनी सो रही है, देव का बच्चा सिरहाने खड़ा है। उसने डण्डी के सहारे फल तोड़े और डोलची में रखकर वापस चला आया। यह देखकर बच्चा बोला, ''माँ, ले गया, फल ले गया।'' देवनी बोली, ''कौन?'' ''डण्डी,'' बच्चे ने कहा। ''डण्डी कहीं फल लेती है?'' देवनी यह कहकर फिर पलटकर सो गयी। वहाँ से इब्राहीम महल पहुँचा। देवनी ने जब देखा कि लड़के ने इच्छा पूरी कर दी है तो उसने दूसरा बहाना किया कि वह मूनचलकरे (घोड़े का नाम)

चाहती है। इब्राहीम फिर बियाबान की तरफ लौट गया। चलता गया, चलता गया, आख़िर उस आबिद के पास पहुँचा। जब वह नमाज़ पढ़ चुका तो बोला, "इस बार कौन-सी चीज़ लेने जा रहे हो?" इब्राहीम बोला, "इस बार मूनचलकरे लेने।" "तुम उसके समीप भी पहुँचे तो वह तुम्हारे टुकड़े-टुकड़े कर देगा।" इब्राहीम ने कहा, "चारा भी क्या है?" बूढ़े ने एक बोरा नमक और एक आईना उसको दिया और कहा, "यह उस झील के लिए है जहाँ मूनचलकरे आता है। यह नमक झील में डालकर छुप जाना। मूनचलकरे दूसरे घोड़ों के साथ वहाँ आयेगा। जब पानी पियेगा तो उसकी प्यास और बढ़ेगी और दूसरी झील की तलाश में जायगा। उसी समय तुम यह आईना मूनचलकरे के मुख पर चमकाना। वह परेशान हो जायगा और तुम उस पर बैठ जाना।"

इब्राहीम झील की खोज में चल पड़ा। दोपहर हो गयी थी, सूरज चमक रहा था। झील पर पहुँच पूरे-का-पूरा नमक उसमें गिरा दिया। अभी थोड़ी ही देर हुई थी कि मूनचलकरे अन्य घोड़ों के साथ आया। पानी पीते ही फिर प्यास लगी। उसी समय इब्राहीम ने आईना चमकाकर उसको क़ाबू में कर लिया।

इब्राहीम मूनचलकरे पर सवार हो महल की ओर गया। देवनी ऊपर से खड़ी देख रही थी कि लड़के ने उसकी यह इच्छा भी पूरी कर दी। ख़ुद से बोली, "मैं इसको ख़त्म कर दूँगी वरना मेरे लिये यह मुसीबत बनेगा।" कुछ रोज़ बाद देवनी ने फिर बहाना किया और बादशाह से कहा, "इब्राहीम जाकर एक महीन कपड़े से बना पालना ले आये।" बादशाह ने इब्राहीम को बुलाया और उससे देवनी की इच्छा कही। इब्राहीम खोज में निकल गया। चलते-चलते वह वहाँ पहुँचा जहाँ वह आबिद नमाज़ पढ़ रहा था। जब वह नमाज़ पढ़ चुका तो इब्राहीम आगे बढ़ा। आबिद ने पूछा, "इस बार क्या ढूँढ़ने निकले हो?" इब्राहीम बोला, "महीन कपड़े का पालना।" "यह तो तुम्हें देवों के क़िले में मिलेगा, जिसके अन्दर देवों का एक बच्चा सो रहा है।" आगे बोला, "सारे देव मूनचलकरे को ढूँढ़ने में लगे हुए हैं। क़िले में कोई नहीं होगा। तुम बच्चे को मार देना और उसकी जाँघ की चर्बी भी निकाल लाना ताकि वह दवा के काम आये। उसके लगाने से हर अन्धे को आँखें मिल जायँगी।"

इब्राहीम चलता गया, चलता गया, आख़िर वह देवों के क़िले के पास जा पहुँचा। वहाँ कोई भी न था, सिर्फ़ उस बच्चे के अलावा जो पालने में लेटा हुआ था और ख़ुद अपने लिये लोरी गा रहा था। बच्चे की नज़र जब इब्राहीम पर पड़ी तो उसने पूछा, "ए लड़के, तुम यहाँ क्या कर रहे हो?" इब्राहीम ने पूछा, "महीन कपड़े का पालना कहाँ है?" देव ने कहा, "यही पालना है जो तुम देख रहे हो, जिसमें मैं लेटा हूँ।" इब्राहीम ने देव के बच्चे को मारा और जाँघ से चर्बी निकाली और क़िले में इतना घूमा कि आख़िर देवनी के जान की बोतल उसे मिल ही गयी। बोतल ली और चल पड़ा। देवनी ने जब देखा कि इब्राहीम के हाथ में उसकी जान की बोतल भी है तो वह प्यार से बोली, "यह बोतल ज़रा इधर रखकर मेरे पास तो आना मेरे बेटे।" इब्राहीम बोला,

"अब ज़रा कम बोलो, अब मैं तुम्हारी जान लूँगा।" और बादशाह से बोला, "देवनी का महल से बाहर निकाल दीजिये।" देवनी को महल से बाहर निकाल दिया गया और इब्राहीम भी देवनी के साथ महल से बाहर निकल आया। जब वे महल से कई मील दूर पहुँच गये तो इब्राहीम ने पत्थर पर पटककर बोतल तोड़ दी और देवनी वहीं राख हो गयी।

इब्राहीम ने बच्चे की जाँघ की चर्बी अपनी माँ और दूसरी रानियों की आँखों में लगायी जिससे सबको आँखें मिल गयीं और इब्राहीम के दिन उसके बाद मीठे हो गये।

●

देवों का क़िला

बहुत दिन पहले एक बादशाह बड़ी शान से हुकूमत करता था। न कोई दुःख था, न परेशानी जिसकी उसे फ़िक्र होती। मगर अचानक एक दिन बादशाह की आँखों की रोशनी ग़ायब हो गयी। जितना हो सकता था इलाज किया गया पर कोई लाभ नहीं हुआ। आख़िर हकीम, जो सब-कुछ करके हार गये थे, बोले, ''अब बादशाह की आँखों में ऐसे देश की मिट्टी रोशनी ला सकती है जहाँ पर बादशाह ने कभी पैर न रखा हो।''

लड़कों ने जब यह सुना तो सब साथ बैठे और सलाह-मशविरा करने लगे। बड़ा लड़का बादशाह के समीप गया और बोला, ''बाबा मुझे इजाज़त दो ताकि मैं उस अनजान शहर की मिट्टी ले आऊँ।'' बादशाह दुःखी होकर बोला, ''मेरा मरना अब क़रीब है। मरने से पहले तुम सबको एक साथ मैं अपने आस-पास देखना चाहता हूँ। इसलिए तुम्हारा जाना ठीक नहीं है।''

''आप कैसी बातें करते हैं, मैं गया और आया। आपकी आँखों में रोशनी ज़रूर आयेगी।''

लड़का यह कहकर, सामान लेकर, सफ़र पर चल पड़ा। शहर-से-शहर और गाँव-से-गाँव फिरता रहा। आख़िर ऐसी जगह पहुँच गया जहाँ उसने सोचा कि यहाँ की मिट्टी पिता की देखी हुई नहीं होगी। वहाँ से मिट्टी लेकर और उस जगह का नाम लिखकर वह लौट आया। राजा उसे देखकर बोला, ''क्यों बेटे जो मिट्टी लाये हो, वह किस देश की है?'' जैसे ही बेटे ने उस देश का नाम लिया, बादशाह बोला, ''मैं जब तीस साल का था तब वहाँ पर गया था।'' यह सुनकर लड़का उदास हो गया। दूसरी बार बादशाह का दूसरा बेटा बादशाह के पास आया, ''मुझे भी इजाज़त दें ताकि मैं भी अनजान देश जो आपका देखा हुआ न हो, उसकी मिट्टी ले आऊँ।''

''मेरे ज़िगर के टुकड़े, जब बड़ा भाई वह काम न कर सका तो तुम कैसे कर लोगे?'' फिर बादशाह आगे बोला, ''अभी तो जान बाक़ी है, कहीं तुम्हारी जुदाई में न देनी पड़े?''

लड़का बोला, ''ऐसा मत सोचिये, मैं गया और वापस आया। साथ में मिट्टी लेकर आऊँगा।'' बादशाह ने इजाज़त दे दी। जवान ने खाना-पीना बाँधा और सफ़र पर निकल पड़ा। इधर-से-उधर, इस शहर से उस शहर घूमता रहा, आख़िर एक जगह की मिट्टी उठाकर बोला, ''इसको तो मेरे दादा ने भी नहीं देखा होगा?'' मिट्टी ले

वहाँ का नाम लिखकर वह तीन वर्ष के बाद सफ़र से लौटा। इधर बादशाह को ग़म के मारे टी.बी.होनेवाली थी। वह हरदम यही कहता, "काश! मैं उसको न भेजता तो अच्छा रहता।" तभी ख़ुशख़बरी मिली कि लड़का आ गया। लड़का सीधा बादशाह के पास मिट्टी लेकर पहुँचा और बोला, "बाबा, मैं वह मिट्टी ले आया हूँ जो आपको ठीक कर देगी।" बादशाह ने पूछा, "जहाँ से तुम मिट्टी ले आये हो वह जगह कौन-सी है?" लड़के ने जैसे ही जगह का नाम लिया, बादशाह बोला, "मैं वहाँ पर जब पचास साल का था तो गया था।" लड़का बोला, "आप ग़लती कर रहे हैं।" बादशाह बोला, "नहीं, ऐसी बात नहीं है?" लड़का उदास हो गया। दिन गुज़रते गये, यहाँ तक कि सबसे छोटा लड़का बादशाह के समीप पहुँचा और बोला, "बाबा मेरा फ़र्ज़ है कि मैं उस मिट्टी की खोज में निकलूँ जो आपकी आँखों की दवा है और उसे लेकर आऊँ।" "मेरे बेटे, दोनों भाई जो तुमसे बड़े हैं, नहीं ला सके।" लड़के ने ख़ूब ज़िद की। आख़िर बादशाह मान गया, "ख़ैर, जब तुम तय ही कर चुके हो तो जाओ।"

लड़के ने सामान बाँधा और घोड़े पर सवार होकर चल पड़ा। एक शहर में पहुँचकर देखा कि वह रोशनी का शहर है। रोशनियों की लपटें निकल रही हैं जिससे सारा शहर जगमगा रहा है। कहाँ से रोशनी आ रही है, लड़का ताज्जुब में खड़ा सोच रहा था। यह देखकर उसका घोड़ा बोला, "ए शाहज़ादे, यहाँ एक तोता आनेवाला है। इस शहर का हर आदमी उसके लिए एक महल बनाना चाहता है। तोता सबसे ऊँचे बने हुए महल पर बैठेगा और गाना गायेगा और फिर यहाँ से चला जायगा।" लड़के ने पूछा, "क्या हम लोग महल बना सकते हैं?" घोड़ा बोला, "अभी तोते के आने में तीस दिन बाक़ी हैं और हमारे पास वक़्त है कि ईंटें लाकर एक महल व क़िला बना सकते हैं।" शाहज़ादा और घोड़े ने मिलकर एक महल बनाया। ऐसा कुछ भी नहीं छोड़ा कि तोता वहाँ न आये, बल्कि सुन्दर बनाने में भी जी-जान से लगे रहे। तीसवें दिन एक बड़ा महल बनकर तोते के लिए तैयार हो गया। घोड़ा बोला, "राजकुमार, ज़रूरी है कि कमन्द बनायी जाय जिससे तुम ऊपर पहुँचकर किसी कोने में छुप सको। जब तोता आये और जैसे ही वह मीठा गाना शुरू करे, तुम ऊपर जाल खींच लेना। तोता क़ैद हो जायगा। इधर-उधर से आवाज़ें आयेंगी, 'पकड़ो-पकड़ो' परन्तु तुम फ़िक्र मत करना, न मुड़कर ही देखना। हम लोग यहाँ से फिर दूसरी जगह चलेंगे।"

शाहज़ादे ने वही किया जैसा कि घोड़े ने कहा था। छत पर चढ़कर कोने में छुप गया। तोता आया, जैसे ही तोते ने गाने के लिए मुँह खोला तो उसकी मीठी आवाज़ से शाहज़ादा मस्त होने ही वाला था कि होश में आ गया और जाल खींचकर तोते को क़ैद कर लिया। इधर-उधर से देवों की आवाज़ें आने लगीं, 'पकड़ो-पकड़ो', मगर शाहज़ादे ने पलटकर पीछे न देखा, बल्कि दौड़कर घोड़े पर बैठा और देवों के शहर से बाहर निकल गया। शाहज़ादा रास्ते में बोला, "यह कितना ख़ूबसूरत तोता है?" घोड़ा बोला, "इसके लिए एक पिंजड़ा लाना है ताकि यह उसमें रहे और फिर यह

देखना कि यह दिन-भर में तीन बार पिंजड़े में बन्द गाना गायेगा।'' ''तुम बताओ, पिंजड़ा पाने के लिए अब क्या करना होगा?'' शाहज़ादे ने बेचैन होकर पूछा। ''पिंजड़ा देवों के महल में है। ये देव तीन महीने सोते हैं, तीन महीने जागते हैं। अभी उनके जागने का समय है। जब हम पहुँचेंगे तो उनके सोने का समय हो जायगा।'' घोड़े ने जवाब दिया।

शाहज़ादा घोड़े पर बैठा और देवों के क़िले के पास पहुँच गया। घोड़ा शाहज़ादे से बोला, ''हाँ, आज देवों के सोने का पहला दिन है। देवों के सोने के बावजूद तुम अन्दर जाते हुए मन्त्र पढ़ते जाना और पैर रखते जाना और मन्त्र पढ़ते जाना। पहले घर में नहीं, दूसरे में नहीं, जब तीसरे घर में पहुँचोगे तो देखोगे कि एक पेड़ पर पिंजड़ा टँगा होगा। पिंजड़े को उतारना और लौटना और जितनी भी आवाज़ें आयें, 'ले गया, ले गया, तोता भी ले गया, पिंज़ड़ा भी ले गया' तुम फ़िक्र मत करना, न पीछे मुड़कर देखना।''

शाहज़ादा मन्त्र पढ़ता गया। देव सो रहे थे। पिंजड़ा उठाया और बिना परवाह किये वह बाहर चला आया। घोड़े के पास पहुँचकर तोते को पिंजड़े में डाला। तोते ने एक बार गाना गया। शाहज़ादा जो बहुत ख़ुश था, घोड़े से बोला, ''अब कुछ ऐसा करो कि वह पेड़ भी मेरा हो जाय।'' घोड़ा बोला, ''अब ज़्यादा लालच मत करो। बाप की फ़िक्र करो, जिससे दूर हो गये हो।'' शाहज़ादा बोला, ''मैं तो उस तोते का दीवाना हो गया हूँ। देखो, कितना सुन्दर है।'' घोड़ा बोला, ''फिर पेड़ के लिए भी वैसा ही करो, जैसा पिंजड़े के लिए किया है।''

शाहज़ादा ख़ुश होकर फिर क़िले की तरफ गया और अन्दर पहुँचकर उसने हर सोते हुए देव को सलाम किया और पेड़ उखाड़ने लगा। बहुत ताक़त भी लगायी तो भी पेड़ अपनी जगह से न हिला। शाहज़ादा बोला, ''अब मैं क्या करूँ?'' फिर उसे ख़्याल आया कि उसे बोलना तो एकदम नहीं था। यह याद करके वह चुपचाप मन्त्र पढ़ते हुए पेड़ उखाड़ने लगा। पेड़ उखड़ गया और वह उसे लेकर चला। चारों तरफ से आवाज़ें आयीं, ''पकड़ो, पकड़ो, देखो पहले तोता ले गया, फिर पिंजड़ा, अब पेड़ भी लिये जा रहा है।'' मगर शाहज़ादे ने मुड़कर नहीं देखा और चलता ही गया।

घोड़ा शाहज़ादे को देखकर बोला, ''तुम ही हो जो बादशाह की आँखों की दवा ला सकते हो।'' लड़के ने पेड़ को ज़मीन पर लगाया, उस पर पिंजड़ा टाँगा और तोते ने फिर गाना गाया। सुनकर शाहज़ादा बोला, ''सुनो, कितना अच्छा गा रहा है।'' ''अरे, तुम अगर इसकी मालकिन को देखो तो वह इससे भी अच्छा गाती है।'' लड़का बोला, ''फिर उसे भी ले आना चाहिए।'' घोड़ा बोला, ''इसकी मालकिन एक शाहज़ादी है। शायद वह राजा की आँखों की दवा भी ला देगी।'' शाहज़ादा बेचैन होकर बोला, ''जो भी कहोगे मैं मानूँगा।'' फिर बोला, ''शाहज़ादी कहाँ है?'' घोड़ा बोला, ''उन्हीं देवों के क़िले में है।'' दोनों फिर लौटे और क़िले पर पहुँचे। घोड़ा बोला, ''न पहले

घर में, न दूसरे घर में, तीसरे घर में शाहज़ादी है, मगर उस पर एक से ज़्यादा बार निगाह न डालना।'' लड़का जब तीसरे घर में पहुँचा तो देखा कि वह इतनी सुन्दर है कि शाहज़ादा न सिर्फ़ एक दिल से बल्कि सौ दिलों से उस पर न्यौछावर हो गया। वह जानता था, न बोलना है, न दुबारा निगाह डालनी है, इसलिए लड़की को उठाकर सीधा बाहर की ओर रुख किया। तभी आवाज़ें हुईं, ''पकड़ो, पकड़ो, वही तोता ले गया, पिंजड़ा ले गया, अब शाहज़ादी लिये जा रहा है।'' शाहज़ादे ने मुड़कर भी नहीं देखा। घोड़े पर बैठकर वह ऐसी जगह पहुँचा जहाँ आराम कर सके। लड़की को लिटाकर वह उसे देखने लगा। लड़की अब भी सो रही थी और शाहज़ादा जो उस पर फिदा हो चुका था, चाहता था कि वह होश में आ जाय। उसने घोड़े से कहा, ''शाहज़ादी बेहोश है क्या?'' घोड़ा बोला, ''नहीं, बिस्तर चाहती है। जब तक बिस्तर नहीं आयेगा, उसे आराम नहीं मिलेगा।'' ''वह कहाँ है?'' शाहज़ादे ने पूछा। ''वहीं देवों के क़िले में है,'' घोड़े ने कहा। फिर बोला, ''एक गुलदान है जो शाहज़ादी के बिस्तर के सिरहाने है। बस उसी को लेकर आ जाओ। उसी गुलदान के अन्दर बादशाह की आँखों की दवा है।'' फिर बोला, ''इस बार देव ज़्यादा शोर करेंगे पर तुम परवाह न करना, बल्कि वह तुमको पकड़ने की कोशिश भी करेंगे। तुम सब बातें याद रखना और पीछे मुड़कर मत देखना। बस, तभी तुम क़ामयाब हो सकते हो। परेशान न होओ।'' लड़का घोड़े पर बैठकर देवों के क़िले की तरफ गया। एक घर, दूसरे घर, तीसरे घर तक पहुँचकर उसने गुलदान से मिट्‌टी निकाली, बिस्तर को लपेटकर बगल में दबाया और लौट पड़ा। देवों की आवाज़ें पहले की तरह आ रही थीं। इस बार शाहज़ादे को लगा कि देव उसका पीछा कर रहे हैं परन्तु उसने मुड़कर नहीं देखा और घोड़े के समीप पहुँचकर क़िले से दूर हो गया।

शाहज़ादे ने पहुँचते ही लड़की को चादर पर लिटा दिया और उसका दिल चाहने लगा कि इतनी सुन्दर शाहज़ादी के साथ तो फ़ौरन ही उसे शादी कर लेनी चाहिए, पर एकदम से उसे बाप की आँखों का ध्यान आया। वे फ़ौरन चल पड़े और अपने शहर लौट आये। बादशाह मरने ही वाला था और सोच रहा था कि अब कभी भी लड़के की आवाज़ दुबारा नहीं सुन सकेगा। तभी लड़के के आने की ख़बर बादशाह के पास पहुँची तो जैसे उसे यक़ीन ही न आया, जब तक कि लड़का उसके पास न पहुँच गया। ''वाह मेरे बेटे, इतने दिन बाद आये! न पत्र लिखा, न किसी से ख़बर भिजवायी। बताओ कहाँ रहे?'' लड़का बोला, ''पिताजी, यह क़िस्सा इतना लम्बा है कि मैं अभी नहीं सुना पाऊँगा।'' बादशाह बोला, ''मेरी आँखों के लिए क्या लाये हो?'' लड़का बोला, ''मैं एक अनजान शहर से मिट्‌टी लाया हूँ, मगर इतना परेशान था कि उस शहर का नाम लिखना भूल गया।'' ''यही क्या कम है मेरे लिये कि तुम लौट आये हो।'' लड़के की लायी हुई मिट्‌टी बादशाह की आँखों में सुरमे की तरह लगायी गयी। राजा की आँखें ठीक हो गयीं। दूसरे दिन पूरे शहर को शीशमहल बना दिया गया और सात दिन, सात रात तक उनके विवाह की ख़ुशी में दावत होती रही।

●

करामाती घोड़ा

देवों के देश में एक बादशाह था जिसके पास एक रख्श (काला घोड़ा) था। उस घोड़े की ख़ूबी यह थी कि जब चाहता बच्चे को जन्म दे देता था। कहीं भी अँधेरी जगह देखता और छुपकर बच्चे को जन्म दे देता ताकि कोई न देख सके। मगर एक बार उसका यह भेद राजा के बेटों में से एक ने देख लिया, जब रख्श महल से बाहर जंगल की ओर जा रहा था। देव शाहज़ादा उसके पीछे हो लिया। एक जगह पहुँचकर रख्श ने कुएँ के ऊपर एक पैर इधर और एक पैर नीचे रखा और चाहा कि बच्चे को नीचे कुएँ में गिरा दे। तभी देव शाहज़ादे ने लपककर उस बच्चे को पेट के पास से पकड़कर गोद में ले लिया और महल में ले आया और स्वयं उसकी देखभाल करने लगा। एक दिन रानी मर गयी और देवों के बादशाह ने दूसरा विवाह कर लिया। वह घोड़े का बच्चा बड़ा होकर बहुत सुन्दर व सुडौल निकला। दूसरी रानी उस घोड़े से जलने लगी और चाहती थी कि वह उसको लेकर अपने बेटे को दे ताकि वह उस पर सवारी करे। एक दिन वह बड़े शाहज़ादे से बोली, "मेरी आँखों के तारे, यह घोड़ा मुझे दे दो ताकि तुम्हारे भाई उस पर सवारी करें।" शाहज़ादा जो अभी तक घोड़े पर बैठा नहीं था, बोला, "मैंने ख़ुद तो सवारी की नहीं इस पर, दूसरों को कैसे बैठने दे सकता हूँ।"

दिन गुज़रने लगे, यहाँ तक कि बादशाह को कहीं सफ़र पर जाना पड़ गया। मौक़ा देखकर रानी स्वयं से बोली, "अब मैं जानती हूँ, मुझे क्या करना है?" वह छुपकर महल से निकली और सीधी तावीज़ लिखनेवाले के घर पहुँची और उसका दरवाज़ा खटखटाया। तावीज़-नवीस ने दरवाज़ा खोला। रानी उससे बोली, "ऐसी तावीज़ लिखो कि शाहज़ादा मुझे घोड़ा देने पर राज़ी हो जाय।" तावीज़-नवीस बोला, "आज उसके लिए ख़ूब नमकवाला खाना पकाओ जिसे खाकर उसे प्यास लग आये। फिर पीने के लिए उसे छोटे-छोटे साँप पड़ा पानी देना, फिर देखना क्या होता है—फ़ौरन ही शाहज़ादा मर जायगा।"

दूसरे दिन यही हुआ। रानी ने नमकीन खाना पकाया। शाहज़ादे को खाकर प्यास लगी मगर चूँकि सुबह वह रख्श से मिला था, रख्श ने उसको मना किया, और इस कारण उसने जग से पानी नहीं पिया, बल्कि कटोरे में पानी उँड़ेलकर लिया। रानी यह देख बल खाकर रह गयी। उसका सोचा कुछ भी न हुआ। वह दूसरे दिन फिर

जाकर तावीज़-नवीस का दरवाज़ा खटखटाने लगी। उसने दरवाज़ा खोलते ही पूछा, "क्या हुआ?" रानी बोली, "कुछ भी नहीं हुआ, उसने जग से पानी ही नहीं लिया। अब क्या करूँ?" तावीज़-नवीस बोला, "एक कुआँ बनवाओ और उसके चारों तरफ दीवार पर तुम तलवार, छुरी व भाले लगवा दो और कुएँ के ऊपर क़ालीन बिछाकर उस पर शाहज़ादे को बैठने को कहो। जैसे ही वह उस पर बैठेगा टुकड़े-टुकड़े हो जायगा।" दूसरे दिन सुबह जब शाहज़ादा रख्श के पास गया तो सारी बात रख्श ने उसे बता दी कि तुम्हें मार डालने का इन्तज़ाम है, ख़बरदार जो तुम क़ालीन पर बैठे, वरना कुएँ के चारों तरफ लगी तलवारें तुम्हारे शरीर के टुकड़े-टुकड़े कर देंगी।" दोपहर को रानी ने कितना भी चाहा, मगर शाहज़ादा क़ालीन पर न बैठा।

रानी समझ गयी कि ज़रूर कोई उसकी सारी बातों को जान जाता है। दूसरे दिन फिर उसने तावीज़-नवीस के पास पहुँचकर दरवाज़ा खटखटाया। तावीज़-नवीस ने दरवाज़ा खोलते ही उससे पूछा, "क्या हुआ?" "इस बार भी काम नहीं हुआ," उसने जवाब दिया। तावीज़-नवीस ने कहा, "कल बादशाह लौट रहा है इसलिए तुम ऐसा करो कि उसके लौटने से पहले ही अपने चेहरे को हल्दी से पीला करके सूखी रोटी को अपने कपड़े के नीचे छुपा लेना ताकि रोटी के टूटने से राजा समझे कि तुम्हारी हड्डियाँ टूट रही हैं। तुम्हें देखकर बादशाह ज़रूर पूछेगा कि तुम्हें क्या हो गया है। तुम कहना कि हकीम ने कहा है कि तुम रख्श के गोश्त से ही ठीक हो सकती हो।" रानी बाहर निकली और महल में आयी। जब सुबह शाहज़ादा रख्श को देखने गया तो उसने शाहज़ादे को बताया, "जब मैं पहली बार हिनहिनाऊँगा, वह दरवाज़ा खोलेंगे, दूसरी बार हिनहिनाने पर वे मुझे पानी देंगे और तीसरी बार हिनहिनाने पर मेरा गला काट देंगे।" फिर बोला, "मुल्ला भी रानी के साथ इस काम में शामिल है इसलिए मैं जो कहूँ, वही करना। जब तुम मदरसे जाओ और वहाँ पर मेरा पहला हिनहिनाना सुनो तब कहना, 'मुल्ला जी', और वह कहेगा, 'बैठ जाओ!' जब दूसरा हिनहिनाना सुनो तो कहना, 'मुल्लाजी' फिर वह तुमसे कहेगा, 'बैठ जाओ!' जब तीसरी बार हिनहिनाना सुनो तो फिर कहना, 'मुल्लाजी,' उस समय जब वह कहे, 'बैठ जाओ,' तब तुम कोई चीज़ मुल्ला के सिर पर मारना और मुझे बचाने आ जाना।"

घोड़े ने शाहज़ादे से जैसा कहा, उसने वैसा ही किया और फ़ौरन मदरसे से भाग निकला। देखा कि लोग रख्श को काटने के लिए ले जा रहे हैं। राजा रानी भी पास खड़े हैं। यह सब देखकर शाहज़ादा बोला, "बाबा, जब से यह पैदा हुआ है, मैंने कभी भी सवारी नहीं की, बल्कि हमेशा इसकी देख-रेख की है। इसको काटने से पहले मुझे दो मिनट सवारी कर लेने दीजिये।" देवों का राजा जो हालात से अनजान था, उसने आज्ञा दे दी। देवों का शाहज़ादा घोड़े पर बैठा और साथ ही उसने रानी को भी बिठाया और हवा से बातें करने लगा और देवों की नगरी से बाहर निकल गया। अभी रास्ते में ही था कि शाहज़ादे ने घोड़े के बायीं तरफ कोड़ा मारा। घोड़ा एक तरफ हो गया और रानी सीधे नीचे गिरी और बादशाह के पैरों के सामने गिरकर मर गयी।

रख्श आख़िर दौड़ते-दौड़ते ज़मीन पर पहुँच गया। जब वहाँ पहुँच गया तो घोड़ा बड़ी बेदिली से धीरे-धीरे चलता रहा, चलता रहा। वे आख़िर एक बाड़े में पहुँचे। वहाँ पहुँचकर शाहज़ादा बोला, "मैं देवों का शाहज़ादा हूँ। तुमसे सिर्फ़ एक भेड़ चाहता हूँ जिससे अपनी भूख मिटाऊँ। और उसकी खाल भी अपने पास रखना चाहता हूँ।" गड़रिये ने भेड़ काटी और उसका गोश्त आग पर भूनकर शाहज़ादे को दिया। शाहज़ादा जब खा चुका तो खाल को सिर पर ओढ़कर इन्सानों की तरह हो गया जैसे कि ज़मीन के लोग थे। घोड़ा जो वहीं चर रहा था, जब उसने देखा कि शाहज़ादा अकेला जाना चाहता है तो बोला, "सुनो, जाने से पहले मेरी गर्दन के बाल ले लो ताकि ज़रूरत पड़ने पर मैं तुम तक पहुँच सकूँ।"

शाहज़ादा चलता गया, चलता गया, आख़िर एक राजा के बाग़ में पहुँच गया। दूर से देखा कि शाहज़ादियाँ पानी के किनारे खड़ी हैं। थोड़ी देर खड़ा देखता रहा। आख़िर सबसे छोटी शाहज़ादी, जो इन सब में सुन्दर थी, वह उस पर जी-जान से मर मिटा और हर कोशिश की पर उस तक पहुँच न पाया। आख़िर जब थककर नाउम्मीद हो गया तो घोड़े के बाल को जलाया। घोड़ा आया तो शाहज़ादा बोला, "मुझे आदमियों की तरह के कपड़े चाहिए, जिन्हें पहनकर मैं शाहज़ादी के सामने जाऊँ।" रख्श गया और कपड़े ले आया। देवज़ाद कपड़े पहनकर आदमज़ाद की तरह बाग़ की ओर गया। सारी शाहज़ादियाँ पानी से खेल रही थीं। छोटी शाहज़ादी ने जैसे ही ज़मीन पर शाहज़ादे को खड़ा देखा, वह उस पर आशिक़ हो गयी। एक हफ्ते बाद बादशाह बोला, "मेरी लड़कियों की शादी का समय हो गया है। मैं हर एक को एक सेब दूँगा। लड़कियाँ उसे जिस जवान की ओर फेंकेंगी वही मेरा दामाद होगा।"

दूसरे दिन सारे लोग मैदान में जमा हो गये। शहर के बड़े-बड़े रईस बुद्धिमान् अपनी-अपनी जगह बैठ गये। पहले बड़ी लड़की आयी। लड़की ने चारों तरफ घूमकर देखा, फिर दाहिने तरफ बैठे वज़ीर के बेटे की तरफ सेब फेंक दिया। बीचवाली लड़की आयी, इधर-उधर घूमकर उसने बायीं तरफ बैठे वज़ीर के लड़के के पास सेब फेंक दिया। अब छोटी लड़की की बारी थी। लड़की इधर-उधर घूमती रही, उसे लड़का न दिखा। उसके इन्तज़ार में चक्कर लगाती रही। आख़िर उसे लड़का दीख गया। वह रख्श के साथ आया और अपनी जगह बैठ गया और लड़की ने सेब उसकी तरफ फेंक दिया।

राजा यह देखकर कि वह अज़नबी है, विवाह करने पर राज़ी नहीं हुआ। फिर लोगों के कहने और लड़की की पसन्द ने उसे मज़बूर कर दिया कि वह विवाह कर दे। राजा ने अपनी बड़ी दो लड़कियों के लिए ख़ूब बड़ी-बड़ी दावतें दीं और ख़ुशियाँ मनायी, पर छोटी लड़की के लिए जिसे यह सबसे अधिक प्यार करता था, मामूली-सा समारोह किया। यह देखकर लड़की इतनी दुःखी हुई कि रोते-रोते पूरी रात गुज़ार दी। यह देखकर कि उसकी पत्नी इतनी दुःखी है, देव शाहज़ादा बोला, "दुःखी न हो। मैं अभी तुम्हारे लिये एक महल बनवाता हूँ!" फिर बोला, "मैं देवों की नगरी का

शाहज़ादा हूँ।" यह कहकर उसने बाल जलाया। रख्श आया तो उसे देखकर शाहज़ादा बोला, "मुझे इतना बड़ा ख़ूबसूरत महल चाहिए कि जैसा अभी तक न बना हो, न बन सके, मगर मेरे भेद का किसी को पता न चले। इस कारण यह महल सिर्फ़ रात तक ही रहे और सुबह की रोशनी में न दिखे।" दो सेकेण्ड बाद ही शाहज़ादी ने देखा कि एक बड़ा महल सामने खड़ा है। अभी सुबह हुई ही थी कि महल की एक-एक ईंट ग़ायब हो गयी।

उसी रोज बादशाह बोला, "मेरे दामाद आज शिकार पर जायँ।" यह कहकर उसने दो तेज़ चलनेवाले घोड़े उन दो दामादों को दिये और तीसरे को ऐसा घोड़ा दिया जिसको चलना भी नहीं आता था। तीनों शिकार पर निकले। रास्ते में शाहज़ादे ने बाल जलाया। रख्श आ गया। वह उस पर बैठा और ख़ूब ढेर-सारा शिकार करके लौटा। रास्ते में फिर तीनों मिल गये। दोनों ने इसको न पहचाना। जब पहचाना तो बोले, "अपने शिकार में से हमें भी कुछ दो," क्योंकि वे खाली हाथ थे। वह बोला, "इस शर्त पर दूँगा कि तुम अपने बदन को मुझे दाग़ने की इजाज़त दोगे।" एक बोला, "क़बूल कर लो, खाली हाथ महल लौटने से तो अच्छा है ही।" देवों के देश का शाहज़ादा जब उन्हें दाग़ चुका तो बोला, "दूसरी शर्त यह है कि इन सब शिकारों के सिर में अपने पास रखूँगा।" दोनों मान गये। तीनों चल पड़े। महल पहुँचे। रास्ते में उसने रख्श को छोड़ दिया और उसी अधमरे घोड़े पर सवार होकर महल आया। तीनों घर पहुँचे और अपनी-अपनी पत्नियों को शिकार देकर उन्होंने कहा कि राजा के लिए भोजन बनायें। तीनों राज़ी हो गयीं। राजा ने देखा, दोनों बड़ी लड़कियों का खाना बहुत ही बदमज़ा है पर छोटी का बहुत मज़ेदार। यह देख राजा बड़ा नाराज़ हुआ।

रात को एक पहरेदार ऊपर छत पर पहुँचा। वहाँ से उसकी नज़र सामने आसमान से बातें करते महल पर पड़ी। इतना ख़ूबसूरत महल देखकर किसी भी आदमी के होश उड़ सकते थे। उसे देखकर वह ताज्जुब से नीचे आया और राजा के पास पहुँचकर सारा माज़रा बताया। राजा कुछ दरबारियों के साथ उस महल की तरफ गया। पूछा, "यहाँ कौन रहता है?" देव शाहज़ादा, जो बदली शक्ल में था और दूसरे कपड़े पहने था, बोला, "मेरे दो ग़ुलाम खो गये हैं। आप शहर में ढिंढोरा पिटवा दीजिये, कोई उन्हें लाकर मुझे दे जाय। उनके पहलू में दाग़ के निशान हैं।" सिपाही पूरे शहर में घूमे मगर उन्हें कोई भी ऐसा नहीं मिला कि जिनके दाग़ हों। बादशाह ने शाहज़ादे से कहा, "अफसोस है, आपके ग़ुलाम मेरे शहर में नहीं मिले। सिर्फ़ दो दामादों को छोड़कर मैंने सबको नंगा कर देख लिया है।" "यह काम भी कर देखिये," देवों के शाहज़ादे ने बादशाह से कहा। राजा ने जब दामादों के शरीर पर दाग़ देखा तो क्रोधित हो उनके सभी हक़ छीन लिये।

शाहज़ादा दुबारा रख्श की मदद से फिर दामाद की शक्ल में आ गया और जो भी जवाहरात उसके पास थे, उसने बादशाह को भेंट कर दिये और बादशाह ने राजगद्दी की बाग़डोर उनके हाथों में दे दी। •

शेरज़ाद

बहुत पहले की बात है, एक बादशाह था जिसके सात लड़कियाँ थीं। बादशाह के महल से कुछ ही दूर पर एक झोंपड़े में सात लड़कियाँ रहा करती थीं जो घास जमा करके रोज़ दूर जंगल जाया करती थीं। एक दिन बादशाह की सातवीं लड़की भी जंगल की तरफ गयी और उन लड़कियों में से सातवीं लड़की से बोली, "मैं भी तुम्हारे साथ घास जमा करने चलूँगी।" लड़की बोली, "ठीक है, तुम चलो, हमसे घास काटना सीख लो।" सब जंगल पहुँच गयीं। सातवीं शाहज़ादी रोज़ घास काटने सबके साथ जंगल पहुँच जाती और कुछ ही दिन बाद वह घास काटना सीख गयी। यहाँ तक कि एक दिन वह ऐसी जगह घास काटने पहुँच गयी जहाँ सिर्फ़ सरकण्डों की भरमार थी। दूर से उसने देखा कि ऊपर पानी की चक्की है जिसके चारों तरफ हरी घास का घेरा पड़ा हुआ है। लड़की ने घास का गट्ठर किनारे रखकर चाहा कि ऊपर जाकर एक पत्थर पर बैठ जाय। अभी बैठने के लिए झुकी ही थी कि तभी एक शेर पत्थर के किनारे से निकला और उसको अन्दर कुएँ में घसीट ले गया। पत्थर के किनारे पूरा तहख़ाना था। यह सब देख शाहज़ादी जितना रो सकती थी, रोयी, फिर सोचा कि जो गुज़र चुका उसको क्या याद करना। यह सोचकर उसने सन्तोष किया और उस शेर से शादी कर डाली, जिसने उसे कुएँ में घसीटा था। कुछ दिनों बाद शाहज़ादी ने एक बेटे को जन्म दिया, जिसका आधा शरीर, पेट से कमर तक शेर का और कमर से ऊपर तक इन्सान का था।

समय गुज़रता गया, यहाँ तक कि वह लड़का बड़ा हो गया और एक दिन माँ से बोला, "कब तक हम लोग इस कुएँ में रहेंगे? बाहर कब निकलेंगे?" शाहज़ादी बेटे के साथ बाहर निकल आयी और अपने महल की तरफ चली। बादशाह शाहज़ादी को देखकर बोला, "कहाँ थीं?" शाहज़ादी ने कहा, "बस यहीं थी।" बादशाह ने पूछा, "यह लड़का किसका है?" वह बोली, "मैंने जन्म दिया है।" उस दिन से वह लड़का शेरज़ाद शहर-भर में हर जगह घूमता और सबसे लड़ता फिरता। नगरवासियों का कान काट लेता और उनकी हथेलियाँ ज़ख़्मी कर देता। यह सब सह-सहकर लोग जब तंग आ गये तो आख़िर वे बादशाह के पास पहुँचे ताकि उनको 'नवासे' के बारे में बतायें। बादशाह ने शाहज़ादी से कहा, "इस तरह नहीं चलेगा, अच्छा हो, शेरज़ाद

यहाँ से चला जाय।'' जब शेरज़ाद ने यह सुना तो माँ से बोला, ''मेरे बाबा कौन हैं?'' जब बहुत ज़िद की तो आख़िर शाहज़ादी को सच्चाई बतानी पड़ी। यह सुनते ही वह उस शहर से बाहर निकल गया। चलते-चलते वह एक समुद्र के किनारे पहुँचा। देखा, वहाँ एक आदमी सीधा लेटा है। उस पर से घोड़े गुज़र रहे हैं मगर उसे कोई दर्द व तकलीफ़ नहीं। यह देखकर शेरज़ाद ने उससे पूछा, ''अगर तुम शेरज़ाद को देख लो तो क्या करोगे?''

''अगर देख पाऊँ तो ग़ुलाम के कानोंवाला बन जाऊँ।'' जब उस आदमी को यह पता चला कि वह स्वयं शेरज़ाद है तो फ़ौरन वह उसका ग़ुलाम हो गया।

शेरज़ाद और वह आदमी, दोनों चलते रहे, चलते रहे, यहाँ तक कि पहाड़ की चोटी पर पहुँच गये। देखा कि एक मर्द पत्थर इधर-उधर कर रहा है। यह देख शेरज़ाद ने उससे पूछा, ''ए पहलवान, इस ताक़त के साथ अगर तुमने शेरज़ाद को देख लिया तो क्या करोगे?'' पहलवान बोला, ''ग़ुलाम के कानोंवाला बन जाऊँगा और क्या करूँगा।'' जब उसे पता चला कि वही शेरज़ाद है तो वह उसका ग़ुलाम बन गया। फिर तीनों चलते रहे, चलते रहे, आख़िर बियाबान के बीचोंबीच पहुँच गये। वहाँ उन्होंने तहख़ाने की शक्ल में एक घर देखा। तीनों वहाँ पहुँचे और यह तय पाया कि तीनों में से हर रोज़ एक आदमी शिकार को जायगा, दूसरा घास बटोरने, तीसरा घर का काम करेगा।

शेरज़ाद और पहलवान दोनों बाहर निकले। शेरज़ाद शिकार के लिए गया, पहलवान घास जमा करने और वह आदमी जो दरिया के किनारे सोया पड़ा था, अब घर का काम करने लगा। अभी कुछ ही घण्टे गुज़रे थे कि उसने देखा कि एक रोशनी का 'हाला' धीरे-धीरे पास आ रहा है और उसके एकदम क़रीब आ गया। उसमें से एक नाटा आदमी निकला और बोला, ''जो भी तुमने पकाया है उसमें से आधा मुझे दे दो।'' वह आदमी उसकी बात को नहीं माना। यह सुनकर उस नाटे आदमी ने अपने सिर के बालों की एक लट काटी, उससे उस आदमी को बाँधा और सारा खाना खाकर भाग गया। जब दोनों दोस्त लौटे तो उन्होंने देखा कि सब खाना कोई खा गया है और दोस्त बड़ी मुश्किल से अपने को उस बाल की लट से आज़ाद करने की कोशिश कर रहा है। दूसरे दिन उस घर में रहने की पहलवान की बारी आयी। वही उसके साथ भी हुआ, जो उस आदमी के साथ हुआ था। नाटे ने उसे भी बाँधा, खाना खाया और चला गया। जब शेरज़ाद की बारी आयी तो वह बोला, ''जो भी होगा मैं इस तलवार से उसके टुकड़े-टुकड़े कर दूँगा।'' पहले दो दिन की तरह रोशनी का भँवर पास आया और शेरज़ाद के समीप पहुँचकर उसमें से एक नाटा निकला। वह बोला, ''मैं इसलिए आया हूँ कि तुम्हारे पास जो भी खाने को हो उसका आधा हिस्सा मैं खा लूँ।'' ''थोड़ा-सा और दो न,'' यह सुनकर शेरज़ाद ने तलवार उठाकर उसके सिर के दो टुकड़े कर दिये। उसका सिर लुढ़कता हुआ कुएँ के पास पहुँचा, फिर शेरज़ाद ने नहीं देखा कि आख़िर उसका शरीर व सिर कहाँ गये।

दोपहर को जब वह दोनों ग़ुलाम लौटे तो शेरज़ाद से बोले, "क्या हुआ?" दोनों उसका सिर ढूँढ़ने को जाने लगे, तब नदी के पास सोनेवाले आदमी ने कहा, "मैं पहले जाऊँगा।" सब मान गये। आदमी बोला, "जब मैं कहूँ, 'मैं जला, मैं जला' तो मुझे ऊपर खींच लेना।" अभी वह आधा कुआँ भी पार नहीं कर पाया था कि आवाज़ आयी, "जल गया, जल गया।" उसको दोनों ने ऊपर खींच लिया। अब उस पत्थर उठानेवाले पहलवान की बारी थी। बोला, "जब मैं चिल्लाऊँ, 'मैं जला, मैं जला' तो तुम मुझे ऊपर घसीट लेना।" अभी आधा कुआँ ही पार किया था कि आवाज़ आयी, "मैं जला, मैं जला।" उसको भी ऊपर घसीट लिया गया। अब बारी थी शेरज़ाद की। शेरज़ाद बोला, "मैं जितना भी कहूँ कि 'मैं जला, मैं जला', तुम लोग परेशान न होना बल्कि रस्सी को और ढीला छोड़ देना।" दोनों मान गये। अन्दर पहुँचकर शेरज़ाद जितना चिल्लाता, "मैं जला, मैं जला", वे रस्सी को और ढीला करते जाते, यहाँ तक कि शेरज़ाद नीचे पहुँच गया। देखा कुएँ के एक कोने में एक लड़की सो रही है। लड़की ने जो शेरज़ाद को देखा तो बोली, "यहाँ क्या करने आये हो? अभी मेरा भाई आयेगा और तुम्हें देखते ही मार डालेगा।" शेरज़ाद ने पूछा, "मैं क्या करूँ?" लड़की बोली, "उस कोने में जाओ और अपने को उसमें छुपा लो।" जैसे ही लड़की का भाई आया, बोला, "बू बूए, आदमज़ाद", यह कहकर वह इधर-उधर ढूँढ़ता रहा मगर शेरज़ाद को न पा सका।

वह भलाई जो लड़की ने उसके साथ की थी, शेरज़ाद के मन को छू गयी। उसे लड़की की हालत पर रहम आ गया। बोला, "अगर तुम मेरे साथ बाहर चलो तो मैं तुमको अपनी बना लूँगा।" लड़की मान गयी। शेरज़ाद चाहता था कि लड़की को पहले कुएँ से बाहर निकाले, मगर लड़की बोली, "तुम पहले जाओ। मैं डर रही हूँ कि अगर मैं पहले गयी तो कहीं तुम्हारे वह साथी मुझे तुमसे इतनी दूर न ले जायँ कि मुझे ढूँढ़ भी न सको।" मगर शेरज़ाद ने उसकी एक नहीं सुनी और उसको पहले भेजना चाहा। ज़िद देख लड़की बोली, "ठीक है, अगर मेरे ऊपर खींचने के बाद वे तुमको ऊपर न खींचें तो तुमको थोड़ी देर बाद रात होने से पहले यहाँ दो देव नज़र आयेंगे, एक सफ़ेद व दूसरा काला। अगर तुम सफ़ेद देव की तरफ जाओगे तो वह आसमान की सात पर्तों में ले जायगा, अगर काले देव की तरफ गये तो वह ज़मीन की सात पर्तों के अन्दर ले जायगा।" शेरज़ाद ने लड़की ऊपर भेजी, उसके बाद उसको कुछ पता न चला कि ऊपर क्या हो रहा है? आख़िर रात हो गयी। आधी रात को काले देव व सफ़ेद देव आये। बजाय इसके कि वह अपने-आपको सफ़ेद देव के सामने फेंकता, उसने अपने को काले देव के सामने फेंका जो उसको ज़मीन की सात पर्तों के नीचे ले गया, जहाँ पर एक मैदान था। पूरे बड़े मैदान में केवल एक बूढ़ा मर्द व तीन गायें खेत जोत रहे थे। साथ ही शेरज़ाद ने सुना कि बूढ़ा आदमी धीरे-धीरे ओंठों में कुछ बड़बड़ा भी रहा है। शेरज़ाद आगे बढ़ा और बोला "मैं भूखा हूँ।" बूढ़ा मर्द घबराकर

बोला, "धीरे-धीरे।" शेरज़ाद ने पूछा, "क्या हुआ?" मर्द बोला, "इस इलाक़े में एक शेर व शेरनी रहते हैं, कोई भी जो ज़ोर से बोलता है, उसे खा जाते हैं।" सुनकर शेरज़ाद ने धीरे से कहा, "तुम मेरे लिये खाना ले आओ, तब तक मैं तुम्हारा काम कर रहा हूँ।" बूढ़ा बोला, "इस शर्त पर काम करने दूँगा कि तुम्हें काम धीरे-धीरे करना पड़ेगा।" जैसे ही बूढ़ा खाना लाने के लिए गया, शेरज़ाद ज़ोर-ज़ोर से 'हू-हू' करके जुताई करने लगा। एक सेकेण्ड भी न गुज़रा था कि दोनों शेर-शेरनी आ गये। शेरज़ाद ने कमर से तलवार निकालकर उन दोनों को मार डाला और देखते-ही-देखते वह पूरा मैदान पानी में डूब गया। इसी बीच एक लड़की आयी और शेर के ख़ून में अपने हाथ भिगोकर उसने शेरज़ाद की कमर पर छापा लगा दिया ताकि हर कोई पहचान सके कि उसने ही शेरों को मारा है।

पूरे शहर में ख़बर फैल गयी कि दोनों शेर मारे गये हैं। इस शहर का हर आदमी कहता कि शेर मैंने मारे हैं। तभी लड़की वहाँ पहुँच गयी, "इस जवान ने दोनों शेर मारे हैं मेरे सामने।" लोग जब शेरज़ाद के पास पहुँचे तो उसकी कमर देखते ही सच्चाई समझ गये। यह ख़बर उड़ते-उड़ते बादशाह तक पहुँची। बादशाह ने शेरज़ाद को अपने पास बुलाया। "तुमने वह काम किया है जो अभी तक कोई न कर पाया था। तुमने हर एक की जान बचायी है। इसके इनाम में मैं तुमको अपनी लड़की देता हूँ।" शेरज़ाद ने जवाब दिया, "बादशाह सलामत, आपकी लड़की से मैं विवाह नहीं कर सकता क्योंकि मैं अपना घर, माँ-बाप इस ज़मीन के ऊपर रखता हूँ।" वह महल से बाहर आया और वहाँ से दूर निकल गया। चलता गया, चलता गया, यहाँ तक कि एक पेड़ के पास पहुँचा जहाँ घोंसले में तीन सीमुर्ग़* बैठे थे, जिन्हें साँप खाना ही चाहता था। तभी उसने तलवार निकाल साँप को मार डाला और आधा साँप ऊपर बच्चों के खाने के लिए और आधा सीमुर्ग़ के लिए, जो अभी नहीं आया था, जड़ के पास रख दिया। वह इतना थक चुका था कि वहीं सो गया (यह वही साँप था जो हमेशा सीमुर्ग़ के बच्चों को खा लेता था, मगर सीमुर्ग़ कभी नहीं समझ पाता था कि कौन उसके बच्चे खाता है)।

सूरज की तेज़ रोशनी शेरज़ाद पर पड़ रही थी। सीमुर्ग़ ने दूर से देखा कि कोई पेड़ के नीचे पड़ा सो रहा है और समझ गया कि यह वही है जो उसके बच्चों को खाता है। उसका दिल चाहा कि वह पहाड़ पर जाय और वहाँ से पत्थर चोंच में उठा आसमान में शेरज़ाद पर फेंके। वह दुःख और क्रोध से ऊँचा उठा तभी सीमुर्ग़ के बच्चे उसका इरादा समझ गये कि वह क्या सोच रहा है। वे ख़ूब ज़ोर से चिल्लाने और पुकारने लगे। तब सीमुर्ग़ समझ गया कि उसका हिस्सा भी पेड़ के पास रखा हुआ है। वह शेरज़ाद के पास आया और अपने पंखों से उस पर ठण्डा साया किया और धूप से उसको

---

* सीमुर्ग़ एक काल्पनिक चिड़िया का नाम है।

तब तक बचाया जब तक वह सोता रहा। शेरज़ाद जब सोकर उठा तो उसने देखा कि सीमुर्ग़ ने डैने खोलकर उस पर फैला रखे हैं। सीमुर्ग़ ने उसकी आँखें खुलते ही पूछा, "यहाँ क्या कर रहे हो?" "मैं ज़मीन पर रहता हूँ, मगर यहाँ से जाने का कोई रास्ता मुझे मालूम नहीं।" सीमुर्ग़ बोला, "अभी तुम यहाँ से बादशाह के महल में जाओ और उनसे कहो कि मेरे शेर मारने का इनाम यदि आप देना चाहें तो सात थैले गोश्त के व सात पानी से भरी छागलें मुझे दे दें। जब बादशाह यह दे देगा, तब हम सोचेंगे कि हमें क्या करना है।"

शेरज़ाद महल की तरफ चल पड़ा और अन्दर घुसने की इजाज़त माँगी। जो चीज़ें शेरज़ाद ने माँगीं, वह सब बादशाह ने दे दीं। शेरज़ाद सब-कुछ लेकर सीमुर्ग़ के पास आया। सीमुर्ग़ बोला, "अब वक़्त आ गया है कि हम लोग यहाँ से चलें, मगर चलने से पहले मैं जो भी कहूँ उसको ध्यान से सुनो।" "मैं जब पानी माँगूँगा तुम मुझे गोश्त दोगे, जब गोश्त माँगूँगा तो तुमको पानी देना होगा। समझे।"

शेरज़ाद सीमुर्ग़ की पीठ पर सवार हुआ और ज़मीन की ओर उड़ा। सात दिन, सात रात उड़ने के बाद वह ज़मीन के समीप पहुँचे, तब तक साथ का सारा सामान ख़त्म हो गया था। ज़मीन से कुछ ही दूरी पर एकदम से सीमुर्ग़ बोला, "पानी।" शेरज़ाद ने अपनी जाँघ में से गोश्त का टुकड़ा काटकर सीमुर्ग़ को दिया। सीमुर्ग़ समझा यह गोश्त आदमी का है, उसे नहीं खाया बल्कि उसे ज़बान के नीचे दबा लिया।

अब सीमुर्ग़ ज़मीन पर पहुँचने के लिए गहरी उड़ान ले रहा था। जब वे ज़मीन पर पहुँचे तो शेरज़ाद ने देखा, वे दो पहलवान अब भी आपस में उस लड़की के लिए लड़ रहे हैं। शेरज़ाद जब सीमुर्ग़ से उतरा और उन दोनों पहलवानों की तरफ जाने लगा तो सीमुर्ग़ ने देखा कि वह लँगड़ा रहा है। पूछा, "क्या हुआ है?" "जब तुमने पानी माँगा, तो गोश्त ख़त्म हो चुका था, इसलिए मैंने अपनी जाँघ का गोश्त काटकर दे दिया।" सीमुर्ग़ ने जबान के नीचे रखे गोश्त को बाहर निकालकर शेरज़ाद के जख़्म पर लगा दिया। एक मिनट भी नहीं गुज़रा था कि उसका पैर ठीक हो गया और वह उस लड़की की ओर बढ़ा जिसे वह पसन्द करता था और इसके लिए उसने दोनों पहलवानों से लड़ाई की। इसके बाद बाक़ी जीवन उसने चैन से बिताया।

क़िस्सा ज़ीनदोज़ का

एक गाँव में एक जवान एक छोट-से खेत और बूढ़ी माँ के साथ रहा करता था। वसन्त का मौसम था। सब किसान रोज़ ही खेत पर जाया करते थे। एक दिन दोपहर का समय था। एक कटोरा पानी पीकर वह जवान खलिहान के पास बैठकर सुस्ताने लगा। तभी उसने खलिहान में एक छेद देखा। वह उठा और पास जाकर देखा तो पता चला कि वह छेद नहीं, बल्कि उसके नीचे एक बड़ा गड्ढा है। फ़ौरन फावड़ा लाकर थोड़ा-सा खोदा तो क्या देखता है कि सात खुम (घड़े) 'खुसखी' सोने से भरे वहाँ रखे हुए हैं। कोई जाने इससे पहले वह एक-एक करके सारे खुम घर ले आया।

बहुत दिन यूँ ही गुज़र गये। लोगों ने देखा कि उस मामूली किसान ने एक अच्छा-सा मुसाफ़िरख़ाना सड़क के ठीक किनारे बनवा लिया है और जो भी उधर से गुज़रता है उसको मुफ़्त खाना दिया जाता है। आख़िर यूँ ही दिन गुज़रते गये कि एक दिन एक मुसाफ़िर उधर से निकला। खाना खाने के बाद वह बोला, "मुसाफ़िरख़ाने का मालिक कहाँ है?" उत्तर मिला, "पीछे बैठे हुए हैं।" वह मुसाफ़िर मुसाफ़िरख़ाने के पीछे बैठे हुए जवान किसान के पास पहुँचा और बोला, "ऐ जवान, मैं जिस शहर में रहता हूँ, वहाँ पर एक लड़की है जो इसी तरह हर आने-जानेवाले को खाना खिलाती है और साथ ही खानेवाले को सोने की थाली भी बख़्श देती है। यह कहकर वह तो चला गया, मगर किसान को सोच में डाल गया कि यह कौन था और क्यों मुझसे इस तरह कह रहा था? आख़िर एक दिन सामान बाँधकर किसान उस शहर की तरफ चल पड़ा। मुसाफ़िरख़ाने में ठहर, मुफ़्त खाना खाया और देखा कि उस आदमी का कहना ठीक है। उसको भी सोने की थाली बख़्श दी गयी। उसने पूछा, "मालिक कहाँ है?" जवाब मिला, "पीछे बाग़ में बैठी है।" जब किसान वहाँ पहुँचा तो देखा कि लड़की बैठी हुई है। वह बोला, "मैं यह देखने आया हूँ कि आख़िर ऐसा कौन-सा ख़ज़ाना तुम्हारे हाथ लगा है कि खाने को भी देती हो, थाली भी देती हो।" लड़की बोली, "इस भेद को बताना मेरे लिये मुश्किल है, फिर भी तुम जानना चाहते हो तो मेरे लिये जीनदोज़ का भेद ले आओ तो मैं तुम्हें अपना भेद बताऊँगी।" किसान ने कहा, "यह मेरे लिये मुश्किल है। यह जगह नयी है। मैं कहाँ जाकर उस ज़ीनदोज़ को ढूँढूँ।" लड़की बोली, "इस शहर में नहीं है वह, शहर से कई मील की दूरी पर रहता है।"

किसान निकला। चलते-चलते दिन ढला, शाम हुई फिर एक जगह पहुँचकर उसने पूछा, "यहाँ ज़ीन सीनेवाले का घर कहाँ है?" जब वह ज़ीनदोज़ के घर पहुँचा तो सूरज डूब चुका था। उसने दरवाज़ा खटखटाया। ज़ीनदोज़ ने दरवाज़ा खोला। किसान बोला, "रात हो रही है, मुझे सोने के लिए जगह चाहिए।" "आओ, आज मेरे मेहमान बनो।" वह सुबह जब सोकर उठा तो उसने देखा कि ज़ीनदोज़ ज़ीन सीने में लगा है और ऐसी दक्षता व सुन्दरता से सी रहा है कि आज तक ऐसी सिलाई व सफ़ाई किसान ने अपनी ज़िन्दगी में नहीं देखी थी। शाम तक वह आदमी ज़ीन सिलता रहा । उसको काम में मग्न देखकर किसान ने सोचा, शायद अब वह इन्हें बाज़ार ले जायगा। मगर उस आदमी ने सारी सिली ज़ीनों को जमा किया और फिर उन्हें टुकड़े-टुकड़े कर डाला, यह देखकर किसान सकते में आ गया और घबराकर बोला, "सुबह से शाम तक यूँ जान-तोड़ मेहनत की इन्हें सिलने में और उस मेहनत पर यूँ पानी फेर दिया?" ज़ीनदोज़ बोला, "अगर तुम इसका भेद जानना चाहते हो तो मेरे लिये पुलावपज़ का भेद ले आओ। इसके बाद हो सकता है मैं तुम्हें अपना भेद बता दूँ।" किसान बोला, "मैं यहाँ अनजान, क्या जानूँ पुलाव पकानेवाला रसोइया कहाँ रहता है?" इस शहर से बाहर निकलो, फिर वहाँ से चालीस मील चलो। वहाँ पर एक शहर है, जहाँ पर वह पुलावपज़ रहता है।" किसान बाहर निकला और भेद की खोज में चल पड़ा। यहाँ तक कि एक शहर में पहुँचा। वहाँ पर सात बूढ़ों से मिला और हर एक से पुलावपज़ का घर पूछा और उनके बताये हुए पते पर पहुँचा। उसने दरवाज़ा खटखटाया और बोला, "मुझे रात काटने के लिए जगह चाहिए।" पुलावपज़ ने दरवाज़ा खोल दिया और किसान बड़े आराम से सुबह तक उसके घर में सोया। सुबह उठा तो देखा कि पुलावपज़ ने चावल से भरी सात बड़ी-बड़ी देग़ें अँगीठियों पर रखी हैं जो दोपहर तक पककर तैयार हो गयीं। दोपहर के खाने के समय पुलावपज़ पुलाव से भरी एक-एक देग़ को बार-बार बाहर जाकर समुद्र में उँड़ेल आया। बेचारा किसान ताज्जुब में बैठा रहा। जब रात हुई तो उसने पूछा, "किसलिए तुमने ऐसा काम किया, मैं भी तो समझूँ इसका कारण।" उसने जवाब दिया, "मेरे लिये गधेवाले का भेद ले आओ तो मैं बताऊँ कि पुलाव को मैं क्यों समुद्र में फेंकता हूँ।" किसान ने कहा, "मुझे क्या पता, गधेवाला कौन है, कहाँ है?"

"यहाँ से चालीस मील की दूरी पर एक शहर है, वहीं पर वह रहता है।"

किसान निकला और चल पड़ा। चलते-चलते आख़िर गधेवाले के शहर पहुँच गया। समझ नहीं पाया कि वह कहाँ जाय और कहाँ ठहरे, क्या करे? सूरज डूब गया तो यह सोचकर कि किसी से पूछे गधेवाला कहाँ है, सामने घर का दरवाज़ा खटखटाया तो देखा, उस आदमी के घर में ही गधा खड़ा है। समझ गया, ज़रूर यही वह आदमी होगा। उस मर्द ने उसको घर में आने दिया और बोला, "लगता है कहीं दूर से आ रहे हो?" किसान ने जवाब दिया, "हाँ, मैं दर-दर की खाक छान रहा हूँ, केवल भेद

जानने के लिए।" "अगर मैं तुम्हारी कोई मदद कर सकूँ तो मुझे ख़ुशी होगी।" किसान बोला, "मैं गधे का भेद जानने आया हूँ, जब तक उसे न जान लूँगा तब तक यह शहर नहीं छोड़ूँगा।" यह सुनकर वह आदमी बोला, "ठीक जगह आये हो।" फिर बड़ी उदासी से बोला, "यह वही गधा है जिसका तुम भेद जानना चाहते हो।" वह आदमी बैठ गया और बोला, "मैं व्यापारी था और दुनिया की हर चीज़ मेरे पास थी। उन्हीं दिनों में ऐसे दिन भी आये जब मेरी पत्नी मुझसे जलने लगी और वह चाहने लगी कि मेरा सब-कुछ उसके क़ब्ज़े में हो जाय। इस कारण वह ज़ादूगरनी के पास गयी और बोली, "मैं तुमसे ज़ादू की टहनी 'गज़ाफे' (बहुमूल्य कपड़े के थान) की क़ीमत पर ख़रीदूँगी" और टहनी ख़रीदकर ले आयी। वह टहनी ऐसी थी कि जिसको भी छुआ दी जाती और साथ ही अगर यह कह दिया जाय कि कुत्ता हो जाओ, बिल्ली हो जाओ, इन्सान हो जाओ, तो वह वही हो जाता था। मेरी पत्नी घर आयी और मुझे छुआकर बोली, "कुत्ता हो जाओ।" उस ज़माने में कुत्ते भी गज़ाफे की कीमत में बिकते थे, अर्थात् बहुत महँगे। मुझे एक व्यापारी के हाथ बेचा गया जिसके पास बहुत बड़ा जहाज़ था। उसने मुझे ख़रीद लिया और व्यापार पर चल पड़ा। अभी समुद्र पर एक दिन ही गुज़ार पाये थे कि समुद्र में तूफ़ान आया और सब-कुछ डूब गया, केवल मैं और मेरा मालिक किनारे तक पहुंच सके। मैं चूँकि कुत्ता था इस कारण पेड़ के नीचे सोये हुए मालिक के पैर के पास बैठ गया। तभी दूर से उठता हुआ धुआँ देखा। पास गया तो देखा कि कुछ लोग ख़ेमा गाड़े हैं। इन जंगली आदमियों के बीच में सिर्फ़ एक शहरी आदमी था जो इन ख़ेमों में रह रहा था। वह शहरी आदमी मुझे टकटकी लगाकर देख रहा था और किसी भी तरह से मेरे ऊपर से नज़र नहीं हटा रहा था। यकायक बोला, "मुझे लगता है, यह कुत्ता नहीं है बल्कि ज़ादू के ज़ोर से आदमी से कुत्ता हो गया है।" फिर उसने मुझे पुकारा, चूँकि मैं जवाब नहीं दे सकता था इसलिए सिर्फ़ सिर हिलाकर रह गया। मुझे खाना देकर बोला, "तुम्हारा मालिक कहाँ है?" मैंने पेड़ की ओर दूर से इशारा किया। वह शहरी आदमी अन्दर गया और खाना लेकर लौट आया। देखा कि मेरा मालिक अब भी सो रहा है। मैंने उसको हिलाकर जगाया। जब उसने खाना देखा तो मुझे बड़ी गहरी नज़रों से देखकर सोचते हुए बोला, "तुम इन्सान हो?" मैंने सिर हिला दिया। "तुम्हारे ऊपर ज़ादू कर दिया है किसी ने?" मैंने फिर सिर हिला दिया और फिर वह मेरे साथ शहर गया। वहाँ जाकर उसने वह टहनी हासिल की और मुझे छुआकर बोला, "आदमी हो जाओ," और मैं पहली-सी हालत में हो गया। मैं नहीं समझ पाया कि क्या कहूँ, इस एहसान के बदले में क्या दूँ। वह अपने घर चला गया और मैं अपने घर लौट आया और घर पहुँचकर देखा कि पत्नी सो रही है। वह टहनी मैंने उसके बदन में छुआयी और कहा, "गधा बन जाओ", और वह गधा बन गयी।....कितने दिन गुज़र गये हैं, मैं इससे इतना अधिक काम लेता हूँ मगर फिर भी वह भोगा हुआ दुःख है भूल नहीं पाता हूँ।"

व्यापारी गधे के पास गया ताकि वह देख सके कि गधा शर्मिन्दा है या नहीं। गधे ने दुःख से सिर हिलाया। किसान बोला, "देखो, उसने तौबा कर ली है, दुःखी है, अब उसे माफ़ कर दो।" व्यापारी बोला, "यह नहीं हो सकता है।" किसान सुनकर बोला, "वह भी दुःख उठा रहा है, समझ चुका है, अब बस इतनी सज़ा काफ़ी है।" यह सुनकर व्यापारी उदास हो गया और टहनी को गधे के बदन में छुआया। गधा फिर औरत बन गयी।

किसान ने देखा कि वह गधे का भेद जान गया है। इसलिए वापस लौटा और जो भी देखा था, पुलावपज़ से कह सुनाया। सुनकर वह बोला, "एक समय था जब मैं ग़ुलाम था, यहाँ तक कि मेरे मालिक ने मझे एक व्यापारी के हाथ बेच दिया। यह व्यापारी बहुत ही अमीर था और केवल एक ही लड़की थी उसकी। एक दिन वह आया और बोला, "हमको सफ़र पर जाना है।" गधों पर सामान लाद हम सफ़र पर निकले। साथ में एक भेड़ भी ले ली गयी। चलते-चलते जब हम एक नदी के किनारे पहुँचे तो व्यापारी बोला, "यहीं पर रुकते हैं।" फिर भेड़ को मारकर उसकी खाल निकाल मेरे ऊपर फेंकी। उसके बाद रस्सी से अच्छी तरह मुझे बाँधा और ख़ुद एक पत्थर के पीछे छुप गया। थोड़ी देर बाद एक बहुत बड़ी चिड़िया आयी और मुझे उठाकर आसमान में ले गयी। जब होश आया तो देखा कि मैं एक पत्थर पर लेटा हूँ और इधर-उधर देखा तो मालूम हुआ कि वह एक द्वीप है। लौटने की कोई राह नहीं है। जब ख़ूब देखा-भाला तो मालूम हुआ, यह द्वीप सोने का है। किनारे पर व्यापारी खड़ा मुझे पुकार रहा था। मैंने पूछा, "कब तक यहाँ रहना है?" व्यापारी सुनकर हँसा और बोला, "अगर तुम निकलना चाहते हो तो मैं जो कहूँगा वही तुम्हें करना होगा। फिर बताऊँगा कि तुम कैसे किनारे पर आ सकते हो। तुम वहाँ से सोना व जवाहरात मेरे लिये फेंकोगे।" मैं फेंकने लगा और वह एक-एक गधे को भरते हुए और हाँकते हुए ख़ुद भी उनके पीछे चला गया। एक रोज़, दो रोज़, तीन रोज़ गुज़रे। आख़िर मैंने सोचा, अगर मैं यहाँ रुका तो ज़रूर मर जाऊँगा। तुरन्त फ़ैसला किया और ख़ुद को समुद्र में फेंक दिया। उस समुद्र में जितनी भी मछलियाँ थीं, वे पानी के ऊपर आयीं और मेरे लिये उन्होंने पुल बनाया। इस तरह से मैं किनारे पहुँच गया और वहाँ से शहर गया। अपना भेस बदलकर मैं ग़ुलामों के बाज़ार में गया। ग़ुलाम-फ़रोश से बोला, "मुझे उसी व्यापारी के हाथ बेच दो।" वह ग़ुलाम-फ़रोश मान गया और मुझे उसी के हाथ बेच दिया। व्यापारी के साथ मैं एक महीने रहा। उसका काम केवल ग़ुलाम ख़रीदना था। वह हर पन्द्रह दिन बाद एक ग़ुलाम की क़ुर्बानी करता था। एक दिन वह बोला, "सफ़र पर चलना है।" गधे की पीठ पर सामान लाद एक भेड़ भी साथ ली ताकि रास्ते में कबाब के काम आये। मैं समझ गया कि आगे क्या होनेवाला है। उसी तरह हम नदी के किनारे पहुँचे और उसने भेड़ हलाल की और खाल मेरे ऊपर फेंकी। मैंने कहा, "मालिक, मैं उस खाल को नहीं पहन सकता। एक बार आप पहनकर दिखायें तो दुबारा मैं पहन लूँगा।" जैसे

ही उसने खाल पहनी मैंने कसकर उसको रस्सी से बाँध दिया और पत्थर की ओट में छुप गया। देखा वही सीमुर्ग़ आया और खाल को लेकर उड़ गया। मैं भी उसके पीछे चल पड़ा। ऊपर द्वीप में अकेला व्यापारी रो-चिल्ला रहा था, "मैंने तुम्हारे साथ बुरा किया है मगर तुम मेरे साथ बुरा न करना।" मैं हँसा और बोला, "आज तुम मेरे लिये जवाहरात फेंको।" वह फेंकता गया, फेंकता गया, यहाँ तक कि मैंने सारे गधों पर रखे थैले भर लिये और फिर बोला, "उस दिन मैं तुम्हारा ग़ुलाम था और आज से तुम सोने से भरे इस द्वीप के ग़ुलाम हो," और यह कहकर मैं वापस चला आया। घर आकर व्यापारी की लड़की, जो अकेली थी, उससे पूछा, "मेरे पास इतना पैसा है, क्या तुम मुझसे विवाह करोगी?" वह राज़ी हो गयी। उस दिन से मैं उन मछलियों के लिए रोज़ समुद्र में चावल बहाता हूँ, जिन्होंने मुझे नया जीवन दिया था।"

वहाँ से किसान चलते-चलते ज़ीनदोज़ के घर पहुँचा और बोला, "जो तुम चाहते थे, वह मैं तुम्हारे लिये ले आया हूँ।" कहकर उसने जो सुना था वह सब कह सुनाया। सुनकर ज़ीनदोज़ बोला, "एक दिन मैं ज़ीन सी रहा था। सीते-सीते थक गया और लड़के-लड़की को गोद में उठाकर वापस लौटने लगा। घर के क़रीब ही एक लम्बे पैरवाली मुर्ग़ी आ रही थी जिसे देखकर लड़की बोली, "बाबा, यह मुर्ग़ी कितनी ख़ूबसूरत है।"मैंने उसे पकड़ना चाहा और दौड़कर उसके पैर पकड़ लिये। तब मुझे अपने साथ उड़ाकर सात आसमानों की ऊँचाई पर ले जाकर छोड़ दिया। वहाँ सारे लोग मेरे लिये अजनबी थे, पर मैंने सबसे दोस्ती कर ली और बसना शुरू कर दिया। वहीं विवाह किया, दो बच्चे भी हो गये कि तभी वही मुर्ग़ी वहाँ भी आयी। उसे देखते ही मेरी लड़की ने उसकी तारीफ़ की। मैं पकड़ने दौड़ा और वह मुझे उड़ाकर वहीं पहुँचा गयी जहाँ से पहले लेकर उड़ी थी। देखा, न बीवी है, न बच्चे, सब मर गये हैं। तब से दुःखी हो मैं जीन बनाता हूँ, सिलता हूँ, इसको इस्तेमाल में लाने से पहले ही इकट्ठा कर उसके टुकड़े-टुकड़े कर डालता हूँ। यही अब मेरा काम रह गया है।"

किसान तीनों के भेद को पा गया था। अब समय था लड़की के पास लौटने का। वह उसी पुराने रास्ते पर लौट पड़ा। आख़िर चलता-चलता लड़की के शहर भी पहुँच गया। जो भी उसने देखा और लड़की को सुना था बताया। लड़की बोली, "अब तुम्हें अपना क़िस्सा सुनाती हूँ। मैं माँ-बाप के साथ रहती थी। एक दिन मेरे फूफा ने जो ताँबे का काम करता था, सब शहरवालों को दावत दी। उन्हें खाने पर बुलाया। खाने के समय मेहमानों की भीड़ से आवाज़ उभरी "जल गये, जल गये," और देखते-देखते सब इन्सान गोश्त से सोने की मुर्ग़ियों में बदल गये। मेरे माँ-बाप व दूसरे, जिन्हें मैं जानती थी, वह सोने के ठोस पत्थरों में बदल गये। मैं बच गयी और मेरा वही फूफा एक दिन मेरे पास आया और बोला, "मैंने तुम्हारे लिये ख़ूब अच्छा खाना पकवाया है, चलो मेरे घर।" खाना सजाया और मैं समझ गयी कि मेरी बारी भी आ गयी है। मैंने 'सुफरे' पर रखी शमा को बुझ दिया। फूफा के आगे रखे सूप के प्याले से अपना

प्याला बदल लिया। जैसे ही फूफा ने वह प्याला पिया, वह चिल्लाया, "मैं जल गया, मैं जल गया।" यह सुनते ही मैं जंगल की तरफ भागी और भूसे में छुपे जितने सोने के आदमी ला सकती थी उठाकर घर ले आयी।"

आख़िर यह सब सुनकर वह किसान घर की तरफ लौटा। गाँव के रास्ते में उसे जो मिलता वह केवल उसका मुँह देखता और सिर झुका लेता। वह कुछ समझ न पाया। सोचने लगा, क्या बात है? घर पहुँचा तो देखा, माँ मर गयी है। उसने वह सातों घड़े सोने के उठाये और लड़की के घर की तरफ चल पड़ा। बहुत दिनों से लड़की भी सोच रही थी कि अब वह विवाह के योग्य हो गयी है। एक-दूसरे को पाकर वह दोनों प्रेम से जब तक जिये, लोगों के साथ नेकी करते रहे।

●

नारंगी की लड़की

बल्ख़ देश के बादशाह की एक बेटी थी। उसके लिए जितने रिश्ते आते वह हर एक से कहती, "जब तक तुम मेरे लिये सोने की नारंगी की लड़की न लाओगे तब तक विवाह के बाद मैं तुम्हारा कोई भी काम नहीं करूँगी।" यह सुनकर उसके सारे होनेवाले वर उसकी तलाश में जाते और कभी न लौटते।

सोने की नारंगी की लड़की देवों के देश में थी और कोई भी वहाँ तक नहीं पहुँच पाता था। एक दिन एक लड़का जिसका नाम 'फ्रिज' था, बल्ख़ आया और बोला, "शाहज़ादी अपने होनेवाले पति से जो भी चाहती है, सारी इच्छाएँ मैं पूरी करूँगा, यहाँ तक कि देवों के देश से वह सोने की नारंगीवाली लड़की भी ले आऊँगा।"

फ्रिज चल पड़ा। चलते-चलते आख़िर उस महल में पहुँच गया जहाँ वह सोने की नारंगीवाली लड़की मौजूद थी। मगर महल से बाहर हर उस आदमी का सिर तलवार पर टँगा हुआ था जो उसको ढूँढ़ने आये थे। फ्रिज वह देखकर समझ गया, काम बहुत मुश्किल है। एक-एक करके देव आते गये और वह उनसे लड़ाई कर, उन्हें मारता गया। सबको मारकर बाग़ में घुसा और देखा, सामने एक मेज़ पर सोने की नारंगी झिलमिला रही है। उसने वह नारंगी उठायी और सीधा बल्ख़ शहर लौटा। जब यह ख़बर बादशाह को मिली तो पूरे शहर में एक ख़ुशी का हंगामा मच गया। फ्रिज वह सोने की नारंगी ले शाहज़ादी के पास पहुँचा। वह बोली, "अच्छा मैं इस नारंगी को छीलती हूँ, अगर इसमें से सही व सालिम लड़की नहीं निकलती है तो मैं अपना शरीर पति को कभी नहीं छूने दूँगी।"

एक बारीक तेज़ चाकू से बादशाह ने बहुत धीरे से नारंगी का ऊपरी छिलका काटा। काटते ही उसमें से एक लड़की बाहर निकली जो एकदम राजकुमारी-जैसी थी। दोनों ऐसी मिल गयीं कि देखनेवालों की समझ में नहीं आ रहा था कि कौन राजकुमारी है और कौन नारंगीवाली लड़की। बहुत कोशिश की मगर फिज़ूल। आख़िर तंग आकर बोले, "इस भेद की कुंजी दूसरे शहर में है। वह है बादशाह का बेटा फिरोज़। वही देखकर बता सकता है कि कौन, कौन है।"

फ्रिज सामान ले सफ़र पर चल पड़ा। उसे यक़ीन था, यह काम भी वह कर लेगा। रास्ते में ही सारा खाना, जो कुछ वह साथ लाया था, ख़त्म हो गया। तभी उसे

दूर से शेर के गुर्राने की आवाज़ सुनायी पड़ी। जाकर देखा तो ताज़्ज़ुब में पड़ गया। एक पेड़ ज़मीन से निकलकर शेर के पेट पर से होता हुआ दूसरी तरफ से फिर ज़मीन में घुस गया था। शेर की कमर बुरी तरह से फँसी व दबी हुई थी। यूँ उसे आँखें फाड़े देखकर शेर बोला, "तुम मुझे किसी तरह से बचाओ। जो कहोगे मैं वही करूँगा।" फ्रिज जो राजकुमारी के लिए ही निकला था, कुछ सोचकर आगे बढ़ा और पेड़ काटकर शेर को आज़ाद किया। शेर उठकर बोला, "अब कहो, मैं तुम्हारी कौन-सी इच्छा पूरी कर सकता हूँ।" फ्रिज बोला, "मुझे ऐसे फल-फूलों व घास से भरा बाग़ दिखाओ जहाँ पानी के फौवारे की जगह दूध ऐसे निकलता हो जैसे कि थनों से दूध की धार।"

"तुम्हारी इच्छा मैं अभी पूरी करता हूँ। मेरी पीठ पर बैठ जाओ।"

फ्रिज शेर पर बैठ गया और चल पड़े। शेर चलता गया, चलता गया, आख़िर बाग़ के पास पहुँचकर रुक गया। बोला, "आँख बन्द कर जो चाहते हो उसकी इच्छा कर लो।" फ्रिज ने आँखें बन्द कर लीं। शेर ने उसकी कमर पर जब घूँसा मारा तो उसने आँखें खोलीं और देखा, "बाग़ है पर फौवारे सूखे हैं।" यह देखकर शेर बोला, "फिर बैठो, मैं तुमको ऐसी जगह ले जाऊँगा जहाँ पर कि फौवारे सूखे नहीं बल्कि अपने मुँह से दूध फेंक रहे होंगे। अगर सूखे होंगे तो मैं उन्हें दूध से भर दूँगा।"

फ्रिज शेर पर बैठकर चला। चलते-चलते एक जगह पहुँचकर शेर ने दहाड़ मारी और वहाँ पर आसपास जितने भी शेर रहते थे, जमा हो गये और सब शेरों के साथ फ्रिज का क़ाफिला आगे बढ़ा।

उसी बाग़वाले शहर में एक बादशाह था जो दुश्मन के हमले के इन्तज़ार में था। शाहज़ादी जो महल की छत पर थी, दूर से देखकर समझ गयी कि सिपाही आ रहे हैं। बिना रुके वह नीचे भागी और हमले की ख़बर बादशाह को दी। "दुश्मन पहुँच रहे हैं और हम यूँ ही बैठे हैं", यह कहकर बादशाह उठा और हुक्म दिया, "तैयार हो जाओ।" सारी फौज़ें चल पड़ीं। जब पास पहुँचकर उन्होंने देखा कि सिपाही की जगह पर शेर हैं तो वह लौटे। यह देखकर शेर ने फ्रिज से कहा, "तुम बादशाह से कह दो, हमें उससे कुछ लेना-देना नहीं है। हमें तो केवल बाग़ में जाना है जो इसी शहर के किनारे पर है। फ्रिज ने बादशाह के पास सन्देश भेज दिया और सब शेरनियाँ बाग़ में घुस गयीं और अपने सीने में भरे दूध को फौवारे के नलों में उँड़ेलकर वापस चली गयीं।

अब बाग़ में सिर्फ़ शेर व फ्रिज़ अकेले रह गये थे। शेर ने कहा, "अब बोलो, तुम्हारी इच्छा क्या है?" यह सुनकर फ्रिज बोला, "मैं बादशाह का होनेवाला दामाद हूँ। शाहज़ादी की इच्छा तो पूरी कर दी, सोने की नारंगीवाली लड़की की। मगर वह लड़की एकदम राजकुमारी की तरह है और कोई नहीं पहचान सकता कि कौन, कौन है। यह काम केवल फिरोज़ कर सकता है और उसी के शहर में मुझे जाना है। अगर तुम मेरे साथ चलो और दोनों को पहचान लो तो मैं ख़ुश होऊँगा।" शेर मान गया। फ्रिज उसकी पीठ पर बैठ गया। चलते-चलते शहर पहुँच गये। वहाँ जाकर शेर ने दोनों

लड़कियों के पैरों की गन्ध सूँघी, फिर सोने की नारंगीवाली लड़की का हाथ पकड़कर एक किनारे लाया और फ्रिज से बोला, "तुम बल्ख़ की शाहज़ादी से शादी न करके उस नारंगी की लड़की से शादी करो।" फ्रिज बोला, "मगर किसलिए मैं ऐसा करूँ।""अगर तुम राजा की लड़की से विवाह करोगे तो दुःख झेलोगे। इस तरह से एक दिन वह मुर्ग़ी लायेगी, उसके अण्डे से खाना पकायेगी जिसे खाकर तुम पेट के दर्द से तड़पने लगोगे। चाहे सारा ख़ज़ाना भी लुटा दोगे मगर दर्द से छुटकारा नहीं मिलेगा। लेकिन इस सोने की नारंगी की लड़की के साथ ऐसा नहीं है। वह तुम्हें आसमान के ऊपर समुद्र की गहराई में ले जायगी और ऐसी दुनिया और बाग़ों की सैर करायेगी जो तुमने अभी तक सपने में भी नहीं देखा है।" फ्रिज ने उस नारंगीवाली लड़की से शादी कर ली और ख़ूब मज़े से ज़िन्दगी गुज़ारने लगा। यहाँ तक कि सोने की लड़की ने एक सुनहरे घुँघराले बालोंवाले लड़के को जन्म दिया जिसका नाम 'काकूलज़री', फिर एक ख़ूबसूरत दाँतोंवाली लड़की हुई जिसका नाम 'दनदाने मुखारीद' अर्थात् 'मोतियों की लड़ी' रखा। जब वह बहन-भाई बड़े हुए तो उनमें ऐसी खूबियाँ थीं जो उन्हें सबसे अलग रखती थी। 'काकूलज़री' अपनी उँगली में ज़ादू की ताक़त रखता था। जैसे अगर वह चाहता तो किसी भी एक उँगली से पूरी फौज़ बुला सकता था और दूसरी उँगली से उनको सँभालता था और इसी तरह तीसरी उँगली से वह लड़ने का हुक्म भी दे सकता था। मोतियों की लड़ी जब चाहती किसी भी शक्ल की चिड़िया बन जाती और जब बाप को क़ैद में देखती तो उसे उड़ाकर ले आती।

इस तरह दिन गुज़र रहे थे। आख़िर फ्रिज़ एक दिन दूसरे शहर जाने को तैयार हुआ। रास्ते में एक दुश्मन के दस्ते में फँस गया। लड़ाई के बाद भी वह उनके हाथों पड़ गया और क़ैद होने से बच न सका। दुश्मन ने उसे उठाकर अन्धे कुएँ में डाल दिया। गिरते ही उसने बेटी के बालों की लटों, जिसे सदा साथ रखता था, में से एक बाल निकाला, उसे जलाया, जलाते ही लड़की पिता की हालत जान गयी। फ़ौरन कबूतर की शक्ल में आयी और सीधे कुएँ में जा बाप को आज़ाद किया और चुपचाप दुश्मन से छुपा उसे उड़ाकर घर ले आयी। घर आकर पता चला कि काकूलज़री बीमार है। यह देखकर मोतियों की लड़ी फ़ौरन कबूतर की शक्ल में आयी और आसमान की तरफ उड़ी। उड़ते-उड़ते आख़िर वह उस बूढ़ी औरत को ढूँढ़ने में क़ामयाब हुई जो बीमारों का इलाज़ करती थी। उससे बोली, "मेरे भाई को चलकर देख लो और इसका इलाज़ कर दो।" दोनों घर आयीं।

बुढ़िया ने काकूलज़री को देखकर कहा, "तुम लोग चश्मेसार जाओ। वहाँ पर लाल मछली है, उसको पानी से निकालकर लाओ, ताकि उसके गोश्त को पकाकर काकूलज़री को दे सको। उसके गोश्त के खाते ही वह अच्छा हो जायगा।"

फ्रिज और मोती की लड़ी चश्मेसार की ओर गये। चलते-चलते जब काफ़ी देर हो गयी और एक बुढ़िया से पता पूछा तो वह बोली, "अगर तुम इस पहाड़ को पारकर

लोगे तो चश्मेसार पहुँच जाओगे। मगर वह जगह देवों की है, वहाँ तक पहुँचने के लिए देवों से लड़ाई लड़नी पड़ेगी।''

दोनों बाप-बेटी पहाड़ पर चढ़ने लगे। ऊपर पहुँचकर फिर नीचे उतर गये और उन्होंने देखा कि वे लोग देवों के शहर में हैं। फ्रिज ने कहा, ''अब क्या करना है?'' लड़की बोली, ''उदास मत होइये, न घबराइये।'' उसके बाद उसने बाप को नंगा किया, उसके बदन पर तेल मला और एक चाकू दिया। एक-एक करके देव आने लगे। हर तरह से उन्होंने कोशिश की मगर एक भी फ्रिज तक न पहुँच पाया। इतना तेल मला हुआ था कि किसी के पंजे में उसका बदन नहीं आ रहा था। फिसल-फिसल जाता था। इसी बीच फ्रिज ने कुछ देवों को मार डाला और दूसरे देव डर गये व उसकी बहादुरी मान गये। इस तरह से वे दोनों मछली ले आये। उस लाल मछली को तलकर उन्होंने काकूलज़री को खिलाया, जिसे खाते ही वह अच्छा हो गया। फिर सब आराम से समय गुज़ारने लगे। एक दिन सोने की नारंगीवाली लड़की बोली, ''मेरा दिल बल्ख़ के राजा की लड़की के लिए बहुत बेचैन है। मैं तो उसे बहन ही समझती हूँ।'' फ्रिज दोनों बच्चों और पत्नी के साथ बल्ख़ की ओर चल पड़ा। जैसे ही सोने की लड़की ने बल्ख़ की शाहज़ादी को देखा, प्यार से उसे गले लगा लिया। यहाँ पर दोनों ने अपने को बदल लिया और फिर कोई न समझ पाया कि कौन कौन है। नारंगीवाली लड़की राजा की बेटी बन वहीं रह गयी और राजकुमारी फ्रिज व बच्चों के साथ चल पड़ी। कोई नहीं समझ सका मगर जब बाग़ में लौटे तो देखा कि वहाँ कुछ भी नहीं, न बाग़, न दूध के फौवारे। फ्रिज समझ गया कि ग़लती कहाँ पर हुई है। ग़म से वहीं गिर गया, देखने पर पता चला कि मर चुका है।

ख़ूने बर्फ और ख़ूनगीर

किसी मुल्क में दो जवान रहा करते थे। उनमें से एक बादशाहज़ादा था, दूसरा वज़ीरज़ादा था। एक-दूसरे के बिना वे कोई काम नहीं करते थे। तीरअन्दाज़ी, घुड़सवारी, सब एक साथ करते हुए साथ-साथ ही बालिग़ हो गये।

एक रात लड़के महल से बाहर घूमने निकले। टहलते-टहलते दूर निकल गये। चाँदनी रात थी और बर्फ से पूरी ज़मीन ढँकी हुई थी। तभी शाहज़ादे की नज़र बर्फ पर पड़े ख़ून के धब्बे पर पड़ी। सफ़ेद चमकीली चिकनी-सी बर्फ पर पड़ी लाल ख़ून की बूँद इतनी सुन्दर दिख रही थी कि उसने वज़ीरज़ादे से कहा, "यह ख़ूबसूरत ख़ून जो बर्फ पर पड़ा है, क्या है?" वज़ीरज़ादा जो समझदार और चतुर भी था, बोला, "यह ख़ूने बर्फ की लड़की है।" शाहज़ादे ने पूछा, "क्या ख़ूने बर्फ की भी लड़की होती है?" "हाँ, क्यों नहीं" वज़ीरज़ादा बोला। सुनकर शाहज़ादे ने कहा, "कहाँ है?"

"उसको पाना कोई आसान काम नहीं है।" यह सुनते ही शाहज़ादा सोच में डूब गया।

दिन पंख लगाकर उड़ते चले गये और इन बिना पंखों के चालीस दिनों शाहज़ादे ने एक दाना भी जुबान पर न रखा। उस ख़ूने बर्फ की लड़की का ग़म पीता और इस तरह से दिन-ब-दिन कमज़ोर होता चला गया। दुनिया-भर के हकीमों का मेला लग गया, मगर शाहज़ादे को कोई फायदा न हुआ। आख़िर वज़ीरज़ादा बादशाह के पास जाकर बोला, "यह ख़ूने बर्फ की लड़की पर आशिक़ हो गया है और अब ठीक यही है कि हम उसे लेने परिस्तान जायँ।"

"अगर ऐसी बात है तो जाओ और उस लड़की को परिस्तान से लेकर आ जाओ।" बादशाह बोला।

शाहज़ादा और वज़ीरज़ादा सफ़र पर चल पड़े। चलते-चलते उन्हें तीन दिन व तीन रात हो गये थे। थककर आख़िर एक चरागाह में पहुँचे, जहाँ से दो राहें शुरू होती थीं। दोराहे पर पहुँचकर शाहज़ादा वज़ीरज़ादे से कहने लगा, "बस अब तुम यहाँ से वापस जाओ। मैं यहाँ से आगे जाऊँगा। क्या फायदा कि हम दोनों एक साथ मारे जायँ। अच्छा यही है कि हम दो तनों में से एक तन इस दुनिया में रहे। मैं चलता हूँ।"

"मैं नहीं लौटूँगा, क्यों तुम्हें अकेला छोड़ूँ? ख़ुद सोचो, मैं अकेला शहर कैसे वापस जाऊँ?"

शाहज़ादा बोला, "अगर ऐसा है तो फिर तीन मास तक तुम इधर-उधर के शहरों में घूमो। जब तीन मास ख़त्म होने पर आयें तो तुम घर लौटना। मैं तब तक वापस आ जाऊँगा।" यह सुनकर वज़ीरज़ादा मान गया और जंगलों में भटकने लगा।

शाहज़ादे ने एक दर्रे के अन्दर रात गुज़ारी और सुबह होते ही जाग गया और देखा, चश्मे के किनारे पेड़ पर तीन कबूतरियाँ बैठी हैं। उनमें से एक कबूतरी बोली, "बहन, जानती हो यह जवान किसकी खोज में है? यह ख़ूने बर्फ की लड़की पर आशिक़ है मगर इतनी आसानी से वह उसके हाथ नहीं लगेगी। ख़ूने बर्फ की लड़की एक अनार में है और उस अनार की देखभाल करने के लिए एक देवनी अपने चालीस लड़कों के साथ रहती है।" यह सुनकर दूसरी कबूतरी बोली, "आख़िर यह जवान वहाँ कैसे पहुँचेगा और कैसे लड़की पायेगा।" वही कबूतरी बोली, "वे चालीस देव कुओं पर बैठे हैं। यह जवान जो उन देवों से बड़ा है, उनके पास जब पहुँचे तो उन्हें सलाम करे। अगर ऐसा नहीं करेगा तो वे इसको खा जायँगे। देवनी का बड़ा लड़का जवान के हँसमुख स्वभाव से ख़ुश होकर सब देवों से अर्थात् अपने भाइयों से मिलवाता हुआ सबसे छोटे देव के पास ले जायगा।" अभी कबूतरी इतना ही बोली थी कि शाहज़ादे ने जँभाई ली और अपनी जगह से उठ खड़ा हुआ। कबूतर उड़कर चले गये।

जवान शाहज़ादा दूसरे दिन वहीं उसी दर्रे में सोया। जब सुबह हुई, तो वह कबूतरी जो कल बात पूरी नहीं कर पायी थी, बोली, "जवान जब चालीसवें देव के पास पहुँचेगा तो वहाँ देवनी बैठी होगी जिसके स्तन बहुत बड़े होंगे, यहाँ तक कि ज़मीन पर आ रहे होंगे। उन्हें मुँह में लेकर ज़ोर से दाँतों तले दबा ले और उससे दूध पिये। वह देवनी जितना भी चिल्लाये कि मेरा स्तन छोड़ दो, मगर वह जवान तब तक उसको आज़ाद न करे, जब तक वह अपने दाहिने कन्धे का क़सम न खाये। क़सम के बाद वह उसको छोड़ दे। इसके बाद जवान जो चाहेगा देव उसके लिए करेंगे।" जवान अपनी जगह से खड़ा हुआ और यह देख कबूतर उड़ गये। जवान अपने घोड़े पर जा बैठा और अनार के बाग़ की ओर चल दिया। घोड़ा दौड़ता गया, दौड़ता गया, यहाँ तक कि बाग़ में पहुँच गया। देवनी का बड़ा लड़का जवान को दिखायी पड़ा और जवान ने सलाम किया। देव बोला, "ए आदमज़ाद, मुझसे कहो, किस चीज़ की खोज में हो?" लड़का बोला, "मैं ख़ूने बर्फ की लड़की के पीछे हूँ।" देव ने जवान को एक-एक करके अपने सभी भाई देवों से मिलवाया। जब जवान सबसे छोटे देव के पास पहुँचा तो देव उससे बोला "तुम्हारे आने से अब हम इकतालीस भाई हो गये?" और फिर ठहरकर बोला 'जब तुम बाग़ में जाओगे तो हमारी माँ उस वक़्त झाड़ू दे रही होगी और उसके बाल व स्तन ज़मीन पर लोट रहे होंगे और उसका क़द भी बहुत लम्बा

होगा। कोशिश कर उसकी पीठ पर चढ़ जाना और जो कुछ भी कबूतर ने कहा उसी तरह एक-एक चीज़ करना।''

जवान देव से अलग होकर बाग़ की तरफ गया। गली-दर-गली घूमता हुआ आख़िर उस बाग़ में पहुँचा और छुपकर जैसे ही बैठा देवनी ने झाड़ू देना शुरू किया, वह उसके कन्धों पर सवार हो गया और उसके स्तनों को मुँह में लेकर दूध पीने लगा। देवनी ने कितना ही कहा, ''नीचे आओ, यह मत करो,'' मगर देवनी की किसी बात पर जवान ने कान न धरा और जब तक कि उसने अपने दाहिने कन्धे की क़सम नहीं खायी, तब तक स्तनों पर दाँत गड़ाये रहा। देवनी ने पूछा, ''तुम किसकी खोज में हो।'' जवान बोला, ''मैं ख़ूने बर्फ की लड़की की खोज में निकला हूँ, और उसे पसन्द करता हूँ।'' देवनी बोली, ''उस तरफ अनार का पेड़ है, उसमें से तीन अनार तोड़ लो और बाग़ से बाहर भागो। समझे।'' फिर ठहरकर बोली, ''मैं अपने बालों की तीन लट दे रही हूँ। जब भी तुम्हें मुश्किल पड़े, एक बाल उस लट में से निकालकर आग में जला देना मगर शर्त यह है कि पीछे मुड़कर न देखना।'' जवान तीनों लटों को लेकर अनार के पेड़ की तरफ गया और तीन अनार तोड़कर बाहर चला गया। जैसे ही जवान पहली गली में पहुँचा, उसने देखा कि फौज़ हाथ में तलवार लिये उसकी ओर आ रही थी। यह देखकर जवान ने लट में से एक बाल जलाया और फ़ौरन ही एक दरवाज़ा फौज़ के सामने आ गया। सारी फौज़ उस दरवाज़े के पार रह गयी। यह देख जवान ने सन्तोष की साँस ली।

जवान शाहज़ादा अब दूसरी गली में पहुँचा तो उसने देखा कि एक पूरा झुण्ड भाले हाथ में लिये आगे बढ़ रहा है कि उसे पकड़कर मार डाले। जवान ने दुबारा बाल जलाया और उस आग में उसे एक रेगिस्तान दिखायी दिया, फिर उसे छुटकारा मिल गया। जब बाग़ के क़रीब पहुँचा तो देखा कि फौज़ उसके पीछे है और सवार आपस में कह रहे हैं, ''बादशाह की लड़की को कहाँ ले जा रहे हो?'' जवान ने फिर बाल जलाया और पहले की तरह ही छुटकारा पाया। फिर ख़ुद को एक बियाबान जंगल में चालीस देवों के समीप खड़ा पाया। देव बोले, ''अब यहाँ से जाना हो तो रोटी और पानी साथ रख लेना। अनारों में से एक अनार का छिलका उतारना। छिलका उतारते ही अनार में से एक ख़ूने बर्फ की लड़की बाहर आ जायगी।'' फिर आगे बोले, ''अगर वह बोले कि मुझे रोटी चाहिए तो उसे पानी देना और यदि पानी माँगे तो रोटी देना।'' फिर बोले, ''हो सकता है कि वह कपड़ा भी माँगे।'' अन्त में चलते समय बोले, ''जो कुछ हमने कहा है, वह सब याद रखना और वही करना। तभी वह बचेगी, वरना मर जायगी।''

शाहज़ादा जो अपने घोड़े से अलग था, उसके पास गया और उस पर बैठकर चल पड़ा। चलते-चलते उसी चश्मे के किनारे पहुँच गया जहाँ कबूतरों ने बातें की थीं। शाहज़ादा चश्मे के किनारे सो गया। अभी ज़्यादा देर नहीं हुई थी कि वही कबूतर फिर

दीखे। बड़ी कबूतरी बोली, "ए बहन!" बीचवाली कबूतरी बोली, "जाने बहन, यह जवान ख़ूने बर्फ की लड़की को ले आया है, लेकिन इसको मिलेगी नहीं।" जवान अपनी जगह पर खड़ा होकर बोला, "जो कुछ बाक़ी बचा है वह कह दो, समझीं।" फिर बोला, "मैं जानता हूँ, तुम लोग अपना काम करो।" कबूतर उड़ गये और नजरों से ओझल हो गये। शाहज़ादे ने सोचा, रोटी और पानी तो है मेरे पास और कपड़ा भी है। इसके बाद तीन अनारों में से एक अनार छील दिया। छीलते ही उसमें से एक ख़ूबसूरत लड़की निकली और बोली, "पानी।" लड़के ने रोटी दी। फिर उसने रोटी माँगी, लड़के ने पानी दिया। इसके बाद उसने कपड़ा माँगा। शाहज़ादा बोला, "ज़रा ठहरो, मैं कपड़ा उतार तो लूँ।" लेकिन लड़की ने इन्तज़ार नहीं किया, वहीं गिर गयी और मर गयी। लड़का दुःखी होकर सोचने लगा कि मैं अब शहर जाऊँ। घोड़े पर बैठा और चल पड़ा। जब शहर के समीप पहुँचा तो बोला कि देखता हूँ कि देवों के कहने में कितनी सच्चाई है। ख़ूने बर्फ की लड़की एक बार निकलकर ही मर गयी। उसने अपने कपड़े उतारे और हाथ में रोटी पकड़ी और देखा कि पानी नहीं है। दूसरा अनार तोड़ा तो फिर ख़ूने बर्फ की लड़की निकल आयी और पानी माँगा। लड़के ने उसे रोटी दी। लड़की ने रोटी माँगी और जवान के पास पानी नहीं था कि उसे देता और लड़की फिर मर गयी। शाहज़ादा परेशान व दुःखी हो शहर की तरफ चला। पानी, रोटी और कपड़ा उसने वहाँ से लिया और तीसरा अनार तोड़ा। ख़ूने बर्फ की लड़की उस अनार से बाहर आयी और बोली, "पानी।" लड़के ने रोटी दी। लड़की ने रोटी माँगी तो पानी दिया। जैसे ही लड़की ने कपड़े माँगे, शाहज़ादे ने बिना देर किये फ़ौरन ही उसको कपड़े दे दिये। लड़की ने कपड़े पहने, रोटी और पानी लिया, खाया और बोली, "मैं ख़ूनेबर्फ़ की लड़की हूँ और परियों की शाहज़ादी हूँ। कितने साल गुज़र गये हैं कि मैं अपना दिल तुमको दे चुकी हूँ। मैं तुम्हारे वश में हूँ, जो दिल में आये वह करो।" रात ख़ुशी के साथ दोनों ने उसी आबादी में गुज़ारी और सुबह शहर की ओर चल पड़े। जब शहर के दरवाज़े के पास पहुँचे तो जवान लड़की से बोला, "बग़ैर ज़ीन के घोड़े और फटे कपड़ों के साथ शहर के लोग देखेंगे तो हमारा मज़ाक़ उड़ायेंगे। तुम यहीं रुको, मैं शहर जाकर तुम्हारे लिये कपड़े ले आता हूँ।" शाहज़ादा चला गया और ख़ूने बर्फ की लड़की चश्मे के पास बैठी रही। उसकी नज़र एक पेड़ पर पड़ी। उसने सोचा, अच्छा है कि इस पेड़ पर चढ़ जाऊँ और वहीं बैठ जाऊँ। लड़की उस फूल-भरे पेड़ पर बैठ गयी।

थोड़ी ही देर गुज़री थी कि एक लड़की ख़ूनगीर* कन्धे पर सुराही और हाथों में बच्चे के गन्दे कपड़े लिये चश्मे के किनारे पहुँची। जैसे ही चश्मे में पानी लेने झुकी,

---

* ख़ूनगीर—पुराने समय में खुरासान में भेड़-बकरी की सींग से रोगियों की पीठ जख़्मी की जाती थी और उसी सींग के ज़रिये ख़ून चूसकर फेंका जाता था। उस समय यह काम बंजारों व कई क़बीलों में होता था। उनका ख़याल था कि इस प्रकार रोगी ठीक हो जाता है।

पानी में एक बहुत ही सुन्दर लड़की की छवि देखी। वह बोली, "इस सुन्दर मुखड़े और फूल-जैसे होंठ के साथ मैं गन्दे पोतड़े कैसे धोऊँ," और वह सुराही, जो पानी भरने के लिए लायी थी और गन्दे कपड़े, दोनों वहीं पानी में छोड़ दिये और जाने लगी। यह देख लड़की ख़ूने बर्फ ऊपर से बोली, "ए लड़की, तुम क्यों दुःखी हो? जो छवि तुमने पानी पर देखी है, वह तुम्हारी नहीं बल्कि मेरी छवि है।"

लड़की ख़ूनगीर बोली, "इस बात को अभी छोड़ो, मैं ख़ुद पेड़ पर चढ़कर अपना चेहरा पानी में देखती हूँ।" और वह यह कहकर 'नारवन' के पेड़ पर चढ़ गयी और लड़की ख़ूने बर्फ के पास पहुँच गयी।

ऊपर पहुँचकर दोनों में बातें होने लगीं और ख़ूने बर्फ की लड़की ने बता दिया कि वह किस प्रकार अनार से निकली है। सारी बातें सुनकर ख़ूनगीर बोली, "आओ, मेरी गोद में सिर रखकर थोड़ी देर मीठी नींद सो लो।" ख़ूनगीर की गोद में सिर रखकर ख़ूने बर्फ सो गयी।

ख़ूनगीर ने अपने लहँगे के नीचे से चाकू निकाला और ख़ूने बर्फ का सिर चारों तरफ से काटकर आराम से फूलों की डालियों पर लेट गयी।

शाहज़ादा दरबारियों के साथ चश्मे के किनारे आया, ताकि ख़ूने बर्फ की लड़की को लेकर महल जाय लेकिन ख़ूने बर्फ की जगह 'नारवन' के फूलों के बीच उसने एक ऐसी लड़की को देखा जिसका चेहरा चेचक के दाग़ों से भरा था और सिर बिना बालों का था। शाहज़ादे ने पूछा, "ए लड़की, तुम्हारे बालों का क्या हुआ?" लड़की बोली, "तुम तो जानते हो, मैं अनार से निकली हूँ, कभी सूरज की गर्मी तो सही नहीं है। सूरज की गर्मी व किरणों ने मेरे सुन्दर बालों को मुझसे छीन लिया है।" जवान शाहज़ादा बोला, "ये चेचक के दाग़ कहाँ से आये?" "ये कौवे हैं जिन्होंने मेरे चेहरे पर पंजे मारे है।" "और यह चेहरा कैसे काला हो गया?" लड़की ख़ूनगीर बोली, "धूप से झुलस गया है।"

आख़िर दरबारियों ने बड़े खट्टे दिल से ख़ूनगीर को 'अराबे' (बग्घी) पर चढ़ाया और महल की ओर चल पड़े। उसी अराबे में बैठे शाहज़ादे ने देखा कि एक हिरण अराबे का पीछा कर रहा है। शाहज़ादा अराबे के नीचे उतरा और हिरण को गोद में उठाकर प्यार करने लगा। यह देख लड़की ख़ूनगीर अन्दर-ही-अन्दर जल गयी मगर कुछ बोली नहीं। लेकिन शाहज़ादे ने जब दुबारा उसके सिर पर हाथ रखकर प्यार किया तो वह बोल पड़ी, "छोड़ो, इसको जाने दो अपनी राह।" इसी बीच लड़की ख़ूने बर्फ, जो हिरण की शक्ल में थी, उसने अपने को एक फूल में बदल दिया और शाहज़ादे के हाथों में पहुँच गयी। यह देखकर लड़की ख़ूनगीर ने फूल को उठाकर अराबे से बाहर फेंक दिया। वह फूल फिर हिरण बन गया और अराबे के पीछे-पीछे दौड़ने लगा। यह देखकर शाहज़ादा फिर नीचे उतरा और हिरण को गोद में उठा लिया और महल में ले गया। शहर में शाहज़ादे के विवाह की ख़ुशी सात दिन, सात रात तक मनायी गयी।

शाहज़ादा रात-दिन उसी हिरण के साथ रहता, न लड़की ख़ूनगीर से बात करता, न उसकी तरफ मुँह करता। दिन गुज़रते गये। एक दिन शाहज़ादा शिकार पर गया। ख़ूनगीर बीमार बनकर बिस्तर पर लेट गयी और शाही हकीम से बोली, "बादशाह से कहना, मेरे दर्द का इलाज हिरण के गोश्त में है जिसे शाहज़ादा प्यार करता है।" हकीम बादशाह के पास गया और बोला, "ए शाह, इस लड़की की बीमारी की दवा, उसी हिरण का गोश्त है, जिसे शाहज़ादा पाले हुए है।" बादशाह के हुक्म से हिरण काट डाला गया और अभी ज़्यादा देर नहीं हुई थी कि हिरण के ख़ून गिरने से ज़मीन पर एक बेद का पेड़ उग आया।

शिकार से लौटकर शाहज़ादे ने पूछा, "मेरा हिरण कहाँ है?" उसे जवाब मिला, "शाह के हुक्म से उसे काट डाला गया है और उसके ख़ून से एक बेद का पेड़ उग आया है।" यह सुनते ही शाहज़ादा अपना बिस्तर व चीज़ें बेद के पेड़ के नीचे ले आया और वहीं अपना समय गुज़ारने लगा। दुबारा फिर कुछ जानने के इन्तज़ार में थक गया, और बोला, "यह बेद भी कुछ नहीं कहता है, मालूम नहीं यह भेद क्या है?" फिर वह बियाबान की तरफ शिकार खेलने चल पड़ा।

लड़की ख़ूनगीर गर्भवती थी। उसके लड़का पैदा होने की ख़ुशी में शाह को उसको 'रोनुमाई'* देना था। इस कारण उसके पास क़ासिद को भेजकर पुछवाया कि पूछकर आओ, उसे क्या पसन्द है, ताकि मैं उसके लिए वह मँगवा दूँ। लड़की ख़ूनगीर ने बादशाह को जवाब भिजवाया कि बेद के पेड़ को कटवाकर उसकी लकड़ी से एक पालना मेरे बच्चे के लिए बनवा दें। वैसा ही हुआ।

उस समय, जबकि पालना बन रहा था, एक औरत महल में आयी और बोली, "शाह, मुझे बेद की केवल एक लकड़ी जो सस्ती-सी हो, दीजिये, मुझे चरखी के लिए इसकी बहुत ज़रूरत है।" शाह ने बढ़ई से कहा, "एक टुकड़ा बेद की लकड़ी का इस बुढ़िया को दे दो।" चरखी के लिए लकड़ी लेकर वह सूत कातनेवाली बुढ़िया घर लौट आयी। यह बुढ़िया दो किलो रुई को कई दिन से कात रही थी और दूसरे दिन वह चरखी के नीचे बेद की लकड़ी रख सूत बेचने गयी। वापस लौटी तो उसने देखा सारा रेशम व रुई कतकर धागे बन गये हैं। बुढ़िया बहुत आश्चर्य में पड़ गयी। यह क्या हुआ? उसने सोचा, "मैं इस भेद से ज़रूर परदा उठाऊँगी।" एक दिन कोठरी से बाहर निकली मगर बाज़ार नहीं गयी, घर के पीछे छुप गयी और उसने सुना कि कोई कमरे में चरखा चला रहा है। वह तेज़ी से कमरे में गयी तो देखा, परियों की एक ख़ूबसूरत लड़की चरखे को चला रही थी और सूत कात रही थी। दबे पाँव पीछे से आ, लड़की को कलाई से पकड़कर बुढ़िया बोली, "कौन हो तुम?" लड़की बोली,

---

* रोनुमाई—खुरासान में रस्म है कि बच्चे के जन्म के बाद स्त्री को मुँह दिखायी दी जाती है।

"मैं ख़ूने बर्फ़ की लड़की हूँ।" यह कहकर जो कुछ उस पर गुज़री थी, उसने कह सुनायी। सुनकर बुढ़िया बोली, "तुम मेरे पास रहो। मुझसे जैसे भी होगा तुम्हारी क़िस्मत की गिरह खोलूँगी।"

दिन गुज़रते गये, मौसम बदलते गये, आख़िर वह समय आ गया कि जानवरों का चारा कम पड़ने लगा। घास के नाम पर केवल काँटे रह गये। लोगों ने अपने जानवरों को मैदानों की तरफ छोड़ दिया। बादशाह ने शहर में डुग्गी पिटवा दी कि जो लोग घोड़ा चाहते हैं, आकर शाही अस्तबल से ले जायँ। सुनते ही लोग सारे-के-सारे घोड़े ले गये, सिर्फ़ एक ही छोड़ गये। वह घोड़ा दुबला-पतला, लम्बा-सा था।

ख़ूने बर्फ की लड़की जो जानती थी कि यह घोड़ा परीज़ाद है, बुढ़िया से बोली कि वह घोड़ा जो बच गया है, जाकर ले आओ। बुढ़िया ने दरबार में जाकर कहा कि यह घोड़ा जो कमज़ोर-सा बच गया है, मुझे दे दो। बादशाह सुनकर बोले, "तुम अपनी तो देखभाल कर नहीं सकती हो, इस घोड़े का क्या करोगी?"

"शायद अच्छी देखभाल कर लूँगी", बुढ़िया बोली। आख़िर सिपाहियों ने घोड़ा बुढ़िया को दे दिया और बुढ़िया वह परीज़ाद घोड़ा लेकर घर आयी। उस दिन से जो भी वह खाती, उसका एक हिस्सा घोड़े के लिए ज़रूर अलग रख देती थी। साथ ही नकुल व नब्बात (मिश्री) भी ख़रीदकर उसके खाने में मिला देती थी।

अभी कुछ ही महीने गुज़रे थे कि जानवरों का चारा सस्ता हो गया और बादशाह अच्छे और मोटे-ताज़े घोड़ों की खोज करवाने लगा। ख़ूने बर्फ की लड़की ने इस घोड़े को इतना खिलाया-पिलाया कि वह बहुत भारी हो गया था। उसे लेकर 'नुमाइश' में पहुँच गयी और घोड़े को उसने बादशाह को दिखाया।

दूसरे दिन शाहज़ादे ने बुढ़िया के पास कहलाया कि वह घोड़ा लेना चाहता है। मंजूरी पाकर सिपाही दुबारा घोड़े को लेने पहुँचे और पूछा, "घोड़ा कहाँ है?" ख़ूने बर्फ की लड़की बोली, "आओ, यहाँ से आकर ले जाओ।" उन सिपाहियों ने बहुत चाहा कि वह घोड़े को ले जायँ मगर उनसे वह लेटा हुआ घोड़ा एक इंच भी नहीं हिला।

सिपाही शाहज़ादे के पास लौटे और बोले, "सब-कुछ कर देखा मगर उस घोड़े को अपनी जगह से न हिला सके।" सुनकर शाहज़ादा ख़ुद गया और उससे जो कुछ हो सकता था उसने आज़माया, मगर घोड़े को वह भी न हिला सका। तंग आकर उसने ख़ूने बर्फ की लड़की जो नकाब से आधा मुँह छिपाये थी, से कहा, "ए लड़की, आओ और इससे कह दो ताकि यह मेरे साथ चलने को राज़ी हो जाय।" सुनकर ख़ूने बर्फ की लड़की आगे आयी और परीज़ाद घोड़े से बोली, "उठो और जाओ। क्या हुआ अगर मैंने तुम्हारे मालिक से सुख न उठाया—तो फिर तुमसे क्या उम्मीद रखूँ।" यह सुनते ही घोड़ा खड़ा हो गया और शाहज़ादे के साथ हो लिया। शाहज़ादे ख़ूने बर्फ के इस वाक्य को सुनकर कि तुम्हारे मालिक से सुख न देखा, सोच में डूब गया।

शाहज़ादा दुबारा ग़म के सागर में डूब गया और चालीस दिनों तक उसने किसी से बात न की। बादशाह यह देखकर फ़िक्रमन्द हो गया था। हुक्म दिया कि हर रोज़ एक मुहल्ले से एक औरत आकर शाहज़ादे को क़िस्सा सुनाये ताकि शाहज़ादा अपने ग़म को भुलाने की कोशिश करे। आख़िर जहाँ पर ख़ूने बर्फ की लड़की रहती थी, उस गली की बारी आयी। जब ख़ूने बर्फ की लड़की की बारी आयी तो वह बोली, "मेरा क़िस्सा सभी दरबारी सुनें और जब तक क़िस्सा ख़त्म न हो, बीच से कोई भी न उठे।" जैसे ही सब जमा हो गये, ख़ूने बर्फ की लड़की ने हर दिन जो उस पर गुज़रा था, कह सुनाया कि उसके साथ क्या-क्या हुआ है? मना करने पर भी लड़की ख़ूनगीर क़िस्से के बीच में ही खड़ी हो जाती थी और बीच में बात काटने लगती थी। इससे शाहज़ादा समझ गया कि यह ख़ूने बर्फ की लड़की है। शाहज़ादा अपनी जगह से खड़ा हुआ और ख़ूने बर्फ की लड़की के चेहरे से नकाब उठा दिया और उसे अपने आ खाग़ोश में ले लिया।

दूसरे दिन शाहज़ादे ने शहर के लोगों से कहा, "जो भी मुझे चाहता है, यह बियाबान जाकर ईंधन लाये।" एक पहाड़ सूखी लकड़ियों का बन गया। उसके बीच में लड़की ख़ूनगीर को फेंककर आग लगा दी गयी। ख़ूनगीर आग में जल गयी और शाहज़ादे ने ख़ूने बर्फ की लड़की के साथ विवाह कर लिया।

सात सरोंवाला देव

बहुत ज़माने पहले एक बादशाह था जिसके एक ही रानी से चालीस शाहज़ादे थे। सारे शाहज़ादे जवान हो चुके थे और शादी करना चाहते थे, लेकिन बादशाह इस ओर ध्यान ही नहीं देता था। एक दिन बादशाह के छोटे बेटे ने कहा, "अच्छा यही है कि हम अपनी यह परेशानी वज़ीर से कहें। हो सकता है कि वह हमारी कुछ मदद करे।" वज़ीर को बुलाकर बोले, "पता नहीं हमारी क़िस्मत में क्या लिखा है, यह तो हम नहीं जानते, मगर इतना ज़रूर जानते हैं कि विवाह के इन्तज़ार में हम बूढ़े ज़रूर होते जा रहे हैं। हमारी हालत को देखकर बादशाह से कुछ कहिये।" यह सब सुनकर वज़ीर बोला, "तुम लोग बाज़ार जाओ और अपनी पसन्द के मुताबिक ख़रबूज़ा या तरबूज़ ख़रीदो, मगर यह याद रखो कि उनकी शक्ल ठीक हो और वह पके हुए हों। मैं उन्हें बादशाह को दिखाऊँगा। देखकर बादशाह ज़रूर पूछेंगे कि यह क्या है? मैं जवाब दूँगा कि आपके शाहज़ादों का अर्थ इस काम में शायद आपका ध्यान अपनी ओर खींचना है कि आधे उनमें से बूढ़े हो चुके हैं और आधे जवान हैं, इसलिए आप उनकी फ़िक्र करें।

यह सुनकर लड़के मान गये और बाज़ार की ओर चल पड़े और बाज़ार से अपनी उम्र के मुताबिक कटावदार व पक्के फल ख़रीद लाये और एक बड़े तबक़ (थाल) में सारे फल सजाकर बादशाह के सामने भेजे गये। फल का तबक़ देखकर बादशाह ने वज़ीर से पूछा, "इसका क्या अर्थ है?"

"यह तबक़ आपके शाहज़ादों की जबान है जो अपनी कहानी कह रही है—कि कुछ लड़के दामाद बनने का समय हाथ से खो रहे हैं और कुछ उसकी प्रतीक्षा में हैं कि आप उन्हें शादी की इजाज़त दे दें।"

बादशाह यह सब-कुछ सुनकर बोला, "मैं शाहज़ादों के विवाह के ख़िलाफ़ नहीं हूँ, मगर अभी तक मैंने विवाह की इजाज़त क्यों नहीं दी उसकी वज़ह है, मेरी एक मुश्किल जो मैं अभी तुमसे कहूँगा।" फिर बादशाह आगे बोला, "मेरे एक रानी से चालीस लड़के हैं और मैं चाहता हूँ कि कोई दूसरा बादशाह मैं ढूँढ़ निकालूँ कि उसके

भी एक रानी से चालीस लड़कियाँ हों ताकि मेरे लड़के उनके दामाद बनें, इसके अलावा मैं दूसरी जगह उनके विवाह की इजाज़त नहीं दे सकता।''

वज़ीर सोच में डूब गया, ''मुझे चालीस रोज़ का समय दीजिये ताकि आपकी शर्त के मुताबिक़ मैं चालीस दुल्हनों को ढूँढ़ निकालूँ।'' बादशाह मान गया।

वज़ीर घोड़े पर बैठ, एक बियाबान की तरफ चल पड़ा। बहुत चलने के बाद एक चश्मा मिला। वह इतना थक चुका था कि घोड़े से उतर पड़ा और पैदल चश्मे की तरफ जाने लगा ताकि थोड़ी देर आराम कर ले। तभी उसको दूसरा सवार आता दीखा और वह भी घोड़े से नीचे उतरा और चश्मे के पानी में मुँह-हाथ धोकर किनारे पर थकान उतारने के लिए लेट गया। लेकिन दोनों ने एक-दूसरे से बात न की, यहाँ तक कि दोनों ने आराम करने के बाद अपने-अपने घोड़े की लगाम खींची और अपनी-अपनी राह पकड़ी। चलते-चलते वज़ीर सोचने लगा कि कितना बुरा किया कि मैंने उस मुसाफ़िर से बात न की। ठीक है, अगर वह घमण्डी था, मैंने भी तो इन्साफ़ नहीं किया। फिर आगे सोचा, बेहतर है कि मैं उस सवार को ढूँढूँ और उसका हाल-चाल पूछूँ। घोड़े को ऐड़ लगाकर वह सवार के पीछे भागा। जब सवार दीख गया तो बोला, ''क्या बात थी जो हमने एक-दूसरे से बात न की? कहाँ से आये हो? कहाँ जा रहे हो?'' वह सवार बोला, ''मैं भी यही सोच रहा था कि मैंने तुमसे बात क्यों नही की?'' असल में यह मर्दानगी के ख़िलाफ़ बात हुई है।'' वज़ीर ने पूछा, ''कहाँ जा रहे हो?'' सवार ने जवाब दिया, ''मैं नहीं जानता हूँ कि तुम कौन हो? मगर मैं एक बादशाह का वज़ीर हूँ, जिसकी एक ही रानी से चालीस शाहज़ादियाँ हैं और मैं ऐसे बादशाह की खोज में हूँ जिसकी एक ही रानी से चालीस शाहज़ादे हों तभी उनकी शादी हो सकती है वरना नहीं।'' वज़ीर बोला, ''क्या ख़ूब मिले हैं, मैं भी एक ऐसे ही बादशाह का वज़ीर हूँ जिसकी एक ही रानी से चालीस पुत्र हैं और मैं चालीस शाहजादियों की खोज में था,'' फिर बोला, ''शाहज़ादों के लिए हम शाहज़ादियाँ माँगने कब आयें?'' फिर दोनों ने आपस में दिन तय कर लिया और अपने-अपने रास्ते चल पड़े।

वज़ीर ने बियाबान की तरफ पीठ की और शहर की तरफ मुँह और सीधे महल पहुँचा। जो कुछ देखा था, सुना था, बादशाह को कह सुनाया। फ़ौरन बादशाह ने चलने की तैयारियाँ शुरू कीं। तभी एक प्रश्न बादशाह के सामने आ खड़ा हुआ कि उसके जाने के बाद तख़्त पर कौन बैठेगा। छोटा लड़का बोला, ''आप सब लोग जाइये, मैं तब तक देखभाल करता हूँ।'' बादशाह बोला, ''तुम भी साथ चलो, तख़्त की फ़िक्र छोड़ो, मैं वज़ीर को अपनी जगह बिठा जाऊँगा।'' सुनकर लड़का बोला, ''मैं यहीं रहूँगा। आप मेरी जगह लड़की को मेरे लिये माँग लीजियेगा। अगर उसे पसन्द हो तो आ जाय, मैं शादी कर लूँगा, वरना दामाद नहीं बनूँगा।''

शाहज़ादे ने राजगद्दी की बाग़डोर सँभाल ली और बाक़ी शाहज़ादे व बादशाह और वज़ीर सफ़र पर चल पड़े। दूसरे बादशाह के राज्य में पहुँचकर वे महल में मेहमान बने और एक-एक करके सब शाहज़ादों की शाहज़ादियों से मँगनी हो गयी। जब छोटी की बारी आयी तो उसने, पूछा, "आप लोग जो मेरे वर के बारे में कह रहे थे, वह कहाँ है?" फिर ठहरकर बोली, "ज़रूर काना, अन्धा या अपाहिज़ है तभी स्वयं नहीं आया है?"

"नहीं, ऐसी बात नहीं है। वह इस समय बादशाहत की बाग़डोर सँभाले है," उसको जवाब दिया गया। लेकिन लड़की के दिल को यह बात लगी नहीं, बोली, "ऐसी बात नहीं है।" यह सुनकर बादशाह वज़ीर से बोला, "अभी इसी समय तुम जाओ और लड़के को साथ लेकर आओ।" वज़ीर फ़ौरन चल पड़ा और महल पहुँचा और शाहज़ादे से हाल कह सुनाया। लड़का बोला, "जब तक बाबा नहीं लौटते मैं यहाँ से हिल भी नहीं सकता हूँ। अगर मेरा जाना ज़रूरी है तो फिर एक काम करो, यह मेरी तलवार है, उस लड़की को दिखा देना, अगर मान जाय तो ठीक है, वरना मेरी तरफ से बात ख़त्म।" वज़ीर वह तलवार लेकर चल पड़ा। वहाँ पहुँचकर उसने वह तलवार लड़की को दिखायी, जिसे देखते ही वह बिना देखे शाहज़ादे पर आशिक़ हो गयी।

बादशाह व शाहज़ादे अपनी-अपनी दुल्हनों के साथ चल पड़े। चलते-चलते एक चश्मे के पास पहुँचे। बादशाह बोला, "रात-भर यहीं रहते हैं। सूरज के उगते ही फिर सफ़र शुरू करेंगे।" वहीं चश्मे के किनारे सबने रात गुज़ारी। जब सुबह उठे तो देखा कि ख़ेमे को चारों तरफ से एक अज़दहा लपेटे हुए है। यह देख सिपाहियों ने बादशाह को ख़बर दी। बादशाह बोला, "जाओ, जाकर उससे पूछो, वह क्या चाहता है? जो चाहता है उसे दे दो, वरना सबके लिए मुसीबत बनेगा।" सिपाही उलटे पैर लौटे और अज़दहे से बोले, "तुम क्या चाहते हो जो इस तरह से हमारे चारों तरफ कुण्डली मारकर बैठे हो?" अज़दहा बोला, "उन चालीस लड़कियों में से छोटी मुझे दे दो वरना मैं सबको ख़त्म कर दूँगा।" यह सुनते ही बादशाह हक्का-बक्का रह गया और समझ ही न सका कि क्या करे। वज़ीर बादशाह से बोला, "हमें चाहिए कि हम लड़की को अज़दहे को दे दें, शाहज़ादे से कह देंगे कि वह राज़ी ही न हुई।" बादशाह ने कोई और चारा न देखकर कह दिया, "ठीक है।"

अज़दहे के इशारे पर लड़की को उसकी पीठ पर बिठा दिया गया और वह पहाड़ की राह चल पड़ा। इधर सिपाहियों ने ख़ेमे उखाड़े और शहर की राह पकड़ी। जब सब महल में पहुँचे तो चालीसवें शाहज़ादे ने जल्दी-जल्दी लड़कियों को गिनना शुरू किया मगर उन्तालीस लड़कियों से ज़्यादा एक भी न थी। समझ गया, ज़रूर कोई

बात है। बोला, "जो मेरी होनेवाली थी वह कहाँ है?" जवाब मिला, "तुम्हारा सन्देश व तलवार न क़बूल की और न आयी।" जवाब मिला, "तुम्हारा सन्देश व तलवार न क़बूल की और न आयी।" शाहज़ादा बोला, "यह झूठ है।" फिर वज़ीर से बहुत पूछने पर कि क्या हुआ, वज़ीर ने बता दिया कि ऐसा-ऐसा हुआ था। सुनकर शाहज़ादा बोला, "मुझे जगह बताओ ताकि मैं अपनी पत्नी को उस अज़दहे के हाथों छुड़ा लाऊँ।" वज़ीर बोला, "ऐ शाहज़ादे, वह अज़दहा तुम्हें खा जायगा।" शाहज़ादे ने जवाब दिया, "उस तरह के सौ भी पैदा हो जायँ तो हिम्मत नहीं छोड़ूँगा।" यह कहकर घोड़े पर वैठा, तलवार कमर में कसी और वज़ीर के साथ बियाबान की ओर चल पड़ा। चलते-चलते अज़दहे के पास जा पहुँचे। वज़ीर बोला, "रात हमने यहीं गुज़ारी थी। यहाँ ख़ेमा वगैरा तो है ही और सामने अज़दहे का पहाड़।" लड़के ने वज़ीर को वापस लौटने की इजाज़त दे दी और ख़ुद चल पड़ा। घुमावदार रास्तों पर चलते-चलते लड़का आख़िर पहाड़ के उस पार पहुँच गया, जहाँ अज़दहा रहता था। बाहर उसने घोड़ा बाँध दिया और ग़ार के अन्दर गया। उसने देखा कि अज़दहा कुण्डली मारे सो रहा है और पास में ही लड़की लेटी है, पर सो नहीं, जाग रही है। जैसे ही लड़का उसके समीप पहुँचा, वैसे ही अज़दहा जाग गया और बोला, "इस तकलीफ़ से क्या फायदा, जो तुम उठाकर आये हो, यह लड़की मैं तुमको नहीं दूँगा। मगर दे भी सकता हूँ, पर एक शर्त पर कि अगर तुम चीन की शाहज़ादी को मेरे लिये ले आओ।" शाहज़ादा बोला, "तुम अज़दहे हो, इस तरह के काम नहीं कर सकते हो, मैं कैसे तुम्हारे लिये यह सब करूँ?" अज़दहा बोला, "मैं कुछ नहीं जानता। बस मेरी जबान एक है, अगर ज़्यादा मुझको मज़बूर करोगे तो मैं तुम्हें खा जाऊँगा।" शाहज़ादा सोच में डूब गया, बोला, "जाता हूँ, चीन की शाहज़ादी को ले आता हूँ।" ग़ार से बाहर आया, घोड़े पर बैठा और चीन देश की तरफ चल पड़ा।

चलते-चलते कई दिन गुज़र गये। आख़िर वह एक दर्रे के पास पहुँचा, देखा, वहाँ एक आदमी पहाड़ के ऊपर खड़ा है और बड़े-बड़े पत्थर जो बहुत ज़्यादा भारी थे, उठाकर इधर से उधर रख रहा है। शाहज़ादा बोला, "ऐ पहलवान, ज़रा सब्र करो, मैं यहाँ से गुज़र जाऊँ।" वह आदमी बोला, "मेरे पास वक़्त कम है, मैं अपने को जवान के साथ लड़ाई के लिए तैयार कर रहा हूँ, जो एक दिन यहाँ से गुज़रेगा।" शाहज़ादा बोला, "तो आओ, मैं वही जवान हूँ।" शाहज़ादा लड़का और वह पहलवान आपस में कुश्ती लड़ने लगे। आदमी ज़मीन पर गिर पड़ा और शाहज़ादा चाहता ही था कि उसका सर बदन से अलग कर दे कि वह बोला, "मुझे मत मारो, मैं तुम्हारा ग़ुलाम होता हूँ।" शाहज़ादे ने उसे छोड़ दिया और फिर दोनों आपस में दोस्त हो गये, साथ-साथ चलने लगे। चलते-चलते वहाँ पहुँचे जहाँ एक और मर्द खड़ा था और

आसमान को देख रहा था। शाहज़ादा बोला, "ए मर्द, मैं एक मील से तुम्हें देख रहा हूँ, तुम लगातार आसमान की तरफ देखे जा रहे हो।" आदमी ने जवाब दिया, "क़रीब एक मास हुआ, मैंने एक तीर आसमान की तरफ फेंका था। जब भी वह तीर ज़मीन पर गिरेगा, एक जवान इधर से गुज़रेगा और मैं उसके साथ ज़रा अपने हाथ-पैर मुलायम करूँगा।" शाहज़ादा बोला, "आओ मेरे साथ लड़ो। तुम्हारा तीर पहुँचने ही वाला है और मैं वही जवान हूँ।" दोनों ज़ोर आज़माइश में लग गये। शाहज़ादे ने आख़िर उसको ज़मीन पर पटक दिया और चाहता ही था कि सिर काटकर अलग कर दे, आदमी बोला, "मुझे मत मारो, मैं तुम्हारा ग़ुलाम होता हूँ।"

शाहज़ादा और वह दोनों साथ-साथ चलने लगे। चलते-चलते एक शहर के समीप पहुँचे। शाम हो रही थी, थके हुए थे, बोले, "रात हम बियाबान में ही गुज़ारेंगे।" चाहते थे कि आग जलायें कि दूर से उन्हें रोशनी दिखी। पहलवान बोला, "मैं जाता हूँ, वहाँ से आग लेकर आता हूँ।" चलते-चलते आख़िर वह घाटी में पहुँच गया। देखा कि आग की लपटें कुएँ से निकल रही हैं। वह कुएँ के पास गया और झाँककर देखा कि कुएँ के अन्दर एक देव बैठा है जो रोटियाँ पका रहा है। देव के किनारे आटे का ढेर लगा हुआ है और बार-बार मुट्ठी आटे से भर मुँह के पानी से तर कर रहा है और अंगारे पर डालकर रोटी पका रहा है और साथ-ही-साथ खाता भी जा रहा है। पहलवान कुएँ के अन्दर गया और देव के पीछे से चाहता था कि जलती लकड़ियों में से एक लकड़ी उठाकर लौट आये, तभी देव ने उसकी कलाई पकड़ ली और बोला, "ए नमकहराम! यहाँ क्या कर रहे हो?" यह कहकर देव ने उसे अपने पोस्तीन के अन्दर डाल दिया। पहलवान ने अन्दर जाकर पोस्तीन से निकलने के लिए बहुत हाथ-पैर मारे मगर बेकार। वहीं पोस्तीन के नीचे दुबका रहा।

कुछ देर बाद उस तीरन्दाज़ ने शाहज़ादे से कहा, "वह क्यों नहीं लौटा अभी तक, मैं जाता हूँ, देखकर आता हूँ कि क्या हुआ है आख़िर?" यह कहकर वह रोशनी देखता-देखता कुएँ के पास पहुँच गया। उसके साथ भी वही हुआ जो उसके दोस्त के साथ हो चुका था।

शाहज़ादा इन्तज़ार करते-करते थक गया और बोला, "जाता हूँ, देखता हूँ, आख़िर दोनों क्यों नहीं लौटे?" अपनी जगह से उठा और कुएँ के पास पहुँच गया। देखा कि देव खाने में व्यस्त है। चुपचाप आगे बढ़ा और लकड़ी उठानी चाही, तभी देव ने उसकी कलाई पकड़ ली और पूछा, "यहाँ क्या कर रहे हो?" शाहज़ादा बोला, "दोस्तों का क्या किया तुमने?" देव ने जवाब दिया, "तुमको भी उनके पास पहुँचाता हूँ।" वह दोनों, शाहज़ादा और देव आपस में कुश्ती लड़ने लगे और शाहज़ादा आख़िर देव को हाथों पर उठाकर ऊपर ले गया और चाहता था कि आग पर फेंके कि देव

घिघियाकर बोला, "ए जवान, मैं तुम्हारा ग़ुलाम होता हूँ, मुझे छोड़ दो। मैं तुम्हारे दोस्तों को भी वापस कर दूँगा।" शाहज़ादे ने देव को छोड़ दिया तो देखा कि दोस्त भी उसे मिल गये हैं। देव बोला, "तुमने मुझे खाना भी ठीक से नहीं खाने दिया। मुझे छोड़ो तो मैं शहर जाकर जो कुछ खाने को मिले, लेकर आऊँ।" देव चला गया। जब वापस आया तो अपने साथ शहर के लोगों की ताक़त व खाना ले आया। शाहज़ादा यह देखकर बोला, "तुम कल इन शहरवासियों को जवाब देना, मैं इस खाने से एक कौर भी नहीं खाऊँगा।" देव बोला, "मेरी ग़लती नहीं है। तुमने मुझे रोटी पकाने नहीं दी, वरना मैं यहीं पकाकर खाता।" जो भी कुछ खाना था अकेला खा गया, दूसरे भूखे रहे और बाद में सो गये।

सुबह जब हुई तो शाहज़ादे ने देखा कि एक बड़ी भारी फौज़ किसी बढ़ी हुई दरिया की तरह शहर की ओर से कुएँ की ओर उमड़ रही है। शाहज़ादे ने यह देखकर देव को जगाया और बोला, "चलो, उठो और जो ठीक समझो करो।" देव ने लम्बी जँभाई ली और उठ खड़ा हुआ और फौज़ पर हमला किया। पल-भर भी न गुज़रा कि फौज़ शहर की ओर भाग गयी। कुछ देर बाद शाहज़ादा, देव और वे दोनों पहलवान शहर में गये। शाहज़ादे ने वह शहर उन दोनों पहलवानों को दे दिया और फिर एक मुट्ठी मिट्टी पहलवान को देकर बोला, "यह मिट्टी अपने पास रखो और लगातार इसे देखते रहना और जब भी यह देखना कि यह मुट्ठी भर मिट्टी ख़ून में बदल गयी है, समझ लेना, मैं क़ैद में हूँ और मेरे बचाव को आ जाना।"

शाहज़ादे ने देव के साथ वह शहर छोड़ा और चीन की राह ली। चलते-चलते आख़िर चीन पहुँच ही गये। उन्होंने देखा कि एक बहते चश्मे के किनारे एक बुढ़िया बैठी पत्थर पर पीट-पीटकर कपड़े धो रही है। शाहज़ादा बुढ़िया के पास बैठकर बोला, "चीन के बादशाह के कोई लड़की है?" उसने जवाब दिया, "हाँ, मैंने ही तो उसे पाल-पोसकर बड़ा किया है।" सुनकर शाहज़ादे ने मुट्ठी-भर जवाहरात बुढ़िया को दिये और बोला, "माँ, हमें अपना मेहमान बना लो।" बुढ़िया देव व शाहज़ादे को अपना मेहमान बनाकर अपने घर ले गयी।

शाहज़ादे ने पूछा, "चीन की शाहज़ादी की क़िस्मत का क्या फ़ैसला हुआ है? क्यों नहीं अभी तक वह शौहर के घर गयी?" बुढ़िया ने जवाब दिया, "बादशाह शाहज़ादी की शादी के ख़िलाफ़ नहीं है मगर सात सरोंवाला देव शाहज़ादी के आशिक़ों में से एक है और हर चार दिन बाद वह शाहज़ादी के पास आता है और जो भी शाहज़ादी से शादी करना चाहता है उसे मार डालता है। बादशाह नहीं समझ पा रहा है कि कौन-सी राह निकाले, क्या करे।"

चौथा दिन आ गया। शाहज़ादे ने देखा कि एक बड़ा तूफ़ान आया, बारिश हुई और बर्फ गिरी। वह समझ गया कि देव आनेवाला है और सचमुच कुछ पलों बाद ही

देव ज़मीन पर पहुँच गया। शाहज़ादे ने देखा कि शाहज़ादी देव की तरफ गयी। यह देख शाहज़ादे ने ज़ोर से ललकारा। ललकार सुनकर देव गुर्राया, "कौन है?" शाहज़ादा अपने देव के साथ मैदान की ओर गया। देव बोला, "मैं पहले उससे लड़ाई करूँगा। जब तुम देखना कि मैं हाँफ रहा हूँ और वह मुझे मार डालनेवाला है तो उस समय तुम मदद को आना।"

देव सात सरोंवाले देव के साथ कुश्ती लड़ने लगा। शाहज़ादे ने देखा कि सात सरोंवाला देव, देव का दिल व ज़िगर निकालनेवाला है। यह देख शाहज़ादा देव पर झपट पड़ा और लड़ने लगा। अभी सूरज डूबा नहीं था कि सात सरोंवाला देव ज़मीन पर चित गिर पड़ा और शाहज़ादे ने उसका सिर काट डाला।

यह सब देख लोगों की ख़ुशी के नारों से आसमान गूँज उठा और शाहज़ादे को सब उठाकर महल में ले गये। चीन का बादशाह बोला,"आज से राज्य और यह मेरी बेटी तुम्हारी है। मैं थक चुका हूँ और इन सबसे अलग, सन्तोष से मरना चाहता हूँ।" सुनकर शाहज़ादा बोला, "मैं यहाँ ठहर नहीं सकता, आपका राज्य आपको मुबारक हो। मैं मज़बूर हूँ।" यह कह लड़की का हाथ पकड़कर वह उस ग़ार की ओर चल पड़ा। चलते-चलते आख़िर वे एक खँडहर के पास पहुँच गये। देव बोला, "जब तक तुम अपनी थकान उतारो, मैं थोड़ा सो लेता हूँ।" शाहज़ादे ने पूछा, "कितनी देर सोओगे?" देव बोला, "तीन मास।" शाहज़ादा सुनकर बोला, "समय काफ़ी लम्बा है।" देव बोला, "चलो, एक मास तुम्हारी खातिर कम करता हूँ।" सुनकर चीन की शाहज़ादी बोली, "दो मास.भी अधिक है।" "एक मास तुम्हारे लिये कम करता हूँ।" यह कहने के साथ ही वह धरती पर फैल गया और गहरी नींद में डूब गया। उस दिन से शाहज़ादा शिकार करता, शाहज़ादी खाना पकाती और दोनों साथ-साथ घूमते।

अब चीन के बादशाह का हाल देखते हैं। उसके एक भाई था। जब उसको यह ख़बर मिली कि सात सरोंवाला देव मार डाला गया है, वह सोचने लगा, "चलूँ और उस जवान को वहाँ से चलता कर भाई की लड़की को अपने लड़के के लिए माँग लूँ।" जब वह चीन पहुँचा तो भाई से अपने दिल की बात कही, "लड़की कहाँ है? मैं आया हूँ ताकि उसे अपनी बहू बनाऊँ।" बादशाह बोला, "उसे तो ले गये।" यह सुनकर बादशाह का भाई उदास हो गया और सोच में डूब गया।

इत्तफ़ाक़ ऐसा कि एक बुढ़िया, आफ़त की पुड़िया उसी शहर में रहती थी। वह शाह के भाई के पास आयी और बोली, "अगर मैं तुम्हारा काम कर दूँ तो उसी के बराबर इनाम की भी इच्छा रखती हूँ क्योंकि यह काम मेरे ही हाथों से हो सकता है।" सुनकर शाह का भाई मान गया। वह बुढ़िया काले गधे पर सवार हुई और गधे की

पीठ पर खुरज़ीन (थैला) रखा और चल पड़ी। चलते-चलते आख़िर क़िले के पास पहुँच गयी और चीन की शाहज़ादी को देख उससे बातें करने लगी और बातें करते-करते क़िले में घुस गयी।

दिन गुज़रने लगे। एक दिन मौक़ा देखकर उस बुढ़िया ने शाहज़ादी से कहा, "क्या तुम इस जवान से पूछ सकोगी कि इतना ज़ोर व बल उसके बाजुओं में कहाँ से आया, जो उसने सात सरोंवाले देव को मार डाला?" चीन की शाहज़ादी ने शाहज़ादे से पूछा, "यह इतना बल जो तुम रखते हो, कहाँ से आया है?" सुनकर शाहज़ादा बोला, "मेरे पास एक कमरबन्द है, उसी के कारण मैं इतना बल रखता हूँ। जिस दिन वह कमरबन्द मुझसे अलग हुआ, "मैं मर जाऊँगा।" शाहज़ादी ने सब बात बुढ़िया को बतायी जिसे सुनकर उसने सिर हिलाया और कहा, "मैं जानती हूँ, मुझे अब क्या करना चाहिए।"

उस दिन से बुढ़िया ने सूखी लकड़ियाँ जमा करनी शुरू कर दीं और एक कुएँ मे डालने लगी। एक दिन शाहज़ादा शिकार से थका लौटा और उसी ईंधन से भरे कुएँ के किनारे लेटकर सो गया। बुढ़िया ख़ामोशी से आयी और धीरे-धीरे उस जवान के कमर से कमरबन्द निकाला और उसे कुएँ में फेंक ईंधन में आग लगा दी।

वह दोनों पहलवान हर रोज़ उस मिट्टी को देखते थे। एक दिन उन्होंने देखा कि मिट्टी ख़ून हो गयी है। देखते ही वह तेज़ी से घोड़े पर सवार हुए और चीन की तरफ चल पड़े। आख़िर भागते-भागते वह उस खँडहरनुमा क़िले के पास पहुँच गये। देखा कि कुएँ से शोले लपक रहे हैं। क़रीब जो आये तो देखा कि शाहज़ादा बेहोश ज़मीन पर पड़ा है और कमर पर से उसका कमरबन्द ग़ायब है। उन दोनों पहलवानों ने सोते हुए देव को जगाया और वह फ़ौरन जलते हुए कुएँ में कूदकर लकड़ियों के बीच से कमरबन्द उठा लाया और शाहज़ादे की कमर में बाँध दिया। शाहज़ादा छींकता हुआ उठ बैठा और देखा कि चीन की शाहज़ादी ग़ायब है। समझ गया कि वह बुढ़िया शाहज़ादी को अपने साथ ले गयी है। उन दोनों पहलवानों को अपने गले लगाकर शाहज़ादा बोला, "जाओ, अब अपने शहर लौट जाओ," और यह कहकर देव के साथ चीनी शहर की तरफ चल पड़ा। चीनी शहर में पहुँचकर देखा कि बुढ़िया लड़की का हाथ पकड़े चली जा रही है। शाहज़ादा देव से बोला, "इनको पकड़कर आसमान में ले जाओ।" देव ने वैसा ही किया और आकाश के रास्ते से होता हुआ क़िले में पहुँच गया।

शाहज़ादे ने चीन की शाहज़ादी का हाथ पकड़ा और कहा, "तुम जो चाहो इस बुढ़िया के साथ सलूक करो क्योंकि इसी के कारण हमने तुमको नींद से जगाया था।" यह कहकर शाहज़ादे ने लड़की को घोड़े पर बिठाया और अज़दहे की तरफ चला।

चलते-चलते आख़िर ग़ार के पास पहुँच गया। जैसे ही अज़दहे ने चीन की शाहज़ादी को देखा, ज़ोर-ज़ोर से हँसने लगा। फिर उसने अपने को एक बहुत ही ख़ूबसूरत लड़की में बदल लिया। वह लड़की शाहज़ादे की गोद में बैठ गयी। शाहज़ादा चकरा गया, बोला, "तुम कौन हो?" वह फिर हँसने लगी और बोली, "मैं परीज़ाद हूँ। यह सात सरोंवाला देव मेरा दीवाना था। मैं उससे भागकर आयी थी और नहीं चाहती थी कि वह मुझे पकड़े इसलिए अज़दहे का रूप धर लिया था। इसी कारण अपने को इस ग़ार में छुपा लिया था। इस कारण मैंने यह सब नाटक खेला ताकि तुम वहाँ जाओ और देव को ख़त्म कर दो।" फिर ठहरकर बोली, "अब हम तीनों के बीच से जिसे चाहो चुन लो।" शाहज़ादे ने उन तीनों लड़कियों को घोड़े पर बिठाया और लगाम पकड़कर पैदल अपने शहर की तरफ चल पड़ा।

•

समुद्र चलगीस

एक बादशाह था, जिसकी सात रानियाँ थीं, लेकिन उनमें से सबकी गोदें पतझड़ के पेड़ की तरह खाली थीं। एक दिन एक दरवेश महल के दरवाज़े पर आया और गाने लगा। सुनकर बादशाह ने वज़ीर से कहा, "यह कौन है? जो कुछ माँगता है दे दो।" वज़ीर ने दरवाज़ा खोला और पूछा, "तुम्हें क्या चाहिए?"

"मैं बादशाह से कुछ कहना चाहता हूँ।"

वज़ीर ने बादशाह को पुकारा और कहा, "उसे तुमसे काम है।" बादशाह महल से निकला तो दरवेश बोला, "मैं जानता हूँ कि तुम्हारे कोई लड़का नहीं है, इसलिए यह सेब लाया हूँ। अपनी सातों रानियों में से जिसे चाहो उसके साथ आधा सेब तुम खा लो। बहुत जल्द रानी की गोद भर जायगी।" यह कहकर वह चला गया।

कुछ दिनों बाद बादशाह के यहाँ एक लड़का पैदा हुआ। उसे पाकर वह इतना ख़ुश हुआ कि समझ न सका कि क्या करे। उसके प्यार को देखकर सब दाँतों तले उँगली दबा लेते थे। इसी बीच वह दरवेश फिर आया और बादशाह से बोला, "मैंने जो लड़का तुमको दिया था वह कहाँ है?" बादशाह ने कहा, "तुमने मुझे कब लड़का दिया था।" दरवेश बोला, "देखो, यह सब मत करो, वरना कहीं मुझे चिल्ला-चिल्लाकर दुनिया को सच्चाई न बतानी पड़े।" बादशाह बोला, "जो काम तुम करना चाहो, करो। मैं तुम्हें लड़का वापस नहीं दूँगा।" यह सुनकर दरवेश ने महल की तरफ मुँह करके पुकारा, "चग़शम बादशाह!" बच्चा उसी समय खेलना छोड़कर महल के बाहर निकल आया और दरवेश के पास पहुँच गया। वह बोला, "तुम कहाँ थे, बाबा।" बादशाह यह दृश्य ताज्जुब से देख रहा था। यह देख, दरवेश को रहम आ गया और बोला, "चलो, मैं अपने बेटे को तुम्हें ही दे देता हूँ।" और यह कहकर वह चला गया।

दिन आये और फिर साल बने, फिर सालों पर साल गुज़रते गये। लड़का जवान हो गया। एक दिन बादशाह से बोला, "मैं यहाँ से जाना चाहता हूँ और समुद्र चलगीस*

---

* चलगीस, यह नाम है और इसका अर्थ है चालीस बालों की लटों का समुद्र।

को अपनी रानी बनाना चाहता हूँ।'' बादशाह ने घबराकर कहा, ''तुम न जाओ, समुद्र चलगीस जाने कितनों का सिर कटवा चुकी है और तुमको भी क़त्ल करवा देगी।'' लड़का बोला, ''नहीं, मैं ज़रूर जाऊँगा।'' और महल से बाहर निकल गया। वह चलता गया, चलता गया, यहाँ तक कि समुद्र के किनारे पहुँच गया। देखा, पानी के ऊपर एक तैराक है, जो लगातार समुद्र में डुबकियाँ मार रहा है। कभी अन्दर जाता है तो कभी ऊपर आता है। फिर देखा कि उसने ऐसी डुबकी मारी कि एक घण्टे तक बाहर न निकला। जब वह बाहर निकला तो उसने देखा कि किनारे पर एक जवान खड़ा है। उसने पूछा, ''कौन हो तुम?'' जवान बोला, ''सुनो तैराक, अगर तुमने चग़शम शाहज़ादे को देख लिया तो क्या करोगे?'' ''मैं उसका भाई बन जाऊँगा।'' जब तैराक को यह पता चला कि यही चग़शम है तो उसका भाई बन गया और दोनों साथ-साथ चलने लगे। चलते-चलते वे ऐसी जगह पहुँचे जहाँ उन्हें सितारे शुमार मिला। वह सितारे गिनने में तल्लीन था। यह देख दोनों खड़े रहे और जब वह तारे गिन चुका तब इन्होंने पूछा, ''अगर तुम्हें चग़शम बादशाह मिल जाय तो तुम क्या करोगे?'' ''मैं उसका भाई बन जाऊँगा।'' जब उसे पता चला कि यह स्वयं चग़शम है तो वह उसका भाई बनकर साथ चलने लगा। तीनों चलते-चलते एक बियाबान में पहुँचे और एक बूढ़े आदमी को देखा जो फावड़े से गढ़े की मिट्टी निकाल रहा था। उसे देख चग़शम बोला, ''तुम यहाँ पर क्या कर रहे हो।'' बूढ़े ने कोई जवाब नहीं दिया और उसी तरह धीरे-धीरे फावड़ा चलाता रहा जैसे कि वह किसी चीज़ से डर रहा हो। चग़शम ने फिर पूछा, ''तुम्हें क्या हुआ है, कि तुम बिना आवाज़ के फावड़ा चला रहे हो?'' बूढ़े ने उत्तर दिया, ''यहाँ पर एक अज़दहा है, अगर मेरे फावड़े की आवाज़ सुन लेगा तो मुझे मार डालेगा।''

चग़शम, तैराक और सितारा गिननेवाले के साथ, शहर में घुसा और उसने देखा, वहाँ के सारे लोग प्यास के मारे तड़प रहे हैं और मर जाने के क़रीब हैं। यह देख चग़शम ने पूछा, ''यहाँ क्या हुआ है?'' वह बोले, ''स्रोत नाम का एक अज़दहा है, जिसके लिए सात बोरे गेहूँ, सात हिरन व एक लड़की ले जा रहे हैं। इन्हें खाकर उसके मुँह से एक बूँद पानी की गिरेगी जिससे हम हफ्ते-भर गुज़ारा करेंगे।'' चग़शम स्रोत अज़दहे के रास्ते पर गया और देखा, सात बोरे गेहूँ, सात हिरन व एक लड़की वहाँ पर है।'' लड़की बहुत रो रही है, हिचकियों से उसका पूरा शरीर काँप रहा है। वह दुःखी हो गया और लड़की से पूछा, ''क्यों रो रही हो?'' लड़की बोली, ''इसलिए कि अभी अज़दहा आयेगा और मुझे खा लेगा।'' यह सुनकर वह बोला, ''जब तक मैं यहाँ हूँ, वह ऐसा नहीं कर सकता। मैं उसे मार डालूँगा।'' यह कहकर उसने अपना सिर उस लड़की की गोद गें रख दिया और सो गया। सोने के पहले उसने लड़की

से कहा, "जब अज़दहा आये तो मुझे जगा लेना।" जैसे ही अज़दहा आया और उसने चाहा कि लड़की को खा ले, शाहज़ादा उठा और तलवार से उसका सिर काट दिया और तेज़ पानी की लहर उसकी गर्दन से निकलकर शहर की ओर बह गयी। मौत से डरी हुई लड़की ने फ़ौरन ख़ून से हाथ रंगे और चग़शम की कमर पर मल दिये।

शहर में सब ख़ुश थे और बादशाह तक यह ख़बर पहुँची। बादशाह ने पूछा, "किसने अज़दहे को मारा है?" जो भी उधर से आता कहता, "मैंने अज़दहे को मारा है।" तभी वह लड़की आयी और उसने बताया कि चग़शम राजा नाम के आदमी ने अज़दहे को मारा है।

बादशाह ने चग़शम को महल में बुलाया और कहा, "तुमने वह काम किया है कि मैं तुमको अपनी लड़की तक दे सकता हूँ।" चग़शम ने कहा, "मैं शादी नहीं कर सकता। आप मेरे भाई तैराक से अपनी लड़की का विवाह कर दें।" तैराक इस पर राज़ी न हुआ। आख़िर सितारे शुमार से शाहज़ादी का विवाह हो गया। चग़शम बादशाह व तैराक वहाँ से निकले और चलते-चलते आख़िर दोबारा एक शहर में पहुँचे। वहाँ भी लोग प्यास से मरनेवाले थे और सात बोरे गेहूँ, सात हिरन व एक लड़की अज़दहे के लिए तैयार रखी गयी थी। लड़की रो रही थी। यह सब देखकर चग़शम दुःखी होकर लड़की से बोला, "तुम अभी रोओ नहीं, मैं अभी अज़दहे को मारता हूँ।" यह कहकर वह लड़की की गोद में सिर रखकर लेट गया और सो गया। तैराक भी वहीं सो गया। आधा दिन भी नहीं गुज़रा था कि अज़दहा आ गया और चाहता था कि लड़की को खा ले, तभी तलवार से शाहज़ादे ने उसकी गर्दन अलग कर दी। उसमें से मोटी पानी की धार बह निकली। यह देखकर शहरवासी ख़ुशी से पागल हो गये। यह ख़बर बादशाह के पास पहुँची। बादशाह ने कहा, "तुमने जो काम किया है, उसके बदले में मेरी लड़की ले लो।" बादशाह की बात सुनकर वह बोला, "मुझे विवाह नहीं करना है। अगर आप चाहें तो मेरे भाई तैराक से कर दीजिये।" तैराक विवाह के बाद वहीं रह गया और चग़शम आगे निकल गया।

अब दो काम हो गये थे। उसका दिल चाह रहा था कि समुद्र चलगीस को ढूँढ़े। चलते-चलते वह शहर के फाटक पर पहुँच गया। वहाँ उसने देखा कि एक बुढ़िया बैठी है और हैरत से उसे देख रही है। वह बोली, "कहाँ जाओगे?" "इसलिए आया हूँ कि समुद्र चलगीस को अपना बना लूँ," चग़शम ने कहा। बुढ़िया बोली, "ज़रा दरवाज़े पर तो देखो, हज़ारों सिर वहाँ लटके हैं। यह सब उसके हाथ थामने के लिए आये थे, मगर अब उनकी हड्डी के सिवा कुछ नहीं बचा है। यह सारे मरे हुए शाहज़ादे हैं, जो कभी उसे अपना बनाने आये थे, अब तुम क्या चाहते हो?"

चग़शम बुढ़िया की बात अनसुनी कर आगे बढ़ा। चलते-चलते जब महल के समीप पहुँचा तो सीधा महल में घुस गया। उसने देखा, वहाँ पर समुद्र चलगीस सो रही है। उसने जाकर उसके स्तनों को पकड़ लिया। वह नींद से जाग उठी और बहुत तड़पी मगर उसने नहीं छोड़ा। आख़िर बोली, "माँ के दूध, बाप के दुःख की क़सम, मुझे छोड़ दो।" यह सुनकर चग़शम ने उसे छोड़ दिया। समुद्र चगलीस ने जब उसे देखा तो उसकी सुन्दरता की दीवानी हो गयी और उसी दिन से उसके साथ सहवास कर, नयी ज़िन्दगी शुरू कर दी।

एक हफ्ते बाद एक शाहज़ादा, जो चलगीस का दीवाना था, उसे मालूम हुआ कि समुद्र चलगीस ने विवाह कर लिया है। यह सुनते ही वह तड़प उठा और फ़ौरन शहर के दरवाज़े पर पहुँचकर बुढ़िया से बोला, "ऐसा काम करो जिसके बदले में, मैं तुमको अपने वज़न के हीरे-जवाहरात दूँ। बस तुम महल में जाकर चग़शम को मार डालो।" बुढ़िया मान गयी और चल पड़ी। महल के बाहर बैठकर रोने लगी। समुद्र चलगीस ने ऊपर से देखा कि एक बुढ़िया महल की दीवार से लिपटी रो रही है। यह देखकर वह दुःखी हो चग़शम से बोली, "उसको अन्दर ले आओ।" चग़शम बोला, "यह बुढ़िया हमारी ज़िन्दगी ख़ून से भिगो देगी।"

"बेचारी बुढ़िया क्या करेगी, कुछ करेगी तो देख लूँगी।" चग़शम न चाहते हुए भी उसे बुला लाया। जब से बुढ़िया महल में आयी, इधर-उधर घूमती रहती, कमरे देखती-भालती रहती, ताकि मौक़ा मिलते ही अपना काम पूरा करे। आख़िर एक दिन उसे मौक़ा मिल ही गया। उसने एक रात देखा कि चग़शम सो गया है और समुद्र चलगीस ने उसकी कमर से तलवार निकालकर छुपा दी है। फिर उसने देखा कि वह रोज़ यह करती है। यह देखकर बुढ़िया ने उससे पूछा, "यह क्या काम है, जो तुम करती हो?"

"उस भेद को तुमसे कहकर क्या फायदा होगा?" समुद्र चलगीस बोली। बुढ़िया ने चालाकी से इसरार किया और आख़िर चलगीस ने कहा, "जब तक उसकी कमर में तलवार है वह ज़िन्दा है, वरना मुरदा।"

एक रात चग़शम और समुद्र चलगीस एक साथ सो रहे थे। बुढ़िया धीरे से कमरे में घुसी और चग़शम की कमर से तलवार निकाल समुद्र में फेंक दी। उसी दिन सितारे शुमार ने देखा, आसमान में उसके भाई का सितारा नहीं है। वह घबरा गया और रोने लगा और सीधे तैराक के पास पहुँचकर बोला, "हमारे भाई का सितारा आसमान से ग़ायब है।" दोनों सीधे चग़शम के शहर की ओर भागे। उन्होंने देखा कि चलग़ीस आँसुओं से भीगी है और बीच बिस्तर पर चग़शम मुर्दा पड़ा है। वे बोले, "तुमने उसको

मारा है?'' समुद्र चलगीस ने सब-कुछ बता दिया। सुनकर तैराक समुद्र में कूद गया और घण्टे-भर बाद तलवार लेकर आया। फ़ौरन चग़ाशम ज़िन्दा हो गया और बुढ़िया को इस काम के इनाम में शहर के दरवाज़े पर कीलों से ठोंक दिया गया। सितारे शुमार और तैराक अपने शहर लौट गये और चलगीस व चग़ाशम दोनों एक-दूसरे में डूबे, जब तक धरती पर रहे, ख़ुश रहे।

●

ख़ुसरू व देवज़ाद

बहुत सालों पहले की बात है, एक बादशाह था। उसकी रानियाँ जितनी भी लड़कियों को जन्म देतीं वह उन्हें मार डालता। जाने क्या बात थी कि किसी भी रानी ने अभी तक पुत्र को जन्म नहीं दिया था। दिन गुज़र रहे थे। यहाँ तक कि उसकी रानियों में से एक रानी ने एक लड़का और एक लड़की को एक साथ जन्म दिया। रानी ने लड़के को दिखा दिया और लड़की को छुपा लिया। यह दोनों लड़के-लड़की बड़े हुए। यहाँ तक कि सत्रह साल के हो गये। एक दिन लड़का, जो अभी सोया नहीं था, क्या देखता है कि उसकी माँ छुपाकर खाने से भरी थाली को कमरे से बाहर ले जा रही है। यह देख लड़का भी पीछे हो लिया। काफ़ी दूर चलकर रानी एक कमरे की सीढ़ियों से नीचे उतरी और एक कमरे के पास जाकर खड़ी हो गयी। उसने धीरे से दरवाज़ा खोला और अन्दर कमरे में जाकर चिराग़ जलाया, फिर जो लड़की वहाँ पर थी उसे खाने को दिया। लड़का जो माँ के पीछे छुपा हुआ था, आगे आया और बोला, ''माँ, यह लड़की कौन है?'' रानी बोली, ''यह तुम्हारी बहन है।''

''अगर मेरी बहन है तो तुमने इसे छुपा क्यों रखा है?''

''इसलिए कि जो भी लड़कियाँ अभी तक पैदा हुई हैं, उन्हें तुम्हारे बाबा ने मार डाला।''

''कल से मेरी बहन को आज़ाद कर दो ताकि ऊपर बाग़ में घूमे-फिरे। मेरा कहना बाबा कभी नहीं टालेंगे। मैं सब-कुछ सँभाल लूँगा।''

माँ बोली, ''नहीं, यह नहीं हो सकता।'' और चली गयी।

सुबह होते ही लड़का बहन के पास गया और उसे बुलाकर ऊपर ले गया। इस लड़के का नाम मलिक ज़मशेद था। लड़की का नाम महज़बीन रखा गया। राजा की आदत थी कि रोज़ शाम को बाग़ में आते और टहलते। रोज़ की तरह आज भी आये। लड़की को देखा और पूछा, ''यहाँ क्या कर रही हो? कौन हो तुम?'' लड़की कुछ भी ज़वाब न दे सकी। वह सोच रही थी कि भेद खोले या न खोले। बादशाह ने उसे

ग़ौर से देखा और एक नहीं हज़ार दिल से उस पर आशिक़ हो गया। सोचने लगा, "क्या ख़ूबसूरत लड़की है?" दुबारा शाह ने पूछा, "कौन हो तुम?" लड़की फिर चुप रही। आख़िर शाह ने पूछा, "तुम मेरी रानी बनोगी?" इस बार भी लड़की ने अपनी चुप्पी नहीं तोड़ी और उसी तरह ख़ामोश रही। बादशाह ने उसकी ख़ामोशी को उसकी शर्म समझकर शादी की तैयारी का हुक्म देना चाहा, तभी वहाँ पर मलिक ज़मशेद पहुँच गया।" "ऐ बाबा, तुम क्या करना चाहते हो? यह लड़की मेरी बहन है।" यह सुनते ही बादशाह ने चाहा कि लड़की की गर्दन तलवार से अलग कर दे किन्तु मलिक ज़मशेद बीच में कूद पड़ा और बोला, "अगर तुम उसको मारना चाहते हो तो पहले मुझे मारो।" इसी बीच वज़ीर ने बादशाह से कहा, "सत्रह साल के इन दो बच्चों को मारकर आपको क्या मिलेगा? इन्हें मारिये मत, बल्कि इन्हें देश निकाला दे दीजिये।" वज़ीर मलिक ज़मशेद व महज़बीन को घोड़े पर बिठाकर ग़ुलामों के साथ शहर के बाहर ले जाकर छोड़ आया। शाम ढल रही थी। मलिक ज़मशेद व महज़बीन के पास न पानी था, न खाना, थक अलग गये थे। रात होते-होते मलिक ज़मशेद ने दो कबूतर मारे और उन्हें पकाकर दोनों ने खाया। तभी उधर से कई शेर निकले। महज़बीन, जिसने अभी तक कोई जंगली जानवर न देखा था, डर गयी। ज़मशेद बोला, "डरो नहीं, हम दोनों मिलकर इसे मार डालेंगे।" जैसे ही शेर पास आये, मलिक ज़मशेद ने एक शेर की गर्दन पकड़कर दूसरे के सिर पर चोट की। ऐसा करने से दोनों शेरों के सिर टुकड़े-टुकड़े हो गये।

उन्होंने रात वहीं जंगल में गुज़ारी। जब सुबह हुई तो फिर चलने लगे। इस तरह वे दोनों भाई-बहन छह मास तक जंगल-जंगल फिरते रहे। जब भी रास्ते में महज़बीन थकती ज़मशेद उसे कन्धे पर बिठा लेता। आख़िर एक दिन वह एक चश्मे के किनारे पहुँचे। थके हुए थे और प्यास से परेशान भी। मलिक ज़मशेद चश्मे के किनारे पहुँचा और पानी पीने लगा। पानी का पहला घूँट पीते ही वह हिरन बन गया। महज़बीन कहती ही रह गयी, "यह क्या हो गया, यह क्या हो गया?" और डर के मारे पेड़ पर छुपकर बैठ गयी। रात उसने वहीं गुज़ारी और सुबह सोचने लगी, आख़िर कौन-सी राह निकालूँ। क्या करती, नीचे उतरी, चल पड़ी। चलते-चलते एक बाग़ में पहुँची, वहाँ एक मकान देखा, अन्दर चली गयी। कमरे के बीचोंबीच हर तरह का खाने का सामान सजा हुआ था। महज़बीन जो भूख से पागल हो रही थी, खाने पर टूट पड़ी। तभी एक देव आया और बजाय महज़बीन उससे डरने के, बोली, "स्वागतम्!"

उसी रात महज़बीन को देव पसन्द आ गया और वह उसके साथ सोयी। दूसरे दिन महज़बीन देव से बोली, "मेरा भाई हिरन की शक्ल में बदल गया है।

अगर वह फिर असली शक्ल में आ जाय तो तुम्हारी तरह के सौ देवों को भी ख़त्म कर देगा।''

उस दिन से देव जो भी हिरन देखता, पकड़कर मार डालता था। इस क़िस्से को यहीं छोड़ते हैं।

एक बादशाह था। उसका लड़का मलिक बेहमन शिकार को गया और हिरनी की माँद से ढेर-सारे हिरन सिपाहियों की मदद से पकड़े और महल लौट आया।'' सुबह हुई तो मलिक बेहमन बोला, ''दो हिरन लाओ और उन्हें काटो। सिपाही मलिक ज़मशेद व दूसरा हिरन ले आये कि उन्हें ज़ब्ह किया जाय। क़स्साब ने बहुत कोशिश की कि दोनों को काट डाले मगर वह हिम्मत न कर सका और मलिक बेहमन से बोला, ''यह हिरन पालतू लगता है।'' उसी समय हिरन भी मलिक बेहमन के समीप जाकर खड़ा हो गया और उसके कपड़े पर मुँह रगड़ने लगा। यह देखकर मलिक बेहमन ने उसे गोद में उठा लिया और उसे लेकर अपनी बहन मेहरअंगीज़ के घर गया और बोला, ''ऐ बहन, शायद तुम कुछ समझ सको आज के क़िस्से से और हो सकता है कि यह हिरन तुम्हारा पालतू बन जाय।''

मलिक ज़मशेद दो मास तक मेहरअंगीज़ के पास रहा। एक दिन मेहरअंगीज़ लिखने में व्यस्त थी। बीच में किसी काम के लिए वह उठी, तभी वह हिरन उस क़ाग़ज़ पर क़लम से जो कुछ भी उसके साथ गुज़रा था, लिख दिया। जब लौटी तो मेहरअंगीज़ ने देखा, वहाँ तो पूरा क़िस्सा लिखा हुआ है। समझ गयी यह काम हिरन का ही है।

हर शाम को मलिक बेहमन अपनी बहन को देखने आता था। उस दिन शाम को जब आया तो मेहरअंगीज़ ने कहा, ''यह हिरन नहीं है बल्कि इन्सान है'' और जो कुछ भी उसके साथ हुआ था कह सुनाया। मलिक बेहमन बोला, ''मैं आज बाबा से छुपकर उस चश्मे के स्रोत पर जाऊँगा और ज़ादू ख़ींचकर उस जवान को आज़ाद करूँगा।''

रात को दोनों भाई-बहन घोड़े पर बैठे और हिरन को साथ लेकर चल पड़े। स्रोत के पास पहुँचे। स्रोत के उस पार ज़ादूगर का बाग़ था। मेहरअंगीज़ बाहर ही खड़ी रही। मलिक बेहमन ने बाग़ में झाँककर देखा, ज़ादूगरनी सो रही थी। मलिक बेहमन ने जैसे ही चाहा कि उसे तलवार से मार डाले, बुढ़िया जाग गयी और मन्त्र पढ़ने लगी, जिससे मलिक बेहमन भेड़िया और मेहरअंगीज़ लोमड़ी बन गयी। अब एक भेड़िया, एक लोमड़ी व एक हिरन साथ-साथ थे। बियाबान में भटक रहे थे। दिन-भर बाहर घूमते, रात को खोह में छुपकर बैठते। एक रात उन्हें दूर से रोशनी आती दीखी, उसे देखकर तीनों चल पड़े। पास पहुँचे तो देखा कि वह एक छोटा-सा दरवाज़ा है। दरवाज़ा खोला

तीनों चल पड़े। पास पहुँचे तो देखा कि वह एक छोटा-सा दरवाज़ा है। दरवाज़ा खोला तो देखा, सामने बाग़ है और बाग़ में नदी बह रही है। वे बाग़ के अन्दर घुस गये और घास पर बैठ गये। एक कबूतरी उड़ती हुई आयी और उसने बहते पानी को पिया। पानी पीते ही वह एक लड़की बन गयी और बोली, "तुम मलिक ज़मशेद हो, तुम मलिक बेहमन हो और तुम मेहरअंगीज़ हो। मैं सबको पहचानती हूँ।" बाद में मलिक बेहमन की तरफ मुख करके बोली, "अगर तुम चाहो तो मैं इसके बदले में तुम सबको पहली शक्ल में ला सकती हूँ।" यह सुनकर मलिक बेहमन ने गर्दन हिलायी। तीनों पलक झपकते ही इन्सान बन गये और उस लड़की के साथ मज़े से रहने लगे।

एक हफ्ते तक यह लोग बाग़ में रहे। एक दिन मलिक बेहमन बोला, "मेरी जुदाई में मेरे बाबा पागल हो रहे होंगे। अब हमें यहाँ से चलना चाहिए।" मेहरनिगार बोली, "यहाँ से कोई राह कहीं और जाने की नहीं है। अगर जाते हुए मेरी माँ ने तुम लोगों को देख लिया तो दोबारा जानवर बना देगी।" फिर थोड़ा सोचकर बोली, "ज़रूरी है कि उसे मार डालो वरना वापस कभी न जा पाओगे।" मलिक ज़मशेद जो बेहमन से ज़्यादा ताक़तवर था, बोला, "मैं यह काम करूँगा।"

सब तैयार हो गये और सफ़र के लिए चल पड़े। मेहरनिगार बोली, "क़िस्मत तुम्हारा साथ दे रही है। मेरी माँ एक हफ्ता सोती है और एक हफ्ता जागती है और आज उसके सोने का पहला दिन है।" बाद में मलिक ज़मशेद से बोली, "उसे तलवार से न मारना, उसके सिर के ऊपर उसकी उम्र की बोतल टँगी है उसे उतार लेना। वह जितना भी माँगे, देना मत, बल्कि उसे ज़मीन पर पटककर तोड़ देना।" यह कहकर वह लड़की मलिक ज़मशेद को बाग़ के दरवाज़े पर ले गयी और मलिक ज़मशेद ने देखा, मेहरनिगार की माँ सो रही है। उसने बढ़कर उम्र की बोतल को उतारना चाहा कि वह सोते से उठ बैठी। मलिक ज़मशेद घबराया नहीं और बोतल उसने उतार ली। बुढ़िया ने जितना भी लालच दिया, "तुम्हें सुलतान बना दूँगी, सारी दुनिया को तुम्हारी उँगली का ग़ुलाम बना दूँगी," मगर मलिक ज़मशेद ने उसकी एक भी न सुनी और बोतल को ज़मीन पर पटक दिया। देखते-देखते ज़ादूगरनी बुढ़िया आग की लपटों में झुलसकर मर गयी।

मलिक ज़मशेद, मलिक बेहमन, मेहरनिगार व मेहरअंगीज़—सब घोड़ों पर बैठ शहर की तरफ आये। एक हफ्ता शहर में रहे। मलिक बेहमन ने मेहरअंगीज़ को मलिक ज़मशेद को दिया और स्वयं मेहरनिगार से विवाह कर, सात दिन, सात रात तक ख़ुशियाँ मनाता रहा।

मलिक ज़मशेद सत्रह साल तक उसी शहर में रहा। एक दिन उसने बहन को सपने में देखा और काँपते हुए वह जाग पड़ा। सबने पूछा, "क्या हुआ?" बोला,

"सत्रह सालों बाद मेरी बहन मेरे सपनों से आयी है।" यह कहकर वह मेहरनिगार की ओर चला ताकि उससे इस बारे में कुछ बात करे। वहाँ पहुँचकर बोला, "मेरी बहन कहाँ है?" मेहरनिगार बोली, "तुम्हारी बहन मेरे बाप की पत्नी बन गयी है। उसको ढूँढ़ने की कोई ज़रूरत नहीं क्योंकि इससे दुःख ही होगा, हाथ में कुछ न आयेगा।" सुनकर ज़मशेद बोला, "नहीं, यह नहीं होगा, मैं ज़रूर जाऊँगा।" आख़िर उसका अटल इरादा देखकर निगार बोली, "अगर ऐसा है तो यह लो मेरे दो बाल, जब भी परेशानी में फँसना, जला देना। मैं तुम्हें बचाने आ जाऊँगी।"

मलिक ज़मशेद उस शहर में सत्रह साल रहा और एक दिन उसने अपनी बहन को देख लिया। घोड़े को बाँधा और बरामदे में घुसा। बहन ने उसे देखते ही ऊपर से बहुत दुलार व प्यार दिखाया, मगर अन्दर दिल में कालापन छा गया। मलिक ज़मशेद ने पूछा, "अपने दुःखों के बारे में बहन, कुछ कहो। इतने सालों तक क्या हुआ तुम्हारे साथ?" महज़बीन बोली, "तुम जैसे ही हिरन बने थे मैं इस बाग़ में चली आयी थी। एक शेर बच्चे को मुँह में दबाये मेरे पास आया। शेर को तो मैंने तलवार से काट दिया, फिर उसके मुँह से बच्चे को ले लिया और सीने से जैसे ही लगाया स्तनों में दूध भर आया और अब वही लड़का बड़ा हो गया है और मेरे साथ रह रहा है।" (देव के साथ सहवास से ख़ुसरू देवज़ाद पैदा हुआ था, महज़बीन ने भाई से झूठ बोला)।

दोनों भाई-बहन बात कर रहे थे कि देवज़ाद आ गया और मलिक ज़मशेद को देखकर उसके दिल में प्यार उमड़ आया। महज़बीन ने ख़ुसरू से कहा, "मैंने भाई से ऐसा-ऐसा कहा है कि इसके अलावा तुम कुछ मत कहना।" वह मान गया।

मलिक ज़मशेद व ख़ुसरू देवज़ाद दोनों बाग़ में घूमने लगे। तभी देव भी पहुँच गया। उसे यह नहीं पता था कि वे दोनों भी बाग़ में हैं। महज़बीन के पास गया, देखा वह उदास है। बोला, "क्या हुआ है?" "मेरा भाई यहाँ आया हुआ है। अगर तुमको देख लेगा तो तुम्हारे साथ जाने कैसा सलूक करेगा," महज़बीन ने दुःख से कहा। देव बोला, "तो फिर क्या करूँ?" वह बोली, "तुम छुप जाओ। मैं रात होते ही शतरंज बिछा दूँगी और कहूँगी कि जो भी जीतेगा वह हारनेवाले का अँगूठा बाँधेगा।" यह कहकर उसने देव से ज़ादू के बाल लिये।

मलिक ज़मशेद और ख़ुसरू देवज़ाद रात होने से पहले बाग़ लौटे और खाना खाने के बाद देवज़ाद बोला, "चलो, तुम सोने के लिए मेरे कमरे में चलो।" सुनकर महज़बीन बोली, "कितने सालों के बाद तो भाई को देखा है, उससे बात करने का दिल चाह रहा है। तुम जाओ, जाकर सो जाओ। मैं भी अकेले में भाई से कुछ देर बातें करूँगी।" जितनी भी ख़ुसरू ने ज़िद की मगर महज़बीन ने भाई को नहीं छोड़ा। आख़िर देवज़ाद चला गया। उसके जाते ही दोनों भाई-बहन अकेले रह गये। महज़बीन

बोली, "भाई आओ, मेरे साथ थोड़ा शतरंज खेल लो।" भाई बोला, "किसलिए शतरंज खेलूँ?" मेहज़बीन बोली, "इसलिए कि जो भी जीतेगा वह हारनेवाले के दोनों अँगूठे बाँधेगा।" सुनकर मलिक ज़मशेद बोला, "बहन तुम अब भी जीती हुई हो, आओ मेरे दोनों अँगूठे बाँध दो।" दोनों खेलने बैठ गये। पहली बार मलिक ज़मशेद जीत गया। महज़बीन बोली, "मेरे दोनों अँगूठे बाँध लो।" "मैं अन्धा हो जाऊँ अगर तुम्हारा अँगूठा बाँधूँ।" यह कहकर फिर खेल शुरू हो गया। इस बार महज़बीन जीत गयी, बोली, "लाओ अपने दोनों अँगूठे ताकि मैं उसे बाँधूँ।" महज़बीन ने यह कहकर दो जादू के बालों को लेकर भाई के दोनों अँगूठों को साथ बाँध दिया और गाँठ लगा दी। यह सब देखकर मलिक ज़मशेद खिलखिलाकर हँस पड़ा। "इस तरह से क्यों हँस रहे हो?" बहन ने पूछा। ज़मशेद ने जवाब दिया, "इसलिए हँस रहा हूँ कि इन दो अँगूठों को बाँधकर तुम मुझे खींचोगी।"

"ठीक है, देखो अब आगे क्या होता है," बहन बोली। मलिक ज़मशेद बात को मज़ाक समझ रहा था। मलिक ज़मशेद ने जितनी भी कोशिश की पर स्वयं को उन दो बालों से आज़ाद न कर सका। यहाँ तक कि अँगूठे का गोश्त कटकर हड्डियाँ दीखने लगीं। वह समझ गया कि धोखा खाया है और अब अपनी मौत अपनी आँखों से देखनी पड़ेगी।

थोड़ी देर बाद वह देव अन्दर आया ताकि मलिक ज़मशेद को मार डाले। मगर न मार सका और बोला, "लानत है मुझ पर अगर मैं उसको मारूँ।" मलिक ज़मशेद की वही बहन जो उसके कन्धे पर छह महीने तक चढ़ी जंगल-जंगल घूमती रही थी, वही बहन जिसके लिए मलिक ज़मशेद ने तख़्त व ताज़ छोड़ दिया था, उसने देव की कमर से चाकू निकाला और ज़मशेद की कमर में मारकर उसके हाथ-पाँव बाँध, उसको बाग़ के कुएँ में डाल दिया। इन सब के बाद वह औरत बोली, "अब जाकर मुझे कहीं सन्तोष हुआ है।" सुबह बहुत ही जल्दी देवज़ाद सोते से जाग पड़ा। उसे सुबह बिस्तर पर न देखकर महज़बीन बोली, "शायद शिकार को गया है?" देव बोला, "ए कटे बालोंवाली, सुबह ठीक से हुई नहीं और वह शिकार को चला गया।" इधर देवज़ाद ने सीढ़ियों पर ख़ून की बूँद देखी। सब-कुछ समझ गया और ख़ून की बूँदों के सहारे देवज़ाद ख़ुसरू बाहर बाग़ की ओर गया। तभी उसे कुएँ से दर्द-भरी आवाज़ मदद के लिए आती सुनायी पड़ी। पास पहुँचकर उसने मलिक ज़मशेद को आवाज़ दी। जब जवाब मिल गया तो फ़ौरन वह नीचे उतर गया और मलिक ज़मशेद को ऊपर निकाल लाया। बोला, "बोलो, मैं क्या करूँ?" ज़मशेद बोला, "पहले मेरे अँगूठे खोल दो ताकि मैं बाल जला सकूँ।" अँगूठे खुलते ही ज़मशेद ने बाल जलाया। बाल के जलते ही परी मेहरनिगार आ गयी और बोली, "मैंने मना किया था कि वहाँ मत जाओ। ख़ैर,

अब तीन दिन आराम करो।" यह कहकर उसने कमर का घाव सिलकर उस पर दवा लगायी, फिर ख़ुसरू से बोली, "इसको तीन दिन तक अपनी जगह से हिलने न देना और बराबर यह दवा मलते रहना। अब इसको यहाँ से किसी अच्छी जगह ले जाओ ताकि यह तीन दिन तक सोता रहे।"

देवज़ाद ख़ुसरू उसे अपने कमरे में ले गया और अपनी चारपाई पर सीधा लिटा दिया और माँ के पास आकर बोला, "ए कटे बालोंवाली औरत, यह सब उन्हीं अच्छाइयों का फल है जो उसने तुम्हारे साथ की थी?" यह कहकर जो लकड़ी उसके हाथ में थी, वह माँ के सिर पर इतनी ज़ोर से मारी कि वह मर गयी। देव बोला, "किसलिए तुमने ऐसा किया?" ख़ुसरू बोला, "तुम भी अपनी जगह बैठे रहो, वरना मार डालूँगा।" यह सुनकर देव ने कमर से खंज़र निकालकर बेटे को मारना चाहा। तभी ख़ुसरू ने तलवार कमर से निकाली और देव के बदन को दो करके बाहर निकल गया। मलिक ज़मशेद सोता रहा। इन तीन दिनों देवज़ाद रोज़ शिकार को जाता। तीसरे दिन जब वह सोकर उठा तो देवज़ाद से बोला, "मैं ठीक हूँ, मुझे अब जाने दो।" सुनकर देवज़ाद ख़ुसरू बोला, "एक दिन रुको, जरा बदन में ताक़त तो आ जाय।" यह कहकर वह शिकार पर चला गया।

महज़बीन का पति चूँकि देव था, उसका एक भाई भी देव था जिसका नाम शबरंग था। जिस दिन उसके भाई को मारा गया, उसने एक बहुत ही बुरा सपना देखा। सोते से उठकर बोला, "भाई के पास जाकर देखना चाहिए कि वह किस मुसीबत में है?" भागता हुआ जलते तन्दूर की लपटों की तरह वह बाग़ में घुसा। उसने देखा कि भाई और भाभी कटे पड़े हैं। वह इधर-उधर पागलों की तरह घूमने लगा। जब देवज़ाद के कमरे में पहुँचा तो देखा, मलिक ज़मशेद लेटा सो रहा है। समझ गया इसी ने मारा होगा। बगल में मलिक ज़मशेद को दबा, वह आसमान की ऊँचाई की ओर उड़ गया। रास्ते में मलिक ज़मशेद जाग गया। बोला, "ए देव, मुझे कहाँ ले जा रहा है?" देव बोला, "मेरे भाई, भाभी को मारकर मुझसे पूछ रहे हो कि मुझे कहाँ ले जा रहे हो?"

"यह काम मेरा नहीं है।"

"अगर तेरा नहीं है तो फिर मेरे भाई के लड़के का होगा। मगर कारण तुम्हीं हो, समझे।" यह कह वह बोला, "अब बोलो, तुम्हें कहाँ फेंकूँ, समुद्र में या पहाड़ पर?"

सुनकर ज़मशेद समझ गया कि वह उलटे ही काम करेगा। बोला, "मुझे पहाड़ पर फेंको।"

सुनकर देव ने उसे समुद्र में फेंका। ज़मशेद वहाँ से तैरता हुआ एक द्वीप में पहुँचा। द्वीप भी ऐसा था जहाँ आदमखोर हब्शी रहते थे। किनारे पहुँचकर ज़मशेद अपने

को ठीक से सुखा भी न पाया था कि कुछ हब्शी आ पहुँचे और उनके साथ लड़ाई शुरू हो गयी और मलिक ज़मशेद अन्त में उनका क़ैदी हो गया। वह उसे पकड़कर राजा के पास ले गये। राजा बोला, "इसे क़ैदखाने में डाल दो।" मलिक ज़मशेद क़ैदखाने में डाल दिया गया।

शबरंग ने जब हब्शी आदमख़ोरों के द्वीप में ज़मशेद को फेंक दिया तो बोला, "अब चलना चाहिए, ताकि भानजे को मार डालूँ जिसने मेरे भाई, भाभी को मार डाला।"

ख़ुसरू देवज़ाद शिकार से लौटा और ज़मशेद को पूरे बाग़ में ढूँढ़ डाला मगर उसे नहीं पा सका। इसी बीच उसे एक बड़ा-सा बादल का टुकड़ा दीखा। धीरे-धीरे करके उसे बादल के टुकड़े में से एक हाथ दिखने लगा और वह हाथ चाहता था कि ख़ुसरू को उठाकर ऊपर ले जाय। वह हाथ देख ख़ुसरू ने उसे पकड़कर घसीटा और देव शबरंग ऊपर से नीचे ज़मीन पर आ गिरा। उसे इतना ज़मीन पर घसीटा कि आख़िर उस देव को बताना पड़ा कि वही ज़मशेद को ले गया है। सुनकर ख़ुसरू बोला, "कहाँ ले गये हो मेरे मामू को, बताओ वरना मार डालूँगा।"

"मैंने उसे आदमखोर हब्शियों के द्वीप में फेंक दिया है।" यह सुनते ही ख़ुसरू देव पर सवार हो गया और बोला, "मुझे वहीं ले चलो।" रास्ते में शबरंग ने चाहा कि उसे नीचे समुद्र में गिरा दे, मगर ऐसा न कर सका और सीधा उसे द्वीप पर छोड़ जलते तन्दूर की लपटों की तरह तेज़-तेज़ उड़ता वापस चला गया।

हब्शियों ने देखा, द्वीप में दूसरा जवान दीख रहा है सो फ़ौरन उसे घेर लिया। यह देख ख़ुसरू ने पेड़ के तने पर हाथ रख पूरा पेड़ उखाड़ लिया और हब्शियों से लड़ने लगा। लड़ते-लड़ते शाम हो गयी। आख़िरकार ख़ुसरू थक गया, और क़ैद हो गया और हब्शी उसे अपने राजा के पास ले गये। राजा ने कहा, "क़ैद कर लो।" ख़ुसरू को वहीं ले गये जहाँ उसका मामू ज़मशेद क़ैद था। हब्शी राजा की एक बेटी थी जिसने ख़ुसरू की लड़ाई ढेरों हब्शियों के साथ देखी थी और उसकी बहादुरी देखकर उस पर आशिक़ हो गयी थी।

जैसे ही रात हुई, वह बिस्तर से उठी। क़ैदखाने के सिपाहियों का सिर काट दोनों के लिए खाना लेकर गयी। वे बोले, "कौन है?" लड़की ने जवाब दिया, "मैं हब्शियों के राजा की बेटी हूँ।" फिर ख़ुसरू की तरफ मुँह करके बोली, "मैं तुम्हारे लिये सब-कुछ कर सकती हूँ। अगर तुम मुझे अपना लो तो मैं तुम्हारे लिये सफ़र का सारा सामान ला सकती हूँ।" यह सुनकर ख़ुसरू बोला, "मैं तुम्हें आसमान में ढूँढ़ता रहा और पाया यहाँ ज़मीन पर।" लड़की चली गयी और ढेरों जवाहरात व घोड़े के साथ लौटी। तीनों चल पड़े। सुबह हुई तो हब्शियों ने देखा कि दो सिपाही मरे पड़े

हैं, लड़की भी नहीं है और क़ैदी भी भागे हुए हैं। यह सब देखकर राजा ने सात हज़ार सिपाही उनके पीछे दौड़ाये।

इधर ख़ुसरू व ज़मशेद चलते-चलते थक गये थे। एक चश्मे के किनारे बैठे अपनी थकान उतार रहे थे। तभी देखा कि दूर से घोड़ों की टापों की आवाज़ आ रही है। जब तक उठकर घोड़े पर बैठते, वे समीप आ गये। यह देख ख़ुसरू देवज़ाद ने कमन्द फेंक बादशाह को क़ैद कर लिया और ज़मीन पर गिराकर चाहता था कि मार डाले कि हब्शी राजा बोला, "मुझे मत मारो। मैं अपनी बेटी तुम्हें देता हूँ", और हब्शियों से बोला कि वे द्वीप पर लौट जायँ। तीनों चल पड़े। चलते-चलते शाम हो गयी। बोले, "अब क्या होगा? शहर न जाकर यहीं कहीं ठहर जायँ।" पास ही एक बाग़ था। बाग़वान ने दरवाज़ा खोला। वे बोले, "हम आज की रात यहीं ठहरेंगे," यह कहकर एक मुट्ठी-भर जवाहरात उसे दिये और कहा कि वह शहर जाकर उनके लिए खाना ले आये।

सुबह जब सोकर उठे तो बाग़वान से बोले, "यह लड़की तुम्हारे लिये बहन के समान है। जब तक हम शहर से लौट नहीं आते, इसकी देखभाल करना।" यह कहकर वह शहर गये और ख़ूब घूमें। इतना घूमे कि भूख लग आयी और एक मुसाफ़िरख़ाने की तरफ गये। ख़ूब खाना खाया और पैसे भी ढेर-सारे दिये। जब वे बाहर आ निकले तो उन्होंने देखा, डुग्गी पीटी जा रही है, "आज वही दिन आ गया है जब देव आता है और बादशाह से कहता है कि या तो शाहज़ादी मुझे दो या फिर ऐसा पहलवान मुझे दो जो मेरे साथ लड़ाई करे।" यह सुनकर ख़ुसरू ने कहा, "उठो, चलो देखें, मैं तो बीवीवाला हूँ। मगर तुम अभी कुँवारे हो।" यह कहकर वे मैदान की तरफ चल पड़े, जहाँ पर बादशाह अमीरों, रईसों व बड़े-बड़े लोगों के साथ बैठा था। इन दोनों के लिए भी कुर्सी लायी गयीं। कुर्सी पर ख़ुसरू के बैठते ही कुर्सी की चारों टाँगें टूट गयीं। यह देखकर उसके लिए लोहे की कुर्सी लायी गयी।

लोगों को एकदम डरा हुआ देखकर ज़मशेद को ताज्जुब हुआ। पूछा, "क्या बात है?" लोग बोले, "बस, अब देव आने ही वाला है और आते ही शाहज़ादी को माँगेगा या फिर कहेगा कि मेरे लिये पहलवान भेजो। इस तरह से लोगों को मैदान में बुलाकर मार डालता है। बादशाह ने कह रखा है कि इससे जो छुटकारा दिलायेगा, वह तख़्त व ताज़ के साथ-ही-साथ शाहज़ादी का भी मालिक बन जायगा।" इसी समय वह देव आ गया और बड़बड़ाने लगा, "ए बादशाह, लड़की मुझे दो या फिर मैं तुम्हारे तख़्त के टुकड़े-टुकड़े कर दूँ।" ख़ुसरू ने बादशाह से कहा, "जरा पहलवान को मैदान में भेजिये ताकि मैं देखूँ यह कैसे कुश्ती लड़ता है।" बादशाह ने पहलवान भेजा। देव ने उसका सिर कुचलकर उसका ख़ून पीना शुरू कर दिया। यह देखकर ख़ुसरू

अपनी जगह से उठा और देव की ओर बढ़ा। पास पहुँचा तो देखा, वह उसका चचा है। उसे देखकर उसका चचा सरपट भागने लगा। ख़ुसरू ने उसे जाने न दिया, बल्कि उसके साथ लड़ाई लड़कर उसका सिर घड़ से अलग कर दिया। बादशाह बोला, ''मेरी लड़की तुम्हारी हुई।'' ख़ुसरू बोला, ''मेरे तो पत्नी है, मगर मेरी जगह मेरा दोस्त है।'' जो कुछ भी मलिक ज़मशेद पर गुज़रा था ख़ुसरू ने कह सुनाया।

एक ख़त मलिक ज़मशेद के पिता को लिखा गया और एक ख़त बेहमन के पिता को भी लिखा गया। जब सब जमा हो गये तो ख़ुशी के साथ शादी हुई और सब अपनी-अपनी राह चले गये।

सात बहनें

किसी ज़माने में एक बूढ़ा व बुढ़िया साथ-साथ रहते थे। उनके सात लड़कियाँ थीं। बूढ़ा रोज़ सुबह बियाबान की तरफ जाता और फाख़्ता का शिकार करके घर लौट आता। वे फाख़्ता पकाते और खाते और यही उनका खाना था। एक दिन उस बुढ़िया ने सोचा और अपने से कहा, "अगर मेरा आदमी इन सातों लड़कियों को ले जाकर जंगल में छोड़ आये तो कितना अच्छा हो। हमारी ज़िन्दगी कितने आराम से गुज़रने लगे, जो सात फाख़्ता उनके हिस्से को बचेंगी, उनको बेचकर हम रुपया जमा करेंगे।" यह ख़्याल कई दिनों तक उस बुढ़िया के दिमाग़ में चक्कर लगाता रहा, यहाँ तक कि एक दिन उसने बूढ़े से कह ही दिया, "ए आदमी, तुम कब तक इन लड़कियों को खाना देते रहोगे। इनको बियाबान में ले जाकर आज़ाद कर दो। जब यह नहीं रहेंगी तो इनके हिस्से की सात फाख़्ताएँ बचेंगी, जिन्हें हम खाने के बजाय बाज़ार में बेचकर अच्छे पैसे पैदा कर सकते हैं।" यह सुनकर बूढ़ा बोला, "अरे, कैसी बात कर रही हो? मैं कैसे इन्हें बियाबान में जाकर छोड़ आऊँ। यह तो वह फल हैं जिन्हें हम ख़ुद इस दुनिया में लाये हैं। यह काम ठीक नहीं है।" मगर बुढ़िया ने एक न सुनी। वह रात-दिन यही एक बात बूढ़े को समझाती रहती जिसका नतीजा यह हुआ कि आख़िर बूढ़ा भी मान गया। बुढ़िया बोली, "मैं उनके लिए दो बोरे रोटी पका देती हूँ और तुम उन्हें इस क़िले से इतनी दूर ले जाना कि वे कभी न लौट सकें। उन्हें वहाँ जाकर सुला देना और जागने से पहले ही भाग आना ताकि वे कुछ समझ न सकें।" सुबह जब बूढ़ा सोकर उठा तो उसने लड़कियों को भी जगा दिया और कहा, "सुनो बेटियो, मैं चाहता हूँ कि यहाँ से सात मील दूर नाशपाती का पेड़ है, वहाँ जाऊँ। क्या तुम भी मेरे साथ चलोगी?"

रोटी के बोरे लादकर वे चलने लगीं। चलते-चलते आख़िर नाशपाती के पेड़ के पास पहुँच गयी। बूढ़े ने देखा, लड़कियाँ थक गयी हैं, तो बोला, "तुम सभी सो जाओ। मैं तब तक इस पेड़ की डालियों को हिलाकर नाशपातियाँ गिराता हूँ।" लड़कियाँ सो गयीं। बूढ़ा बजाय इसके कि पेड़ पर ठहरकर डालियों को हिलाता, उसने डाल पर मशक टाँग दी और नीचे उतर आया। हवा मशक से टकराती और मशक डालियों

से, इस तरह आपस की टकराहट से डालियों से आवाज़ निकलने लगी। बूढ़े का दिल नहीं चाह रहा था कि लड़कियों से अलग हो, मगर फिर किसी तरह वह क़िले में पहुँचा और बुढ़िया से बताया कि वह क्या कर आया है।

बूढ़ा दूसरे दिन बियाबान में गया और शाम तक फिरने के बाद भी वह दो फाख़्ता से ज़्यादा न मार सका। यह देखकर बुढ़िया दुःखी हुई और बोली, "क्यों, तुमने आज केवल दो फाख़्ता ही मारीं?" बूढ़ा बोला, "उनकी क़िस्मत की फाख़्ताएँ उनके साथ हैं।"

जैसे ही बूढ़े ने उन सातों बहनों को अकेला छोड़ा, वे सोती हुई जाग पड़ीं। छोटी लड़की ने देखा कि डाल पर सिर्फ़ मशक लटकी है, बाबा का दूर तक कहीं भी पता नहीं है। वे समझ गयीं कि बाप ने उन्हें छोड़ दिया है। सभी भूखी थीं, बोरे का मुँह खोला ताकि रोटी खा सकें, मगर वहाँ दो टुकड़े रोटी से ज़्यादा कुछ न था। बाक़ी सारा बोरा भेड़ की गन्दगी से भरा हुआ था। दो-तीन दिन उसी दो कौर सूखी रोटियों पर सातों के गुज़र गये। लेकिन चूँकि वे चल रही थीं, इसलिए भूख-प्यास से बेहाल हो रही थीं। बड़ी बहन बोली, "चलो, सब मिलकर रोयें। जिसके आँसू सबसे ज़्यादा नमकीन होंगे, हम उसे मार डालेंगे।" छोटी बहन के आँसू सबसे ज़्यादा नमकीन निकले और सभी उसे मार डालने को तैयार हो गयीं। यह सब देखकर छोटी बहन ने कहा, "मुझे ज़िन्दगी से प्यार है, मुझे मत मारो।" यह कहकर वह बचाव का साधन सोचने लगी। उसकी निगाह इधर-उधर तेज़ी से घूम रही थी कि तभी उसने देखा कि कुछ दूरी पर एक गड्ढा है। उसे देखकर वह ख़ुश हुई और बड़ी बहन से बोली, "मैं गड्ढे में जा रही हूँ, बाद में निकलने पर मुझे मार डालना।" बड़ी बहन राज़ी हो गयी।

छोटी बहन ने उस गड्ढे में जाकर इधर-उधर कुछ ढूँढ़ा मगर उसके हाथ कुछ न लगा, जिससे वह अपना बचाव कर सके। थककर ऊपर आना ही चाह रही थी कि उसकी नज़र एक किशमिश के दाने पर पड़ी। किशमिश का दाना उठाकर बाहर लौटने ही वाली थी कि उसे कई दाने और दीख गये। उन्हें भी उठा रही थी कि एक खिड़की दीख गयी। खिड़की खोलकर वह अन्दर गयी तो ताज्जुब से उसकी आँखें फट गयीं। सामने ढेरों बोरे गेहूँ के आटे के और दूसरी खाने की चीज़ों से भरे हुए वहाँ चुने हुए थे। लग रहा था कि जैसे बाज़ार लगा हो। अपने दामन को किशमिश से भरकर वह ऊपर आयी। बहनों ने देखा कि वह बहुत ख़ुश है। बहनों के पास पहुँचकर बोली, "दुःखी न होओ, अब हमारे दिन पलट गये हैं," और यह कहकर उसने अपना आँचल दिखाया। बहनें भूखी थीं, किशमिश पर टूट पड़ीं और खाने के बाद एक-एक करके उस खिड़की में गयीं। जितना भी उनसे हो सकता था, उन्होंने खाया, फिर छोटी बहन, जो सबसे चतुर थी, बोली, "बियाबान के बीचोंबीच इस तरह से सामान का ढेर आख़िर

क्यों है? ज़रूर इसके अन्दर कोई भेद है।'' रात होते ही सब बहनों ने अपने को गेहूँ व किशमिश के बोरों के पीछे छिपा लिया।

थोड़ी देर बाद उन्होंने देखा कि भेड़ों के झुण्ड-के-झुण्ड आ रहे हैं। आते ही चले जा रहे हैं, यहाँ तक कि उस तहख़ाने की पूरी ज़मीन भेड़ों से भर गयी। उसके पीछे गड़रिया आया, जो देव था। देव जैसे ही अन्दर घुसा, साँस खींचकर बोला, ''बूए आदमज़ाद है, बूए जिन व परीज़ाद है।'' वह इधर-उधर फिरने लगा, मगर कोई भी आदमज़ाद उसे नहीं दिखायी दिया तो वह बड़बड़ाने लगा और बोला, ''अब खाना खाना चाहिए।'' यह कहकर लस्सी से भरे कटोरे में रोटी तोड़ने लगा, फिर खाकर सो गया। दूसरे दिन सुबह देव ने सारी भेड़ें निकालीं और ख़ुद भी उनके पीछे बाहर निकला और खिड़की बन्द कर दी।

सातों बहनें समझ नहीं पायीं कि क्या करें? इस बार भी छोटी बहन बोली, ''जैसे भी हो इस देव से छुटकारा पाना चाहिए। रात को जब देव आयेगा तो इस तरह कहेगा, कब तक इस तरह से अकेले ज़िन्दगी गुज़ारूँ, कब तक मेरा सिर इस तरह से गन्दा रहेगा? कोई ऐसा नहीं है जो मेरे बालों को, कपड़ों को साफ़ करे? जैसे ही वह यह कहेगा, मैं सामने चली जाऊँगी और कहूँगी, मैं करूँगी यह सब काम। जब वह कहेगा, आओ करो यह काम, तो मैं उसके कपड़े धोऊँगी और सुखाने के लिए तन्दूर के पास फैलाऊँगी और तन्दूर के अन्दर गिराकर ज़ोर-ज़ोर से चिल्लाऊँगी कि कपड़े तन्दूर में गिर गये। जब वह उसको उठाने के लिए झुकेगा, मैं उसे तन्दूर के अन्दर धकेल दूँगी।'' रात हुई और दोबारा भेड़ों के झुण्ड आने शुरू हो गये। आते गये, आते गये, यहाँ तक कि तहख़ाना भर गया और देव भी अन्दर आया और उदास एक किनारे बैठकर वही सब बोलने लगा, जैसा कि उस लड़की ने अनुमान लगाया था। जैसे ही देव ने अपनी बात ख़त्म की, देव के सामने वह लड़की आयी और बोली, ''मैं तुम्हारा हर काम करने के लिए तैयार हूँ। तुम्हारे कपड़े धोऊँगी, तुम्हारा सिर साफ़ करूँगी।'' यह कहकर वह तेज़-तेज़ चलती हुई देव के पास पहुँची और उसके कपड़े लेकर धोने चली गयी। जब कपड़े धो चुकी तो तन्दूर के किनारे सुखाने के लिए डाल दिये और चीखी, ''ऐ तुम्हारे कपड़े तन्दूर में गिर गये।'' देव जल्दी से तन्दूर के पास आया और उस पर बैठकर झुका कि अन्दर से कपड़े निकाले, तभी सारी लड़कियों ने मिलकर उसे धक्का दे दिया और देव तन्दूर में जलकर मर गया।

उस रात लड़कियों ने भेड़ काटी और आग पर उसे ख़ूब सेंककर लाल किया और ख़ूब मज़े से पेट भर खायी। सुबह हुई तो छोटी लड़की ने एक लम्बा लबादा पहना और सिर पर नमदे की टोपी लगाकर गड़रिये का भेस बनाया, और सारी भेड़ों को तहख़ाने से बाहर निकालकर उन्हें चराने लग गयी। शाम के वक़्त बहनों ने आग

जलायी ताकि खाना पकायें। धुआँ काफ़ी उड़ रहा था और उसी समय शाहज़ादे ने दो फाख़्ता का शिकार किया था और चाहता था कि उसे भूने, तभी उसे दूर से धुआँ उठता दिखायी दिया। वज़ीर से वह बोला, "यह फाख़्ता लाल करके ले आओ।" वज़ीर धुएँ की तरफ जाने लगा, जब धुएँ के क़रीब पहुँचा तो देखकर चकरा गया। एक-से-एक सुन्दर, आदमी के होश उड़ा देनेवाली लड़कियाँ उस बियाबान में मौजूद थीं। घोड़े से उतरकर आगे बढ़ा और बोला, "यह दोनों फाख़्ता बादशाह के लड़के ने मारी हैं, मैं चाहता हूँ कि आग पर भून लूँ।" वह लड़कियाँ मान गयीं। उनके कहने से वज़ीर एक किनारे बैठकर उन सबको देखने लगा कि यह यक़ीन करने के क़ाबिल बात भी है या नहीं। यह लड़कियाँ हैं कि परियाँ, एक से बढ़कर एक ख़ूबसूरत। उसने आग पर फाख़्ता रखी, तभी उन्होंने देखा, अँगीठी से तेज़ काला धुआँ निकला। तब वह समझा कि लड़कियों ने दोनों फाख़्ताएँ जलाकर कोयला कर दी हैं, जो खाने के क़ाबिल नहीं रह गयी थीं। वज़ीर यह देखकर ख़ुद से बोला, अब क्या करूँ, और घोड़े पर बैठकर वह जले कबाब-जैसी फाख़्ताएँ शाहज़ादे के पास ले गया। शाहज़ादे ने देखा, काले कोयले-जैसी फाख़्ताएँ वज़ीर ले आया है। वह बोला, "तुम्हें क्या हुआ था जो यह इतनी जल गयी?" वज़ीर बोला, "अगर शाहज़ादे, आप मेरी जगह होते तो यह कभी नहीं पूछते कि यह फाख़्ता कैसे काली हो गयी हैं?" शाहज़ादा सुनकर बोला, "चलो सुनाओ क्या हुआ है तुम्हारे साथ?" वज़ीर बोला, "जहाँ धुआँ उठ रहा है, वहाँ कई लड़कियाँ जो आदमियों के होश उड़ानेवाली हैं, इतनी ख़ूबसूरत कि आदमी सब-कुछ भूल जाय। जब मैं फाख़्ता भून रहा था तो मेरे होश-हवाश उनके हुस्न को देखकर ग़ायब थे। इतने में यह जल गयीं।" सुनकर शाहज़ादा बोला, "अजीब बात है, चलो देखूँ, कौन हैं वे?"

अभी सूरज डूबा नहीं था कि भेड़ों के झुण्ड-के-झुण्ड आने लगे। आते गये, आते गये, बाद में उन्हीं के पीछे-पीछे शाहज़ादा पहुँचा। उसने देखा कि वज़ीर ने झूठ नहीं कहा था। शाहज़ादा बोला, "सुनो, मैं चाहता हूँ कि तुम्हारी बहनों में से किसी एक से शादी करूँ।" छोटी लड़की जो सबसे ज़्यादा चतुर और समझदार थी, सिर से नमदे की टोपी उतारकर बोली, "ऐसी जल्दी क्या है, मैं ख़ुद तुमसे शादी करूँगी", और अपने बाल यह कहकर बिखेर दिये। यह देख शाहज़ादा ख़ामोश हो गया और सोचने लगा, "कहीं सपना तो नहीं देख रहा हूँ।" मगर लड़की ने उसे समझाया, वही सच्चाई है जो वह देख रहा है। फिर बहनों की तरफ मुँह करके बोली, "सब लोग शाहज़ादे के महल में चलने के लिए तैयार हो जाओ।"

काफिला शहर की ओर चल पड़ा, यहाँ तक कि महल पहुँच गये। सात दिन, सात रात तक ख़ुशी मनायी गयी। पूरा महल शीशमहल की तरह सजाया गया।

शाहज़ादे ने छोटी लड़की से और बाक़ी लड़कियों ने वज़ीरज़ादे और अमीरज़ादों से शादी कर ली।

ज़्यादा दिन नहीं गुज़रे थे कि बहनें अपनी छोटी बहन की ज़िन्दगी देखकर जलने लगीं। बोलीं, "अपनी छोटी बहन होकर कैसे हमारे ऊपर हुक्म चलाती है। ऐसा कुछ करना चाहिए ताकि यह शाहज़ादे की नज़रों में गिर जाय।"

कुछ दिन बाद छोटी लड़की गर्भवती हुई। दिन बहुत क़रीब थे, इस कारण एक-एक दिन गिनती हुई वह लेटी रहती थी। एक दिन सब बहनें आपस में बोलीं, "वह नहीं जानती है कि कैसे बच्चे को जन्म दे। चलो देखा जाय, बाद में पूछकर कुछ करना चाहिए।" वे आयीं और देखा कि वह बिस्तर पर मुँह तक लिहाफ़ ओढ़े लेटी हुई है। उसे देखकर वे बोलीं, "ए बहन, यह कोई जन्म देने का तरीक़ा नहीं है। हमारी माँ जब बच्चे को जन्म देनेवाली होती थी तो किसी ऊँची जगह पर जाती थी।" यह कहकर उन्होंने छत की तरफ इशारा किया, फिर बोलीं, "दाइयाँ नीचे चादर लेकर खड़ी रहती थीं और माँ ऊपर से उस चादर में बच्चे को जन्म देती थी।" यह सुनकर लड़की को कोई राह नहीं सूझी सिवाय इसके कि उनकी राय क़बूल करे। बच्चे के जन्म का समय निकट आ गया था। बहनों ने देखा कि छोटी बहन ने एक रेशम के-से बालोंवाली लड़की और सोने के-से बालोंवाले लड़के को जन्म दिया है। अब इन्हें अपना बदला लेने का मौक़ा हाथ आया था। जल्दी से उन दोनों बच्चों को उठाकर दूर पानी की चक्की के समीप छुपा दिया और दो कुत्ते के बच्चे लाकर डाल दिये। छोटी बहन ने पूछा, "क्या लायी हूँ मैं इस दुनिया में?" बहनें बोलीं, "ए बहन, क्या कहें, खाक सिर पर, इन्सान के बच्चे की जगह तुमने कुत्ते के बच्चों को जन्म दिया है।" सुनकर छोटी बहन रोने लगी। रोकर कहने लगी, "अब क्या करूँ?" इसी बीच शाहज़ादा भी आ गया और वह बड़े घमण्ड के साथ पूछने लगा कि रानी ने क्या जन्म दिया है। बहनें बोलीं, "ए शाहज़ादे, तुम्हारी रानी ने बजाय इन्सान के बच्चों के, कुत्ते के बच्चों को जन्म दिया है।" यह सुनकर शाहज़ादा इतना अपमानित हुआ कि ग़ुस्से में आकर हुक्म दिया कि रानी की आँखें प्याले में निकालकर रख दी जायँ।

पास में ही एक गड़रिया रहता था जो रोज़ भेड़ें चराने जाता था। इस भेड़ों के झुण्ड में एक बकरी भी थी जो एक बुढ़िया की थी। रोज़ बकरी चरने जाती थी ताकि उसके दूध से बुढ़िया का पेट भर जाय। उस दिन भी भेड़ के झुण्ड के साथ बकरी चरने गयी थी और झुण्ड से कुछ दूरी पर अकेली चर रही थी। धीरे-धीरे चलते-चलते वह एक खँडहर के पास पहुँच गयी। वहाँ पहुँचकर बकरी ने बू-सी सूँघी और आवाज़ सुनी। बाद में देखा कि दो बच्चे चक्की के पास पड़े रो रहे हैं। उसने अपने दूध से उनका पेट भरा और वापस लौट आयी।

शाम को जब बुढिया ने चाहा कि दूध दुहे तो देखा, थन में एक बूँद भी दूध न था। वह समझ गयी कि यह काम गड़रिये का है। उसने बकरी दुह ली है। उसने बिना क़सूर के गड़रिये को काफ़ी बातें सुनायी। गड़रिये को पता था कि उसने यह काम नहीं किया है, न करता है, मगर रोज़ ऐसा ही होता रहा। एक दिन चक्कीवाला बोला, "ऊपर जाकर ख़राब चक्की को ठीक कर डालूँ।" ऊपर गया तो 'शलप', 'शलप' की आवाज़ सुनायी पड़ी। वहाँ पहुँचा तो देखा, दो बच्चे पानी से खेल रहे हैं। उन्हें प्यार से उठाकर गोद में लिया और नीचे आकर बोला, "कई साल बाद हमारी आरज़ू पूरी हुई है। इनकी अच्छी तरह देखभाल करो। आज से मैं सकून से सो सकता हूँ कि बुढ़ापे का सहारा हमें मिल गया है।"

समय गुज़रता गया और वह लड़का और लड़की बड़े हो गये। एक दिन एक-दूसरे से बोले, "कैसे यक़ीन करें कि यह हमारे माँ-बाप हैं?" दोनों यही बोलते रहे, आख़िर सोचा कि यहाँ से भाग चलते हैं। तय यह हुआ कि लड़की दरवाज़े पर खड़ी कंघी करेगी और लड़का कंघी लेकर घर से दूर भागेगा और पत्थर पर रख देगा। इस बात पर लड़की ख़ूब रोयेगी और बहाने से बुढ़िया से इजाज़त माँगकर कंघी उठाने भाई के पीछे भागेगी और फिर दोनों भाग जायँगे। दोनों ने यही किया। जैसे-जैसे भाई आगे भागता, वैसे-वैसे बहन पीछे भागती। दोनों चक्की से दूर और एक-दूसरे से नज़दीक होते गये। फिर इसी तरह करते-करते बहुत दूर निकल गये। चलते-चलते बियाबान के बीच में एक चारदीवारी के पास पहुँचे। वहीं रात गुज़ारी। सुबह उठकर भाई बोला, "मैं जा रहा हूँ ताकि फाख़्ता का शिकार करूँ।" चलते-चलते एक बहेलिये के पास पहुँचा। बहेलिये से बोला, "अगर मैं तुम्हारा कुछ काम कर दूँ तो क्या तुम मुझे खाने को दोगे?" बहेलिया मान गया। दिन ढलते ही बहेलिये ने उसे एक हिरन और एक फाख़्ता दे दिया और बोला, "आज तुम बहुत दौड़े हो। यह तुम्हारा हिस्सा है।" शाम को लड़का चारदीवारी पर पहुँचा और बहन से बोला, "यह हिरन हमारे लिये बहुत ज़्यादा है। अच्छा हो कि मैं शहर जाकर बेच आऊँ।" शिकार किये गये हिरन को लेकर वह शहर की तरफ चला। शहर पहुँचकर एक दुकान पर गया। दुकान की दीवार पर एक औरत की तस्वीर टँगी हुई थी। ऐसी सुन्दर औरत थी कि जिसका ज़मीन पर मिलना मुश्किल था। उसने दुकानदार से पूछा, "इस तस्वीर को पहचानते हो? अगर तुम इसका पता मुझे दे दो तो तुमको हिरन दे दूँगा।" दुकानदार बोला, "यह तस्वीर एक ज़ादूगरनी की है, जो जंगल में एक महल में अकेली रहती है। अभी तक कोई उस तक पहुँच नहीं पाया है। इस समय इससे सुन्दर इस ज़मीन पर कोई नहीं है।" यह सुनकर और ज़ादूगरनी का पता लेकर लड़का घर लौटा और बहन से बोला, "चलो यहाँ से चलते हैं।"

चलते-चलते दोनों ज़ादूगरनी के महल के पास पहुँचे और देखा कि महल सात मंज़िला है। उसी समय एक बूढ़ा मर्द वहाँ से गुज़रा और उससे बोला, "यह महल ज़ादूगरनी का है। अगर वह जान लेगी तो दूसरों की तरह तुम्हें भी काट डालेगी और तुम्हारा कटा सिर दीवार पर सजा देगी। अच्छा है कि तुम दोनों यहाँ से भाग जाओ।" लड़का बोला, "मैं तो उससे शादी करने आया हूँ।" बूढ़ा बोला, "तुम्हारी तरह हज़ारों आये और मारे गये। आख़िर तुमने इस काम के लिए हिम्मत कैसे की?"

लड़के ने बूढ़े की बात पर ध्यान न दिया और महल में घुस गया। वहाँ देखा कि दीवारों पर सिर टँगे हुए हैं। तभी ज़ादूगरनी की नज़र उस पर पड़ी। वह बोली, "क्यों, किसलिए तुमने अपनी बहन को महल के दरवाज़े पर खड़ी कर रखा है। जाओ, उसे ले आओ ताकि मैं जान सकूँ कि तुम कौन हो, तुम्हारा बाप कौन है?" लड़का गया और बहन को ले आया। ज़ादूगरनी ने बड़ी ख़ुशी से उनकी आवभगत की। लड़का बोला, "मुझे तुमसे अजीब-सा लगाव हो गया है।" ज़ादूगरनी बोली, "मगर हम इस ज़िन्दगी में एक साथ नहीं रह सकते।"

एक दिन ज़ादूगरनी ने जवान से कहा, "आज बादशाह इस महल के पास से गुज़रेगा। तुम छत पर खड़े रहो। जैसे ही वह गुज़रे, तुम खाने के लिए उनको दावत देना, वह क़बूल कर लेगा। फिर मैं तुम्हें बताऊँगी कि आगे क्या करना है।" दोपहर हुई और बादशाह खाने के लिए आया। ज़ादूगरनी छुप गयी। उसने लड़के से पहले ही कह रखा था कि सोने के मुर्ग़े को सुफरे पर ले जाना और बादशाह जब खाना शुरू करे तो मुर्ग़े की चोंच प्याले में डालकर कहना, "क्यों मुर्ग़े क्यों, दाना नहीं खा रहे हो।" तब बादशाह कहेगा, "ए जवान, सोने का मुर्ग़ा दाना नहीं चुगता।" उस पर तुम कहना, "बादशाह की रानी भी कुत्तों को जन्म नहीं देती है।" जब सब खाने के लिए सुफरे पर बैठे तो जवान ने ज़ादूगरनी के कहे अनुसार सब-कुछ किया। यह देखकर बादशाह बोला, "कहीं सोने का मुर्ग़ा भी दाना चुगना जानता है?"

"ए बादशाह, अगर सोने का मुर्ग़ा दाना नहीं चुग सकता है तो यह कैसे हो सकता है कि रानी इन्सान होकर कुत्ते के बच्चों को जन्म दे।" यह सुनकर बादशाह अपनी अँगुली दाँतों तले दबाकर बोला, "क्या हुआ था जो मेरी रानी ने कुत्ते के बच्चों को जन्म दिया?" तभी ज़ादूगरनी आगे आयी और बोली, "ए बादशाह, यह लड़का-लड़की जो तुम देख रहे हो, तुम्हारे ज़िगर के टुकड़े हैं।" यह सुनते ही बादशाह ख़ुश हो गया और सबको शाही महल में ले गया। जब ज़ादूगरनी महल में पहुँची तो उसने ऐसा काम किया कि अन्धी रानी की आँखें ठीक हो गयीं। ज़ादूगरनी वहाँ महल में ठहरी नहीं, बल्कि अपने महल में लौट आयी।

शाम हुई तो बादशाह बोला, "छह घोड़े मँगवाये जायँ और हुक्म दिया कि छहों बहनों को रस्सी से उन घोड़ों के साथ बांधा जाय और उनको बियाबान में ले जाकर

इतना घसीटा जाय कि उनके शरीर का कोई अंग, सिवाय खोपड़ी के, न बचे और खोपड़ियाँ मेरे लिये ले आना।"

रस्सी लड़कियों की गर्दन में बाँधी गयीं और घोड़े तेज़ दौड़ाये गये। घोड़े तब तक दौड़ते रहे जब तक उनके शरीर में सिर्फ़ खोपड़ी न बच गयी। जलनभरी उन खोपड़ियों को बादशाह के पास लाया गया। वे खोपड़ियाँ आग में डाल दी गयीं और वे जलती रहीं, जलती रहीं, यहाँ तक कि राख हो गयीं और उस राख को महल के बाहर फेंक दिया गया।

कुछ दिनों बाद वह जगह जहाँ वे खोपड़ियाँ जो राख हो गयी थीं और फेंक दी गयी थीं, हरी हो गयीं और वहाँ घास उग आयी।

●

परीज़ाद

एक बुढ़िया अपने एक छोटे-से लड़के के साथ अकेली रहती थी। समय गुज़रने के साथ ही वह लड़का बड़ा हुआ। इतना बड़ा हुआ कि आख़िर बालिग़ हो गया। एक दिन उस जवान ने बुढ़िया से कहा, ''सुनो माँ, मैं बालिग़ हो गया हूँ और शादी करना चाहता हूँ।'' माँ ने कहा, ''मुझसे कहने से तो अच्छा है कि तुम बड़े-बूढ़ों के पास जाओ, उनसे मदद माँगो। उनसे तुम जो पैसा लाओगे उससे तुम्हारी पत्नी के लिए कुछ बनवा, सिलवा दूँगी।''

जवान सुनकर उदास हो गया और माँ के पास से उठ गया और चल पड़ा। चलता गया, चलता गया, यहाँ तक कि एक गाँव में पहुँच गया। वहाँ पर कुछ दिन उसने काम किया, फिर वहाँ से दिल घबरा गया तो उस जगह को छोड़कर आगे बढ़ गया। चलता गया, चलता गया, यहाँ तक कि अन्त में एक शहर में पहुँचा। वह शहर गोलाई में बसा हुआ था। वहाँ पर वह एक आदमी का शागिर्द बन गया। एक हफ्ता गुज़रा कि लड़के ने आदमी से कहा, ''ए उस्ताद, मेरे लिये एक पत्नी ला दीजिये ताकि उसकी मदद से मैं ज़िन्दगी सँवार सकूँ?'' उस्ताद यह सुनकर बोला, ''इत्तफाक़ कि आज ही इस शहर में लोग बाज़ उड़ा रहे हैं। बाज जिसके सिर पर बैठेगा राजा उसी से अपनी बेटी की शादी करेगा। तुम जल्दी जाओ, शायद तुम्हारी क़िस्मत का सितारा चमक जाय।''

जवान फटे कपड़े और पुराने जूते पहले ही मैदान की तरफ भागा। सिपाहियों ने बाज़ उड़ाया। बाज़ चक्कर काटता हुआ जवान के कन्धे पर बैठ गया। यह देखकर सबने कहा, ''बाज़ उड़ाने में ग़लती हुई है।'' बाज़ फिर दुबारा उड़ाया गया। वह इधर-उधर चक्कर काटकर फिर उसी लड़के के कन्धे पर बैठ गया। इसी तरह तीन बार किया गया। आख़िर में बादशाह ने क़िस्मत पर यक़ीन करके अपनी बेटी की शादी कर ही दी। सात दिन, सात रात तक दावत होती रही और शहर दीयों से जगमगाता रहा। इस तरह से जवान को मुँह-माँगी मुराद मिल गयी।

समय गुज़रता रहा। एक दिन शाहज़ादी ने लड़के से कहा, ''ज़रा शिकार पर निकलो और मेरे लिये एक कबूतर लेकर आओ?''

लड़का एक चुस्त फुर्तीले घोड़े पर बैठकर शिकार का सारा सामान लेकर जंगल की तरफ चला। रास्ते-भर सोच में डूबा रहा, आख़िर किस प्रकार से वह तीर चलायेगा,

आज तक तो कभी उसने शिकार किया नहीं था। फिर सोचने लगा, कोशिश करके किसी तरह शिकार करने में उस्ताद बना जाय। इन विचारों में डूबा वह जंगल के बीच पहुँचा और आसमान की तरफ देखने लगा। तभी उसके सिर के ऊपर से कबूतरों का झुण्ड गुज़रा। उसने तीर-कमान सँभाला, मगर फ़ौरन ही उसे रहम आ गया कि कैसे मारे इन बेजबानों को। आगे बढ़ गया, फिर हिरनों का झुण्ड आया, उन्हें मारते हुए भी उसका दिल दुःखा। वह दुःखी होकर सोचने लगा कि अपनी रानी की इच्छा कैसे पूरी करूँ? तभी उसके ऊपर से सुन्दर कबूतरों का जोड़ा उड़ा। उसने लपककर हाथ बढ़ाया और एक कबूतर उनमें से पकड़ लिया और वापस आ गया।

शहर पहुँचकर लड़के ने वह कबूतर लड़की को दिखाया। उसकी सुन्दरता देखकर लड़की इतनी ख़ुश हुई और बोली, "तुम जाकर जैसे भी हो इसका जोड़ा ले आओ।" लड़का बियाबान में पहुँचा। तभी सिर के ऊपर से एक कबूतरों का झुण्ड गुज़रा। उनमें से एक कबूतर बोला, "जिसकी तुम्हें खोज है, वह हमारे बीच में है।" यह सुनकर लड़के ने एक मुट्ठी गेहूँ ज़मीन पर फेंका। कबूतर नीचे उतरे और उनमें से सफ़ेद कबूतर को आगे बढ़कर लड़के ने पकड़ लिया और घर लौट आया।

दो कबूतरों के शिकार की ख़बर पूरे महल में फैल गयी। यह सुनकर वज़ीर, जो लड़की का आशिक़ था, जल गया कि लड़का शिकार भी अच्छी तरह से कर लेता है। ख़ुद ही से बोला, "कैसे कोई तरक़ीब लगाऊँ कि इस जवान को अपनी राह से हटा सकूँ।" यही सोचता-विचारता वह राजा के पास पहुँचा और बोला, "सुना है, यहाँ की परी के पास एक घोड़ा है जो केवल आपके लिए ही है। अगर आप उसे चाहते हैं तो अपने दामाद को भेज दें।" बादशाह घोड़े की तारीफ़ सुनकर उसे पाने के लिए बेचैन हो गया और लड़के से बोला, "मुझे वह घोड़ा चाहिए।" यह सुनकर लड़का चल पड़ा। चलते-चलते आख़िर बड़ी मुश्किल से वह परियों के बाग़ में पहुँचा और घोड़ा निकालकर लाने में क़ामयाब हो गया। यह देखकर वज़ीर पहले से ज़्यादा दुःखी हुआ और बादशाह से बोला, "अगर इसका जोड़ा भी परियों के देश से आ जाता है तो फिर कहना ही क्या था।"

बादशाह ने बुलाकर फिर दामाद से कहा, लड़का जाने को राज़ी हो गया। चलता गया, चलता गया, आख़िर बाग़ में पहुँच गया। उसने देखा कि पानी की नहर चल रही है और उसमें सच्चे मोती अशर्फ़ियों की तरह चमकते हुए बह रहे हैं। उसने किनारे से एक-दो मोती उठा लिये और आगे चलने लगा। फिर दूसरी बार उसने कुछ मोती देखे और उठा लिये। फिर आगे चलने लगा, फिर स्वयं से बोला, "चलना चाहिए नहर के सोते पर।" लड़के ने नहर के किनारे-किनारे चलना शुरू कर दिया। जब सोते पर पहुँचा तो देखता क्या है कि एक लड़की का कटा सिर उसी के बालों से पेड़ पर टँगा हुआ है और कटी गर्दन से ख़ून पानी पर टपक रहा है। वह ख़ून पानी पर गिरते ही

मोती बन जाता है। उस पेड़ के पास ही लड़के ने गड्ढा खोदा और छुप गया। छुपे हुए अभी थोड़ी देर ही हुई थी कि जैसे आसमान आपस में टकराने लगे हों, धुएँ का गुब्बारा उड़ा और एक देव आसमान से नीचे आया। पेड़ की जड़ से उसने तेल से भरी एक बोतल निकाली और उसने उसमें से तेल निकालकर लड़की के बदन पर मला और सिर बदन पर रख दिया। लड़की ज़िन्दा हो गयी और देव से बातें करने लगी। थोड़ी देर तक बातें होती रहीं, फिर देव ने लड़की का सिर काटा, उसी तरह से टाँगा और आसमान में उड़ गया। जवान उस गड्ढे से बाहर निकला और पेड़ की जड़ से तेल की बोतल निकाली, उसको लड़की के बदन पर मला फिर कटे हुए सिर को बदन पर रख दिया। लड़की जैसे ही ज़िन्दा हुई जवान को देखकर बोली, ''ऐ आदम, क्यों अपने-आपको परेशानी में डालते हो? मैं तो क़ैद हूँ ही, क्यों अपने को भी क़ैद कराना चाहते हो? जाओ यहाँ से।'' लड़का बोला, ''मैं यहाँ से तुमको आज़ाद किये बिना नहीं जाऊँगा। कल जब देव आये तो उससे पूछना कि उसकी उम्र की बोतल कहाँ है।''

देव जब दुबारा आया तो उसने उसी तरह से लड़की को ज़िन्दा किया और चाहा कि उससे प्रेम-व्यवहार करे। यह देख लड़की ने इन्कार किया और कहा, ''मुझे दुःख भी पहुँचाते हो और प्रेम भी करते हो। अगर सचमुच तुम्हें ख़याल है तो मुझे बताओ कि तुम्हारी उम्र की बोतल कहाँ है?'' यह सुनते ही देव को ग़ुस्सा आ गया और एक ज़ोर का चाँटा लड़की को मारा पर फ़ौरन ही उसे रहम भी आ गया। बोला, ''मेरी उम्र की बोतल सातवें आसमान पर कबूतर के पंजे में है।'' यह कहकर वह वापस चला गया।

देव जैसे ही ग़ायब हुआ, लड़का गड्ढे से निकला। लड़की के ज़िन्दा करके उसने पूछा कि देव की उम्र की बोतल कहाँ है? लड़की ने जवाब दिया, ''सातवें आसमान पर कबूतर के पंजे में है।'' यह सुनकर लड़का बोला, ''अब फ़िक्र की कोई बात नहीं है। मैं तुम्हारे पास देव की उम्र की बोतल ले आऊँगा।'' इसके बाद वह कपड़े उतार नंगा होकर लड़की के पास लेट गया।

देव जलते तन्दूर के शोले की तरह झपटता हुआ आसमान से नीचे आया और बोला, ''ऐ कटे बालवाली, तुम्हारी ज़िन्दगी में कोई है, तभी तुम मुझसे नफ़रत करती हो।'' फिर आगे बोला, ''इस गुस्ताख़ जवान को मज़ा चखाता हूँ।'' यह कहकर उसने गर्दन से लड़के को पकड़ा और आसमान की तरफ ले उड़ा। उड़ता गया, उड़ता गया, यहाँ तक कि पहले आसमान पर पहुँचा और गुर्राकर बोला, ''अगर तुमको यहाँ से ज़मीन पर फेंक दूँ तो तुम्हारा क्या होगा?'' लड़का बोला, ''लेकिन मैं हूँ कहाँ?'' देव ने जवाब दिया, ''पहले आसमान पर।'' अरे, इतनी लम्बी राह तुमने तय कर ली, मगर मैं अब भी लड़की की गोद में ही बैठा हूँ।'' यह सुनते ही देव और तेज़ी से ऊँचा

उड़ा। तीसरे आसमान पर पहुँचकर बोला, "अगर यहाँ से फेंक दूँ तो तुम्हारा क्या होगा?" "मैं कहाँ हूँ?" लड़के ने पूछा। देव ने उत्तर दिया, "तीसरे आसमान पर।" "अरे, मैं तो अभी भी लड़की की गोद में ही हूँ।" इस तरह से जवान चौथे-पाँचवें से भी गुज़र गया और जब छठे पर पहुँचा तो बोला, "मेरे पैर अभी भी लड़की के पैर से चिपके हुए हैं।" यह सुनकर देव क्रोध से पागल हो उसे सातवें आसमान पर ले गया। वहाँ जिस कबूतर के पंजे में देव की बोतल थी, वह सामने आ गया। लड़के ने लपककर वह बोतल अपने हाथ में पकड़ ली। यह देख देव घबरा गया और बोला, "मेरी उम्र की बोतल मुझे वापस दो।" यह देखकर कबूतर लड़के से बोला, "अगर तुमने इसे उम्र की बोतल वापस कर दी तो यह हम दोनों को परेशान कर डालेगा।" लड़के ने देव से कहा, "मुझे वापस उस जगह ले चलो जहाँ लड़की क़ैद है।" वहाँ पहुँच गया तो लड़का बोला, "मुझे भी और लड़की को भी बादशाह के महल में ले चलो।" देव मान गया। महल पहुँचकर देव लड़के से बोला, "मेरी उम्र की बोतल मुझे दे दो।" लड़के ने बोतल लड़की को दे दी, लड़की ने ज़मीन पर बोतल पटक दी और देव धुआँ बन गया।

लड़के ने उस परीज़ाद लड़की का हाथ पकड़ा और महल के अन्दर गया। वज़ीर ने देखा कि बजाय परीज़ाद के घोड़े के, वह ख़ुद परीज़ाद को ही ले आया है। यह देखकर वह दूसरी तरक़ीबें सोचने लगा। इस बार वज़ीर ने बादशाह से कहा, "आप अपने दामाद को ज़ादूगर के घर भेजिये ताकि वहाँ से वह क़ीमती सामान ले आये।" सुनते ही बादशाह ने दामाद को बुलाया और कहा, "तुमको ज़ादूगर के घर जाकर क़ीमती सामान लाना होगा।"

लड़का परीज़ाद के पास गया और बोला, "बादशाह चाहते हैं कि मैं ज़ादूगर के देश जाऊँ।" परीज़ाद ने जवाब दिया, "जो भी वहाँ गये, सभी मारे गये। सच पूछो तो उन्हें पता नहीं था कि उन्हें क्या करना चाहिए था।" फिर आगे बोली, "ज़ादूगर के घर में उसकी चालीस बेटियाँ हैं। जब वे तुम्हें देखेंगी और चाहेंगी कि तुम बादशाह के लिए 'शुल्ले' (खीर) बनाओ तो तुम बनाना, मगर वे जो भी करें तुम मुँह मत खोलना।"

यह बात सुनकर लड़का ज़ादूनगरी की तरफ चल पड़ा। जब उसके घर पहुँचा तो दरवाज़ा खटखटाया। उन्हीं चालीस लड़कियों ने दरवाज़ा खोला और उसको घेरकर कहने लगीं, "जल्दी से तुम शाह के लिए शुल्ले बनाओ।"

लड़का बोला, "ईंटें लाओ।" लड़कियों ने फ़ौरन ईंटें लाकर चूल्हा बना दिया। वह फिर बोला, "ईंधन ले आओ।" लड़कियाँ गयीं और जो भी लोग आये थे और मारे गये थे, उनकी हड्डियाँ, पसलियाँ व खोपड़ियाँ ले आयीं। यह देखकर लड़के ने मुँह न खोला बल्कि बोला, "पानी ले आओ।" लड़कियाँ गयीं और पानी के बदले

आदमज़ादों का ख़ून ले आयीं और देग़ में भर दिया। बिना कुछ कहे लड़का खीर पकाने में लग गया। जब शुल्ले पक गया तो वह देग़ सिर पर रखकर चल दिया। सारी लड़कियाँ उसके पीछे-पीछे चलने लगीं और कहती जाती थीं, ''थोड़ा-सा शुल्ले हमें भी दे दो।'' लड़के ने नहीं सुना। आख़िर उनमें छोटी लड़की ने जब बहुत कहा तो लड़के ने जलती करछली लड़की के हाथ में रख दी। लड़की जल गयी। हाथ पीछे ले जाकर बोली, ''तुमने मुझे दाग़ा है मगर मैं तुमको नहीं जलाऊँगी।'' यह कहकर उसने लड़के को सोने के जूते का एक जोड़ा दिया। लड़का वह लेकर वापस आया और उसे बादशाह के बेटे मलिक बेहमन को दे दिया। यह देखकर दूसरा लड़का मलिक ज़मशेद भी जूते के लिए ज़िद करने लगा। लड़का परीज़ाद के पास जाकर बोला, ''अब जाना ही पड़ेगा दूसरा जूतों का जोड़ा लाने।'' परीज़ाद बोली, ''उसी घर में वापस जाओ और हौज़ के पास कहीं छिप जाना। वह सब लड़कियाँ आज नहाने आयेंगी। तुम उसी लड़की के कपड़े छुपा देना और बहुत माँगने पर भी नहीं देना, जब तक कि वह अपने दाहिने हिस्से की क़सम न खाये फिर तुम जो चाहो उससे ले लेना।''

लड़का जाकर छुप गया। वे चाँद की तरह सुन्दर चालीस लड़कियाँ हौज़ के किनारे आयीं और कपड़ों को उतारकर तैरने लगीं। लड़के ने उसी के कपड़े उठाये और एक-एक करके परियाँ, जो लड़कियों की शक्लों में थीं, ऊपर आयीं और अपने-अपने कपड़े पहनकर चली गयीं? वह लड़की बाद में निकली और अपने कपड़ों को न पाकर इधर-उधर देखने लगी। इसी बीच छुपा हुआ लड़का हाथों में कपड़े थामे सामने आ खड़ा हुआ। यह देखकर लड़की बोली, ''मेरे कपड़े मुझे दे दो।'' लड़का बोला, ''जब तक तुम क़सम नहीं खाओगी, मैं कपड़े नहीं दूँगा।'' यह सुनकर लड़की ने अपने दाहिने हिस्से की क़सम खायी और कपड़े लड़के के हाथों से ले लिये। कपड़े पहनकर लड़के को ले एक स्थान पर पहुँची और एक सोने के जूतों का ढेर लड़के के सामने पलट दिया ताकि वह उसमें से पहलेवाले जूतों का-सा जोड़ा ढूँढ़ ले। आख़िर जूता मिल गया। जूते का जोड़ा देते हुए लड़की बोली, ''मुझे यहाँ से ले चलो वरना मैं मार डाली जाऊँगी।''

लड़का उस परीज़ाद लड़की को लेकर महल में आया। सोने का जूता बादशाह को दिया, ताकि वह शाहज़ादे को दे दे और उस परीज़ाद लड़की को अपनी पत्नी बना लिया।

वज़ीर ने यह सुना तो और भी जल-भुन गया। बादशाह के पास पहुँचकर बोला, ''आपका घर फूले-फले। मगर यह क्या हो रहा है कि आपका दामाद दो परियों से शादी कर चुका है और आप इन सब बातों से बेख़बर हैं।'' यह सब कहकर वज़ीर ने बादशाह के कान इतने भरे और उसको इतना जोश दिया दिया कि वह दामाद के ख़िलाफ़ हो गया। वज़ीर बादशाह से बोला, ''इसको इस दुनिया से दूसरी दुनिया में

भेजना चाहिए। यह कहकर कि मेरे घर के बड़ों की अर्थात् पुराने वज़ीर की ख़बर ले आये।" बादशाह ने लड़के को बुलवाया और कहा कि वह जाकर दूसरी दुनिया से वज़ीर के रिश्तेदारों की ख़बर ले आये। लड़का यह सुनकर बोला, "यह कैसे होगा?" "अगर नहीं गये तो तुम्हारा सिर काट दिया जायगा।" बादशाह ने अपना फ़ैसला सुना दिया। लड़का वापस लौटा और उदास होकर परीज़ाद से सब-कुछ कह सुनाया। लड़की बोली, "उदास मत हो, मैं तुम्हारी मदद करूँगी।" परीज़ाद ने एक पुतला, लड़के की तरह का बनाकर उसे कपड़े पहना दिये और बोली, "जाओ, बादशाह से कह दो कि लकड़ियाँ जमा करवाकर आग लगवायें। फिर वह तुमको ही पुतला समझकर आग में फेंक देंगे और ख़ुश होंगे कि तुम जलकर मर गये हो।"

परीज़ाद अपने बाप के पास गयी और उससे वज़ीर के बाप के बारे में पूछकर आयी और क़ाग़ज़ पर उसने कुछ लिखकर ख़त तैयार किया।

शाह के हुक्म से ईंधन जमा करके उसमें आग लगा दी गयी और वह पुतला उसमें फेंक दिया गया। सात दिन, सात रात तक वह आग जलती रही। सातवीं रात को परी ने आग ठण्डी होने पर ख़त को राख के नीचे दबा दिया। वज़ीर आया और राख के नीचे उसने ख़त देखकर उठा लिया और पढ़ा। दूसरे दिन वज़ीर बादशाह से बोला कि वह हुक्म दें कि आग रौशन की जाय ताकि वह बड़ों के हुक्म के मुताबिक़ उस दुनिया में जाकर उनसे मिलकर आये जैसा कि ख़त में लिखा है।

दूसरे दिन ईंधन जमा करके आग लगा दी गयी, जिसके शोले आसमान तक उठ रहे थे। उन्हीं के बीच वज़ीर को फेंक दिया गया और दुनिया हमेशा के लिए उसके बुरे कारनामों से पाक हो गयी।

●●●